i
imaginist

想象另一种可能

理
想
国
imaginist

Dubravka Ugrešić

无条件投降博物馆

THE MUJEUM OF UNCONDITIONAL JURRENDER

[荷] 杜布拉夫卡·乌格雷西奇 著

何静芝 译

云南人民出版社

THE MUSEUM OF UNCONDITIONAL SURRENDER
Dubravka Ugrešić
Copyright © 1996, 1999, Dubravka Ugrešić
Simplified Chinese translation copyright © 2024, Beijing Imaginist Time Culture Co., Ltd.
All rights reserved

著作权合同登记图字：23-2023-095

图书在版编目（CIP）数据

无条件投降博物馆 /（荷）杜布拉夫卡·乌格雷西奇 著；何静芝译. -- 昆明：云南人民出版社，2024.2（2025.2重印）
书名原文：THE MUSEUM OF UNCONDITIONAL SURRENDER
ISBN 978-7-222-22492-6

Ⅰ. ①无… Ⅱ. ①杜… ②何… Ⅲ. ①中篇小说－小说集－荷兰－现代 Ⅳ. ①I563.45

中国国家版本馆CIP数据核字(2023)第231291号

责任编辑：金学丽
特邀编辑：冯　婧
装帧设计：陆智昌
内文制作：陈基胜
责任校对：柳云龙
责任印制：代隆参

无条件投降博物馆

[荷] 杜布拉夫卡·乌格雷西奇 著　何静芝 译

出　版　云南人民出版社
发　行　云南人民出版社
社　址　昆明市环城西路609号
邮　编　650034
网　址　www.ynpph.com.cn
E-mail　ynrms@sina.com
开　本　787mm×1092mm　1/32
印　张　11.875
字　数　209千
版　次　2024年2月第1版　2025年2月第3次印刷
印　刷　山东韵杰文化科技有限公司
书　号　ISBN 978-7-222-22492-6
定　价　64.00元

目 录

第一章	Ich bin müde	3
第二章	家庭博物馆	19
第三章	Guten Tag	153
第四章	档案：关于天使离去的六个故事	177
第五章	Was ist Kunst？	249
第六章	合 照	271
第七章	Wo bin ich？	345

柏林动物园内，住着活海象的水池畔，有一个不同寻常的展位。展位上的玻璃箱陈列着从死于1961年8月21日的海象罗兰腹中找到的所有物品。具体如下：

一枚粉红色打火机；四根棒冰棍（木制）；一枚贵宾狗形金属胸针；一把啤酒起子；一只手镯（大概是银的）；一根发卡；一支木头铅笔；一把儿童水枪；一把塑料刀；一副墨镜；一条小项链；一根弹簧（非常小）；一个橡皮圈；一顶降落伞（儿童玩具）；一条长约十八英尺的铁链；四根钉子（非常大）；一辆绿色塑料小汽车；一把铁梳子；一块塑料徽章；一个小娃娃；一只啤酒罐（皮尔森牌，半品脱）；一盒火柴；一只婴儿鞋；一个罗盘；一把小小的汽车钥匙；四枚硬币；一把木柄刀；一只安抚奶嘴；一堆钥匙（五把）；一只挂锁；一小塑料包针线。

游客在这不同寻常的展品前看得出了神,几乎不觉得吓人,就好像在看出土文物。游客知道这些东西成为展品纯粹是由巧合(也就是罗兰兴之所至的饮食习惯)造成的,但依然不肯放弃一个诗意的想法,即随着时间的推移,这些东西之间可能已经建立起了某种微妙而神秘的联系。受这一想法驱使,游客开始围绕展品搭建语义学框架,开始围绕罗兰的死期搭建当时的历史语境(比如他发现,罗兰是柏林墙竣工一周后死的)。

以下章节与片段,就应该以类似的方式来阅读。读者如果感到章节之间没有什么必然的、有意义的联系,请耐心:联系会根据自己的节奏显现出来。另外:日后某些警察可能会来追究这本东西究竟是小说还是自传,但这个问题读者大可不必费心。

第一章

Ich bin müde[①]

[①] 德语,意为:我累了。——译者注(如无特别说明,本书注释均为译者注)

1．"Ich bin müde."我对弗雷德说。他舒展哀伤而苍白的脸，露出微笑。"Ich bin müde."是我目前会说的唯一一句德语。我暂时不想继续学了。因为学的越多就越开放。而我还想再封闭一阵子。

2．弗雷德的脸使人想起一张老照片。他看起来就像是一个年轻的军官，会因为情场失意而加入俄罗斯轮盘赌的那种。我想象着几百年前的他整夜流连在布达佩斯的饭店，吉卜赛小提琴的哀鸣也未能惹动他苍白面庞上的几许漪涟，只有他的双眼，偶尔还会辉映着胸前制服铜扣的微光。

3．从我的房间，我暂时的流亡中望出去，盈满视野的是一片修密的松林。每天早上我拉开窗帘，就能看到一台浪漫的舞台布景。起初，松林笼罩在迷雾中，幽灵一般，然后，迷雾一丝丝散开，阳光透了过来。一日将尽时,松林会变得幽暗。窗户左边一角将将可以看到一面湖。我总是到了傍晚就拉上窗帘。这个舞台布景每天都是一样的。偶尔也有鸟儿飞过,打破静止的画面,但真正发生变化的只有光线。

4. 我的房间里则盈满寂静,像羊毛一样厚实。如果我把窗户打开,这种寂静就会被啁啾的鸟鸣打破。傍晚时分,如果我走出房门,就会听到走廊里电视机(来自同楼层基拉的房间)和打字机(来自楼下俄罗斯作家的房间)的声响。再过一会儿,我会听到某位从未谋面的德国作家不规则的手杖声和轻轻的踱步声。我经常碰见那对罗马尼亚艺术家夫妇(他们住在我楼下)像影子一样无声无息地飘过。只有这里的管理员弗雷德有时会搅扰这种寂静。他替我们楼下的公园割草,用电动割草机的轰鸣驱散爱情的痛苦。他的妻子不久前离开了他。"内个婆娘疯了。[①]"弗雷德解释道。这是他会说的唯一一句英语。

5. 我们旁边的小镇穆尔瑙有一个博物馆,是加布里埃尔·明特和瓦西里·康定斯基的故居。观看他人的生活痕迹总是令我有些不安,它们是如此具体、私密,却又被

---

① 原文为:Zy vife ist crazy.

这样泛泛地公开展示着。我去的时候买了张明信片,背面画的便是这座房子,《俄国人的房子》(*Das Russen-Haus*)。这张明信片我常看。我经常觉得那扇窗后的小人,那个深红色的小点,就是我。

6. 我的桌上有张泛黄的照片。三个不知名的女人在洗澡。对这张照片我了解的不多,只知道它摄于本世纪初,地点是帕克拉河。那是一条非常小的小河,就在我出生与成长的小镇不远处。

这张照片我一直带在身边,就像一张符,虽然它的实际意味对我来说并不明确。它暗哑发黄的画面仿佛有催眠的力量,令我着迷。有时我会久久地望着它,什么也不想。有时则把全副精神投入河中三个女人的倒影里,投入她们正对我的脸庞。我沉浸其中,仿佛要解开一个谜团,找出一条裂缝,一条隐藏的通道,顺着它可以滑入另一个空间,另一个时间。我喜欢把这张照片放在窗户的左边一角,那里刚好可以看到一点湖水。

7. 我有时会和基拉一起喝咖啡,她是基辅人,退休前是文学教师。"Ya kamenshchitsa.①"基拉说。无论哪种

---

① 俄语,意为:我是卵石收集者。

石头，基拉都喜欢。她说自己每个夏天都待在克里米亚半岛的一个小村，在那里，海水会将各种奇珍异石冲到海滩上。不止她一个，她说，还有其他人，都是 kamenshchiki。他们有时会聚到一起，点一堆火，烧罗宋汤，传看各自的珍宝。而在这里，基拉只得靠临摹打发时间。她已经临摹好了一幅大天使米迦勒，不过，她说，其实她更喜欢——串珠子。她问我有没有断的项链，她能修好，她说，她能把珠子再串起来。"你知道，"基拉说，"我喜欢串东西。"她说话的样子就像是在道歉。

8. 穆尔瑙附近，还有一座厄登·冯·霍瓦特（Ödön von Horváth）博物馆。厄登·冯·霍瓦特 1901 年 12 月 9 日 16 点 45 分（一说 16 点 30 分）生于克罗地亚里耶卡。体重约十六公斤时，他离开里耶卡，在威尼斯住了一段时间，又在巴尔干半岛住了更长一段时间。身高一米二时他搬到了布达佩斯，在那里住到一米二一。据厄登·冯·霍瓦特自己记录，一米五二时爱神在他体内苏醒了。而对艺术，尤其是文学的热情，是在一米七时出现的。"一战"打响时他一米六，战争结束时已经有了一米八。长到一米八四后停止了生长。霍尔瓦特的生平传记是以厘米与地理位置来计量的，博物馆中的照片证明了这一点。

9. 坊间有个关于战犯拉特科·姆拉迪奇（Ralko Mladic）的故事。此人曾占据周边小山，一连数月轰炸萨拉热窝。有一回，他看到下一批轰炸点中有栋房子是他认识的一个人的。于是将军给这人打了个电话，通知他在五分钟内收拾好他的相册，因为他的房子马上就要被轰炸了。凶手所说的*相册*[①]指的是家庭相册。这位已连续摧城数月的将军，很清楚要如何销毁记忆。正因如此，他才会慷慨地打电话给这位熟人，将追忆的特权赐予他的生命。赤裸裸的生命，几张家庭照片，仅此而已。

10. "难民分为两类：有照片的和没照片的。"某波斯尼亚难民说。

11. "女人最需要的是空气。"我与朋友汉内洛蕾散步去附近的安德西斯修道院时，她说。

"女人最需要的是一个男管家。"我在修道院的纪念品商店买下一只装着守护天使的便宜塑料球时反驳道。

汉内洛蕾笑了，几不可闻。摇晃小球时，雪片会落在守护天使的身上。汉内洛蕾的笑声窸窸窣窣的，就像泡沫塑料做成的雪片。

---

① 原文为斜体，表引用或强调，在本书中均用仿宋体表示，下同。

12．来这儿以前，我先在亚得里亚海待了几天，住在滨海的一个房子里。小海滩上偶有海滨浴者。从我的露台上就能看见、听见他们。有一天，有一个女人的笑声特别响，特别引人注意。我抬头望去，只见海里有三个洗海滨浴的老妇人。她们袒露着乳房，就在近海处浅游，她们围成一个圈，好像围着一张圆桌，正在喝咖啡。（听口音）她们是波斯尼亚人。很可能也是难民，过去都是护士。我是怎么知道的呢？因为她们都在回忆过去的学生时代，提到了某个不在场的同学，说她期末考试时分不清 anamnesis（病史）与 amnesia（失忆）。这个故事，以及 amnesia 一词，被她们重复了好几遍，每次都惹得她们大笑不止。三人一边笑，一边挥舞着手臂，好像在从某张不存在的桌面上往下掸面包屑。突然间，天上下起了大雨，这是夏季特有的阵雨，突如其来，但是转瞬即逝。海滨浴者继续泡在海里。我站在露台上，望着大滴闪亮的雨水，和那三个女人：她们的笑声更响了，笑声起得更频繁了，逐渐笑得不能自已了。在她们欢笑的间隙，我听出了 falling（落下）一词，她们几次说出这个词，也许指的是天上的雨……她们张开手臂，用手拍着水，她们的声音逐渐变得像短促的鸟啼，仿佛在比赛谁的声音更深厚、更响亮。而雨，它也像疯了一样，越下越大，越来越暖。露台与海之间落下一幕潮湿、模糊、咸咸的水帘，蓦然吸去所有声音，唯余三双翅膀，还在晶莹闪烁的寂静中无声拍打着。

我在心底按下快门，记录下这一幕，虽然自己也不知道这是为了什么。

13. "女人最需要的是水。"我们在奢华的穆勒大众游泳馆游完泳后休息时，汉内洛蕾说。

14. 我认识一个叫 S 的，她的人生从一开始就不顺利。但她还是想办法读完了护士专业，在小镇边远地区一家为精神障碍儿童开设的医院里找到了工作。"不会有好结果的。在这里我就像吸墨纸一样，吸收着别人的不幸。"她说。在医院里，她找到了属于她自己的小小幸福，一个男护士，比她年轻得多，个子特别小（我见到他时一直盯着他脚上那双小巧的漆皮鞋难以自拔），连姓里都有个小后缀。她怀孕时年龄已经有些偏大。虽然两人都患有糖尿病，但她还是决定继续妊娠。她扛过了整个孕期（一对双胞胎！），就在预产期前一天，两个胎儿窒息胎停了。S 像吸饱了墨的吸墨纸一样碎烂开来。她在精神卫生病房住了一段时间，痊愈后与她的小丈夫一起搬到了一个更小的镇上生活。有一天，她突然来了我家。一开始，一切都显得很正常，我们聊她的工作，聊她的丈夫，聊这个，聊那个，接着，她突然从包里拿出一个小塑料袋，把里面的宝贝拿出来，在我面前一字排开。那是两三件亮晶晶的小玩意儿，因为看起来太廉价，我现在已经不记得具体是些什么了。她把这两三样廉价首饰摆弄来，摆弄去，摆弄了好一会儿。接着，突然看到我架子上摆的一小束干花，说她真喜欢，这花真好看，简直太好看了，叫我送给她。她把这束干花顺手塞进小塑料袋，带着她那贼喜鹊的宝贝们，急匆匆地走了。

15. 喝咖啡的时候，基拉跟我讲起了那个小村的其他住客。"你知道，某种意义上，我们都是一样的，我们都在寻找……就好像我们都曾失去一样……"

16. 流亡者能感觉到，流亡意味着对声音的一种持续的、特别的敏感。所以我有时会觉得，流亡不外乎对声音的搜寻与回想。

我去慕尼黑看伊戈尔时，在玛利亚广场逗留了一会儿，被那里的音乐吸引了。一个吉卜赛老人在用小提琴演奏匈牙利吉卜赛歌曲。他注意到我扫过的目光，对我微微一笑，一个既恭顺又放肆的笑，他认出我是自己人。我的喉咙像是被攫住了，一时无法呼吸，垂下眼睛匆匆逃离，过后才意识到自己跑错了方向。我又往前走了几步，看到一个救命的电话亭,排到队伍里,假装非要打个电话,不然呢?

排在我的前面是一个年轻人。他穿着紧身的黑色皮夹克、紧身牛仔裤、高跟靴子,脸上有种既局促不安又目中无人的神情,好像两种颜色不小心混在了一起。几秒后我意识到,他也是一个自己人,一个同胞。他一遍又一遍慢悠悠拨号的样子——目不斜视,仿佛廉价餐馆里的招待员——让我内心充满愤怒与怜悯,并往队伍旁边站了站。然后年轻人的电话终于通了(是自己人没错了!)。我的同胞打起电话来总是没完没了,一点有用的都没有,仿佛只是在互相宠爱和撒娇,拍拍彼此的肩背,你哄哄我,我哄哄你,这种习惯再一次陡然激起了我心中的愤怒与怜悯。小提琴还在如泣如诉地拉着,年轻人和一个叫米莉卡的说着话,而我的脑子就像一个剪辑工作台,正在把两种声音混剪到一起。黑眼睛的提琴手仍执着地望着我的方向。有那么一瞬间,我想要离开队伍,但我没有,因为那样就露馅了。于是,等到年轻人终于打完电话,还用手捋了捋头发(这个动作第三次在我心里激起了愤怒与怜悯,因为你根本想不出它的必要性)后,我立即给汉内洛蕾打了个电话,除了她我不知道还能打给谁,一边还在努力想着有什么确有必要的紧急问题可以问她。

与伊戈尔的会面就这样迟到了。我们去了一个中餐馆，等餐时聊得很开心，我却有些坐立不安、心不在焉，连眼神都是游移的，我觉得自己的身体像是包着一层细腻的薄膜，就像冬天眼镜上起的雾。接着，一个我先前没有注意到的声音逐渐清晰起来。那是餐厅里放的流行歌曲，用的是中文，或者韩文，或者别的什么亚洲语言，歌声轻柔伤感，浅吟低唱，像是情歌，这么说来也可能是我家乡的歌，或者伊戈尔家乡的歌也未可知。就在这时，外面突然下起了雨，雨水沿着伊戈尔背后的玻璃窗倾泻而下，我终于放弃抵抗，任自己做出相应的反应，确切地说，放任自己顺从了一个古老的、久经训练的条件反射，此前我从未意识到它的存在。简而言之，我就像巴甫洛夫的狗一样，一听到铃声便流出口水，在这四海一同的甜美哼唱中，在这虽然不知来处但像极了乡音的歌声中……我的内心挣扎着，抵抗着，呻吟着，被这声音所控制，我反而有些高兴，几乎感觉到一种生理上的满足，我虚弱下来，柔软下来，在看不见的温暖泪池里扑腾……

"怎么了，伊戈尔……？"我问他，语带抱歉。

"你衬衫纽扣上的反光，让你的眼睛看起来也亮闪闪的。"我的朋友，这位从切尔诺维奇来的俄国犹太人兼流亡者说道。

我木然地低头看了看自己的纽扣。那是一枚半透明的金色塑料纽扣。

17."我不想说诙谐机智的话。也不想构建什么情节。我要写的是事物和思想。辑合各种引述。"很久以前,一个暂时的流亡者说。他的名字是维克托·什克洛夫斯基。

18."Ich bin müde."我对弗雷德说。他舒展哀伤而苍白的脸,露出微笑。"Ich bin müde."是我目前会说的唯一一句德语。我暂时不想继续学了。因为学的越多就越开放。而我还想再封闭一阵子。

我在寂静的房间里,对着窗口的浪漫布景,收拾着我零零碎碎的小东西,有些是我带来的,虽然自己也不知道为什么,有些是到这里以后发现的,形形色色,也没有多大意义。比如,面前摆着的一根在公园散步时捡到的闪亮小羽毛;脑海中回响着的一句不知在哪里读到的话;盯着我的一张泛黄老照片;一个在某处无意中看到的姿势,至于是谁摆出的,又有什么意思,我全然不知;眼前亮闪闪的一个装着守护天使的塑料球,摇一摇,雪花就会落在天使身上。我不理解所有这一切有什么意义,我被放在了错误的位置,我是个疲惫不堪的人类样本,一颗卵石,被机缘冲到了一片陌生的、更安全的海岸。

19."女人最需要的是空气和水。"当我们坐在酒吧,吹着杯中的啤酒泡时,汉内洛蕾语重心长道。

20. 流亡者能感觉到,流亡有着与梦相同的构造。突然之间,他忘记的或根本未曾见过的面孔,他绝对没去过却又觉得似曾相识的地方,都像在梦中一样,一齐出现在他面前。梦是一片磁场,吸引着过去、现在与未来的画面。流亡者突然会在现实中看见被梦的磁场吸引而来的面容、事件与画面,突然间,他会觉得,虽然自己的人生尚在进行,但生平传记其实早已写定,因此,他之所以流亡,不是出于外部原因,也不是自己的选择,而只是命运早已为他安排好这样一团混乱的坐标。在这一可怕而又诱人的想法驱使之下,流亡者开始把日常的种种迹象都当作符号与征兆来破译。突然,他会从中解读出,似乎一切事物都符合某种神秘的内在和谐,都能串成一个闭环的逻辑链。

21. "Nanizivat, ya lyublyu nanizivat." 基拉说,就像是在道歉,她露出苍白的微笑,像一个卧病在床的人。
"串东西,我喜欢串东西。"

22. 我们公园边上的玻璃工作室里,一对罗马尼亚夫妇正在准备一个展览。年轻的妻子用斧头砸着在公园捡了好几天的木块。丈夫则忙着把近乎透明的小纸片贴到一块巨型白板上。每张纸片上都用柔和明亮的灰色水彩画着一只鸟的头。年轻的妻子有节奏地劈砍着木头。一开始，小纸片静止不动，然后，一股看不见的气流开始轻轻地扰动。鸟头颤动，像是要掉下来。

第二章

家庭博物馆

I
相册诗学

这是一个怀旧的年代，而照片则是对怀旧的积极推动。摄影是追悼的艺术，是迟暮的艺术。大部分拍摄对象在被拍下的那一刻，就已经带上了悲情色彩。一个丑陋或怪异的对象也会显得动人，因为摄影师的注目已使其变得庄严。一个美丽的对象也可以唤起悲哀，因为它已经衰朽，或不复存在。所有的照片都是mementos mori[①]。摄影即是对另一人（或另一物）之死亡、脆弱与衰变的参与。通过截取时间中的某一帧，并将其冻结，所有的照片都见证着时间无情的消融。

——苏珊·桑塔格，《论摄影》

---

① 拉丁语，意为：勿忘人终有一死。此处指提醒人死亡之存在的物品。

"斯拉维卡和博兰科为什么也在这里?"她说,拿过我手上的相册,细看一对正在微笑的小夫妻。

"斯拉维卡和博兰科是谁?"

"你不认识……你还小……"她耸耸肩,"天知道我为什么把他们放进来。"她喃喃自语,重音放在他们上,同时像研究珍稀植物的标本一样,研究着两人的照片。

突然——母亲像扯膏药一样,迅速揭开相册内页的薄膜,取出照片,撕成碎片。相纸受刑的声音像是空气也被撕碎了。

"好了,"她说,"反正他们已经死了好多年了。"她用一种半带和解半带怀念的口吻说,将相册还到我手上。

这个故事的开头,藏在一位女士的猪皮手袋里,这位女士带着这个手袋,还有一口行李箱,里面装着不起眼的行李,于遥远的1946年来到此处。(战后)一有机会,她就放任自己买了个新包,于是这个旧包就留在了立柜的角落里，并从那一刻起，担负起了储存记忆的职责。后来，这位女士还买过许多新包，但这个旧包在立柜一角的位置，依旧保留了下来。

再后来，这位女士还购置了新的家具：新立柜、新抽屉柜、新碗柜。买了更多更适合放照片的箱子和包袋，但那只咖啡色的猪皮手袋，依旧作为记忆的宝藏，在立柜一角永垂不朽。

在我贫瘠的战后童年里，因为什么都没有，母亲的手袋就替代了一切，成了地窖、阁楼、玩偶之家与玩具箱。我经常把里面那些不起眼的东西拿出来，兴奋又激动，好像自己正要参与某项揭秘活动。当时我不可能知道，这确实是一项揭秘活动。它揭开的是生活平实简单的秘密。

首先说一下这包里藏着什么：许多照片（大部分是我母亲的）；几封信（我父亲写的）；一枚金币；一个银烟匣；一块丝巾；一缕……头发。

母亲的照片都很有意思：有些是她戴着奇奇怪怪的帽子，有些是她穿着水手服戴着学生帽，有些是她穿着泳装（母亲坐在船上，不知哪片海在她身后闪着金光；日后，我也会看到这片海）。还有一些照片上有一对老年夫妇，应该是我的外公和外婆。还有一个年轻女人，应该是我阿姨。还有她的小女儿，也就是我表妹。这些照片对我来说意义不大，因为我与这些人都不熟。

除了拍母亲的照片（用一条丝带绑着），手袋里还有父亲的照片；还有我的照片（都是新生儿时期拍的）；还有全家福：母亲、父亲和我，在白雪皑皑、田园牧歌的布景前拍下的，好像在玩雪的照片。

手袋里的信都是1948年写的，上面是父亲的笔迹，发信地址是一个叫TB医疗站的地方（你当时在我肚子里，还没生出来。母亲曾说）。我一开始认字，就偷偷去读了这些信。上面写的东西都极其深奥：比如战后的各种票（你的票够用吗？）；链霉素（有人成功提取了链霉素，能救命）；培根（有人弄到了一块珍贵的培根）；还有爱情（不管看向哪里，我都能看见你的脸）。

金币是母亲娘家的，传给她终生保管。后来，一枚杏形金戒指（父亲送的）和一小块镶牙用的金块也会加入进来成为宝藏的一部分。这些是她唯三值钱的东西。

香烟匣子是银质的，曾经属于我外公。盖子上有一匹奔马（这是一匹奔马。母亲曾说）。我喜欢用手指勾勒这匹奔马，打开盖子，嗅闻我素未谋面的外公留下的烟味。

真丝丝巾（母亲喜欢强调它的真）是外婆随信寄来的。这块像空气一样轻、附在信里偷偷寄来的丝巾，在我未知的大门上打开了一条裂口。真丝一词像一块磁石，把其他一些含义模糊的词也吸引了过来,比如祖母绿。我以前很喜欢把这三个字放在嘴里翻来覆去地说,好像含着一块碧绿的薄荷硬糖。

包里还有一卷丝一样的头发,像小飞虫一样包在赛璐璐包装纸里——那是我的头发。我以前很喜欢拿这张赛璐璐的包装纸,举到光下,捕捉一缕缕阳光。

随着时间的推移,猪皮手袋越来越旧,越来越塌,边角上的皮越来越斑驳。因为这个包已经关不上了,照片就都流了出来,从包里往外,像流水一样,在立柜里越铺越开。为了恢复秩序,我们把照片叠起来,用绳子绑住,放回包里。放不下的就整理到盒子里,夹到书里,塞进抽屉里。但母亲的手袋依旧是记忆的中心。

母亲经常抱怨家里不整齐,说自己有朝一日肯定要把所有照片都丢掉,正常人家都是用相册来装照片的,像垃圾一样放在立柜里真不像样,立柜是用来摆衣服的,不是用来摆照片的。但牢骚归牢骚,一切还是保持原样:立柜的角落,角落的手袋,手袋的功能,都没有改变。

1973年,我父亲去世了。我爱他,但他去世时我很镇静,为此我还很自责。

他死后一个月,他的一张证件照大小的照片,不知从什么地方掉出来,无声无息地来到我脚边。我无意中瞟见它,瞟见那张小小的、安静的脸,立即仿佛被牵动了神经,失声痛哭起来。我把自己关在房间里哭,以为再也停不下来。

当我终于恢复了平静,母亲走进来说了一句话,这句话的重要性,我要到很久以后才会真正明白。她说:

"我们应该买几本相册。"

于是我们买了几本相册。而那只,她于遥远的1946年随身带来的猪皮手袋,终于从立柜里被扔了出来。一摊缺乏组织、混乱不堪的生活,暴露在光天化日之下。我看着那些脸,那些笑容,那些身体,那些黄的、咖啡的、黑白的景物,那些矩形相纸上模糊的光影组合——感到坐立不安,就好像看到了什么叫人难为情的东西。

有一天,我发现母亲被一堆照片包围着,苦着脸,显得很无助。

"需要我帮忙吗?"我问。

"不,"她说,"这些相册是我的,我自己来。"

手袋消失了,盒子也消失了。照片不再从书里掉出来,也不再从抽屉里探头探脑。现在,母亲小小的床头柜上整整齐齐地摞着十二本相册，从数量与质量看，都是一笔珍贵的人生财富。

"包呢？"我问。

"没了。我丢了。"她说。

我翻开相册。它们令我想起那只手袋：诚然，里面的照片都插得很整齐，但丝毫也看不出其材料组织依据的是什么原则。就连母亲自己的照片，曾经那么小心翼翼地单独摆放，单独享受用丝带扎起来的待遇，现在也跟其他人的照片混到一起了。

也许是相簿太少了，也许是照片太多。也许是她整理时难以抉择，也许她根本就不知道怎么整理。从一开始，她就没准备给照片分类。

有一天她重新整理相册，希望能依据时间来建立某种秩序，但不知为什么，这次尝试也失败了。于是，我学生时代的照片，就出现在了斯拉维卡和博兰科，那对我素不相识的年轻夫妇的照片边上。

在这个粗糙的编年体系中，母亲还试图区分级别的高下。但在取出了无足轻重的斯拉维卡和博兰科后，某对同样无足轻重的斯拉维科和博兰卡，也许还在某本相册的某一页上微笑着。

以事件的编年与轻重顺序来进行分类，之所以对母亲来说不成立，似乎是因为她内心对生活的感知方式与众不同而造成的。比如，她会花大量空间去保留某远房亲戚婚礼的照片，虽然她与这些亲戚可能根本就不走动。可能她就是喜欢婚礼照片吧。

有一次，我在相簿里看到一个小小的三联画：三张照片排在一起，分别是二十岁、三十岁和四十岁的母亲。更老时候的照片都挤到角落里插放，不在三联之列。

"我老得真快，不是吗？"

"没有啊。"我一边细看照片一边说。

三联照每隔十年一张，母亲的脸自然会有变化。她从圆脸变成鹅蛋脸，大大的咖啡色的眼睛变小了，甚至有了些吊梢，她丰满的嘴唇变得干瘪，失去了俏皮的弧度，嘴边的两条细纹从三十岁以后开始向下走，到了四十岁，脸部两侧的肉已经肉眼可见地垂了下来。更老的照片上，清清楚楚能看到她的嘴塌了，显得有点伤心。

"没有啊。"我关上相册重复道。

后来，我再看这本相册时，发现那三联照被拿走了，照片重新理过一遍，那张瘪嘴老太太的照片，永久性地消失了。

1976 年，我和几个学生一起去亚美尼亚。我们行走在深红的亚美尼亚，覆雪的亚拉腊山幽灵般的影子在上空盘旋，如柴郡猫的微笑时隐时现。我们在格加尔德修道院，一座直接在山体上凿出的神奇建筑里，遇到一个修士。他以毫无必要的忙叨，分发着他毫无必要的名片。修士带我们去他的房间。房里只有一张床、一张桌和一个抽屉柜。柜面上——隔着相同距离——立着三张框起来的照片。

"这张我二十岁，这张三十，这张四十。"修士的语气，好像一个博物馆导览。

每只相框的前面都供着一小束用丝带扎起来的干花。

慢慢地，母亲终于把她的相册整理好了。我最喜欢的一本里，都是她在遥远的1946年随身带来的照片。发黄发霉的照片被从丝带中解放出来，四散到相册里，恣意地展示着复古的美。有些照片上是外公外婆，年轻的外婆外公与浓眉大眼的朋友在一起（都是家里的亚美尼亚朋友。母亲说），大家围住留声机，留声机的喇叭像一朵巨型莲花；年轻的外公外婆坐在草地上，旁边铺着白布，摆着一篮篮葡萄；还有些照片记录着母亲漂亮的少女时代，拍下了在海滩上的母亲、在船里的母亲、在远足的母亲、在树下的母亲、外出游玩的母亲……有张照片拍的是一群穿丝裙的少女和白裤黑衣的青年，那是一张合照，照片中也有我的母亲爱丽……

"你看，"她说，指着一个长得像灵缇的青年，"这是我的初恋……"

这张脸我一下子就认出来了，因为她经常指着它说同一句话："这是我的初恋。"

"谁知道他是不是还活着……"她说，用指尖摩挲着内页的薄膜，好像摩挲一只水晶球。

我去美国时，看望了一个在萨格勒布认识的人。十五年前，她跟她的丈夫，一个医生一起，来到美国，后来囿于美国乡野。他们的房子很漂亮，有两个孩子，她有信用卡和支票簿，每周去做一次瑜伽，每周去一次健身中心，还报了名学日语（记住我的话，二十一世纪是日语的天下！），她常去附近的古董店逛逛，寻找符合她家欧式风格的家具，她感恩节烤火鸡，开车送孩子上学、上网球课，在生日蛋糕上插美国国旗——她还每个礼拜将朋友们聚到一起，举办主妇派对。

我们在她家的游泳池畔啜饮冰马天尼，天南海北地聊着天。

突然她看着我，不知因为马天尼的缘故，还是突然想起了什么特别高兴的事，眼里闪着光说："快，跟他们说说米罗斯拉夫。"

我愣了一下。我完全想不起米罗斯拉夫是何许人。

"你知道，"她敦促说，"我已经跟她们说过一千遍，她们已经都知道了……"

"啊……哈。"我模棱两可地说。我依然不知道她在说谁。然后我模糊地想起来，她结婚赴美以前，好像是跟一个叫米雷克的人要好过……

"啊……哈。"我刚要附和，她就打断了我。

"上帝，想想看，足有六尺高！"

此时我已清楚地记起了米雷克，他是一个高不过五尺七寸的男人。

"上帝啊，还有那对蓝得不似凡间之物的眼睛！来吧，跟她们说说……"

突然间，米雷克的模样如水晶般清透地闪现在我眼前，本来我是绝对想不起这个人的。米雷克的眼睛很小，是咖啡色的，脸上有麻子。

"他爱我爱得发狂……我一想起自己离开他随随便便结了婚，真的很随便……对了，他还没结婚吧？"

"没有，他没结婚。一直没结婚。"我同情地说。

在她为朋友们准备的文本相册中，米雷克的照片在她从萨格勒布到美国乡野的移动过程中被美化了。高不过五尺七寸的米雷克，变成了堂堂六尺的米罗斯拉夫；眼睛从咖啡色变成了蓝色，人从一个平凡的萨格勒布青年，变成了一位供主妇派对参与者们消遣的刻骨铭心的恋人。就像早已划过天际逝去不见的流星，在这里，在这另一片天空中，米雷克满血复活，闪耀出璀璨夺目的光芒。

后来，当我们到厨房里去洗碗时，我像共犯一样眨眨眼，刚要说些故事编得不错啊之类的话，就被抢了先。"我一直都爱着我的米罗斯拉夫，"她说，"以后也不会变……"我突然意识到，她并不是为了娱乐客人而编造米雷克的故事，虽然一开始也许确实有这个目的。但随着时间的推移，她把自己都说信了，她将美化过了的米雷克，当作了真正的米雷克。

我小口咬着一块蛋糕，为了转移话题，我说："这些蛋糕真好吃……""就是普通的美国蛋糕。人们叫它布朗尼。"她用谈起米罗斯拉夫时相同的语气说。

1989 年 6 月母亲从医院出来，因为不知道还能活多久，要我给她照张相。透过佳能自动相机小小的取景口，我看到她挣扎着，想给自己惊恐的脸上换一个表情，好作为她最后的表情留下来，给我们这些孩子做纪念。我想她当时已经确信自己活不了了。她暗自努力，想让阴沉的面部变得明朗，想扬起嘴角做出微笑，却无论怎样努力，都只有一种表情出现在脸上（当然，她自己是不可能看到或知道的）——一种赤裸的恐惧的痉挛。

我强压心头涌上的情感，躲在相机后面，心中犹豫不决,既想完成母亲的愿望,又怕这愿望真的会一语成谶。

"就这样!"我说着,按下快门。

天假其便:相机坏了。母亲的病好了。

1988年2月中旬,应他不懈的要求,我飞往慕尼黑,去见刚好要在那里逗留几日的他。他在剧院酒店的大堂等我,坐在一张藤椅中,身边的大花瓶里插满瀑布般倾泻下来的白紫蝴蝶兰。他看到我出现在门口就站了起来。我们向彼此走去,就像两个身处舞台的演员,共同拉进着一段远非这几步所能覆盖的距离。

我们在酒店房间里关了两天,不去碰触彼此,只说必须的话。他木然地坚持看着电视,虽然不懂德语,我则时不时地走上阳台,在扶手的金属小牌子上紧张地摩挲我的手指,不知为何,牌子上刻着数字13(生命神秘的舞台设计员安排了这一庸俗的巧合)。

我频繁地花很长时间洗澡,这样他就听不到我的哭声。我在热水的冲淋下感觉着慵懒的疲劳与强烈的失落。好几次,我决定立即站起来,叫一辆出租车,拿起行李,摔上门,永远地离开他,但每次都被一种难以克制的既甜蜜又苦涩的不幸感所压制,而难以动弹。我觉得我们被困在了一个庸俗的玻璃球里,像一对年事已高的亚当和夏娃,回到了伊甸园的树下,有人颠倒了玻璃球,雪片落在我们身上，生死已经不重要，因为反正我们都出不去了。夜晚，我被他的哭声吵醒，那哭声像女人的哭声，像我自己的哭声。压制我无法离开的同一股力量，此时也让我无法伸出手臂，拥抱他。

第三天，我们，这两个默剧演员，起身出了门。太阳像聚光灯一样刺眼，我们走过玛利亚广场，各自背负着千言万语。空气中有热红酒、丁香与肉桂的气味，正是二月中举国欢庆的时候。我们像三流小品中的演员，被应时当令的布景围绕着。白炽的骄阳仿佛放大镜，暴露出我们脸上的每一根皱纹，我们都本能地寻找阴凉的地方躲避。

到了机场，我们坐下来，一边喝东西，一边等到了我的飞机。我们一起走向出口。在路上，我们看到一个拍立得照相亭，然后——天知道为什么——我们走了进去。我们挤坐在一张圆凳子上，被肮脏的门帘保护着，等待红灯亮起。红灯第四次也是最后一次亮起时，他突然吻了我。相机的取景音，规定了这个吻的长度。

喇叭里第二次广播出我的航班，而我还站在金属取相口边上等我们的照片。我全神贯注看着那个开口，好像那里面要出来什么终极答案。终于，一条拍立得不慌不忙地冒了出来。我拿起它，撕成两份（两张给我，两张给他）。他捏着自己的那一半，礼节性地吻了吻我，我就向验护照的队伍走去了。我一边走，一边告诉自己不要回头，但还是回过了头。他双手插兜站在那里。他的脸，几天来第一次露出了失落与不安，像相机闪光灯一样，匆匆一闪，就消失在了人群里。我团起兜里的照片，扔进垃圾桶，继续往前走。后来我想，何以生命舞台的设计员，会给我们痛苦的离别设计这样一场不真实的结尾，让我们长达数年的爱情，结束在机场照相亭里的拍立得之吻与相机的咔嚓声中，在表现不可抗拒的爱欲时，也表现了其中包含着的不可避免的死亡。

母亲的相册——她赖以整理人生现实的方式——在我眼前重现了我已经忘却的日常。这是一种摆拍的日常（因为照片中的一切都是经过布置的），然后这种摆拍的日常还经过了甄选（通过选择照片），可也许恰恰因为业余创造者的这种认为生活必须经过安排才能上升到艺术的创作冲动，恰恰因为这些相册的漏洞、失误，以及这种方式本身，它们反而显得特别真诚，特别生动。

有一张照片上可以看到一双我的小鞋，鞋口已经剪开，暴露出战后物资贫瘠，人们购买新鞋的力量比不上人脚生长的速度，照片的主题，从大量工会活动、演讲、旗帜、先锋、小型社会主义景观，变成了我们居住的落后小镇、五月节、花果盛装游行（照片上的我穿成了一朵罂粟花！）、叠人塔、接力跑、环国长跑、举家出游……照片上的这场不见于史册的日常,是那么平凡而纯粹,它可以是任何人的生活,可能在任何地方发生,虽然这一场发生在了我们家。

1991年,当父亲曾以为能够实现的那个理想不可挽回地粉碎了以后,当为这个理想凝聚在一起的各个国家终于分裂了以后,母亲搜罗出父亲所有的奖章(民族团结贡献奖、建设社会主义贡献奖等),整整一堆,放进一个塑料袋——仿佛安放一堆人类的骸骨——伤心地说:"我不知道该拿这些东西怎么办……"

"你为什么不就放在那里别去管它……"

"可要是被人发现了呢?"

我什么也没说。

"你带走吧……"她请求道。

然而,就在同年,当所有街道的名字变了,语言、国家、旗帜与符号变了;当错误的一边变成了正确的一边,而原本的正确突然变成了不正确;当一些人开始忌惮于自己的姓名,而另一些人显然是人生第一次解除了对自己姓名的忌惮;当人们开始相互残杀,一些民族开始屠杀另一些民族;当暴军四起,而最强的一支开始横扫自己国家目力所及的一切;当酷暑导致土地颗粒无收;当谎言被编入法律,而法律沦为谎言;当人们除了流血、战争、枪支、恐惧外再也说不出别的字;当巴尔干各小国提请欧洲注意,自己也是它合法的孩子;当蚂蚁撕咬被诅咒的部落里最后一个成员尸体上的皮肤;当母亲作为自己祖国接受下来的这个国家分崩离析,而她早已失去、也忘记了自己的第一个祖国;当她在自己家中遭受遮天蔽日的热浪的炙烤;当电视机日以继夜地闪烁着恐怖的画面;当她因恐惧的折磨而高烧畏寒——我的母亲,依然坚持她每年雷打不动的惯例,去给父亲扫了墓。我相信,那是她第一次注意到父亲潮湿的墓碑上刻着一个小小的五角星(虽然它一直就在那里,而且是应她的要求刻的)——而且也可能是她第一次想到将这个五角星涂掉的可能性,虽然当时她已极度虚弱、极度疲劳。可是接着,她就难为情地摒弃了这个想法,并将父亲穿着军装的照片作为她自己的财产保留在了相册里。仿佛那一刻的母亲,因为突然与父亲姓名上的五角星对峙,而终于决定原原本本地接受了自己的一生。

她回到家后,坐在自己热得火烧火燎的家中,仿佛坐在一列火车里;没有人保卫她,她头上没有旗帜,脚下没有国土,自身可以说也没有名字,没有护照,也没有身份证明。她不时起身看窗外,想看看这次被战争摧毁的国家是什么样子,与过去看到过的有什么不同。她坐在自己家里,仿佛坐着一列火车,这列火车并不驶向任何地方,因为她反正无处可去。她的腿上放着唯一属于她的东西,她的相册,这一笔小小的,却记录着她一生的财富。

我有一个朋友,自出生起就从未见过自己的父亲。他的母亲曾经说,父亲是在战争的漩涡中消失的。唯一在旋涡中幸免于难的,只有一张小小的、褪色的照片。

后来,他母亲也死了;再后来,他自己成立了家庭。有一天,纯粹出于偶然,他发现他父亲其实是在战后被处死的;因为他站在了错误的一边。他再去看父亲的小照片,第一次发现它不仅旧,而且有修改的痕迹(很可能是母亲的手笔)。这里画一道,那里抹一笔,把他父亲遭人唾弃的军装,改成了一件普通礼服。

战争过去四十五年后——当错误的一边已被历史粉饰得太太平平,而新时代的摄影器材都将镜头对准了正确的一边时——我的朋友面对儿子提出的关于爷爷的问题,作出了简短的回答:"他消失在了战争的漩涡中。"然后,他给儿子看了那张小小的褪色的照片。

我从来就不喜欢拍照,讨厌背相机的游客,也觉得看别人的相册或电子相册是一种折磨。

有一回出国,我买了一台自动相机,既然买了,也就顺手拍了几张照片。过了一段时间,我重看那些照片,发现它们所记录的一切,就是我关于旅途所能想起来的一切。我试着回忆其他事情,但记忆坚持附着在照片的内容上,不肯离开半步。

不知道我如果没有拍照的话,还能记住什么,又能记住多少呢……

母亲参加完外婆的葬礼后,把她经年累月寄给外婆的一大捆我们家的照片都带了回来。其中有一张拍的是我在沙滩上。当时可能有十三岁。我在这张照片背面看到一行保加利亚文,是我表妹稚拙的笔迹:照片上的人是我,在海滩上,穿着我的新泳衣。这行字下面,有她同样稚拙的签名。

现在这张照片回到了我手上。我的表妹为什么这么做,我将永远也不会知道。对此我非常疑惑,有时甚至怀疑那行字是不是我自己写的,因为确实很难证明不是我,而那张照片上的人又肯定是我无疑,然后我想到,会不会是我用表妹的语言给她在照片背面写了一段话,模仿了她的笔迹,还签上了她的名字。这个想法令我相当震惊。

最初的紊乱、最初的甄选、最初的根据时间与重要性进行的整理与组织以及最初的修缮(丢掉丑陋的照片,丢掉斯拉维卡和博兰科)以后——母亲相册中的照片,似乎都暂时找到了自己永久的位置。

虽然如此,我注意到一股新生活的暗流,还是悄无声息地潜入了这些编制严格的相册里:写着某面霜品牌的小纸片,某个人的电话号码,一张报纸上剪下的特殊门锁和警报器的广告,一篇关于番茄有毒的文章,某人度假时寄来的明信片……这些东西好像受到相簿的吸引,要来填补那些被扔掉的照片所留下的空白。

当相册变得越来越像手帐时(曾经唯一逾规的是粘在我第一张照片旁边的头发),母亲就会把它们重新整理一遍,丢掉那些逃过她监管溜进来,对她的个人历史进行破坏的垃圾。

有时我会碰巧撞见她翻看相册。她合上手上那本,摘下眼镜,将相册放下后,总会说:"有时候我觉得我好像从没活过……"

"人生就是一本相册。相册里有的是真的,相册里没有的,从没有发生过。"我有个朋友曾经这样说。

我以前在莫斯科认识一个叫伊万·多罗佳夫采夫(Ivan Dorogavtsev)的,从莫斯科郊县弗里亚奇诺来。他翻译莎士比亚,而且是弗里亚奇诺有名的疯子。多罗佳夫采夫穿破衣烂衫，戴一顶女式假发，显然希望能在外貌上尽量贴近自己的偶像、自己放眼天下无人能及的大神威廉。多罗佳夫采夫的破衣裳上面还别着一块自制的徽章，徽章上（用西里尔文）写着：威廉·莎士比亚。

多罗佳夫采夫的文字产量很大。他把自己的翻译附在各种俗气的明信片后面（大部分是容易到手的捷克、保加利亚、波兰明信片，当然还有苏联本地的明信片）。于是我爱人的眼睛绝不似骄阳便与伯利恒礼拜堂走到了一起，《奥赛罗》选段出现在生日卡上，背面印着 S dnem rozhdeniya①。他还用明信片做封面，自己绑小册子，于是，用蹩脚打字机打出的哈姆雷特独白就被穆欣娜的 Rabochiyi Kolkhoznitsa② 捆绑了起来。有时，多罗佳夫采夫会在翻译里加入自己的创作、想法与品评，于是，世所仰慕的莎士比亚的灵感与才华里，便也在弗里亚奇诺一个普通居民的身上，找到了势均力敌的灵魂伴侣。

多罗佳夫采夫坚持给勃列日涅夫主席写信，要求苏联政府的支持。信中，他解释了自己伟大的文化使命，坚称自己已经掌握了打开莎士比亚的钥匙，参透了莎士比亚作品中所有高超的技巧与平凡的思想。人类（多罗佳夫采

---

① 俄语，意为：生日快乐。
② 俄语，意为：工人和集体农庄女庄员。

夫讲到某些词时喜欢用大写）对莎士比亚的一切了解与研究，如今都可以任意地（！）弃如敝履，因为只要他，弗里亚奇诺的伊凡·多罗佳夫采夫，将自己的发现公诸于世，我大俄罗斯的研究，即将成为对这位宇宙第一人（当然，他指的是威廉·莎士比亚）的唯一权威的研究。

在他自制的小册子中，多罗佳夫采夫无情地批判了自己的前辈——过去曾对莎士比亚做出过译介的俄国译者。他以精确计算而得的百分比数，对他们的翻译质量进行了评估。根据他的研究，俄国最负盛名的莎士比亚译者鲍里斯·帕斯捷尔纳克所译的《哈姆雷特》，正确率为0！——在这个批给帕斯捷尔纳克的0后面，多罗佳夫采夫还打上了一个斩钉截铁的叹号。

如果每一种疯狂，都像每一则谎言一样，蕴含着一丝真理之光，那么在多罗佳夫采夫身上，真理之光，是通过一张照片显现的。他曾郑重其事地给我看过那张照片，仿佛它拍下的东西是世界上最伟大的秘密。照片是处理过的，且由于拍摄者的业余创作情怀，也因为他水平有限，加之多罗佳夫采夫其人的疯狂（啊，伟大的业余艺术！），它恰好隐藏了应该隐藏的东西，而又表现出了应该表现的东西。

简而言之，照片上的威廉·莎士比亚与多罗佳夫采夫并肩站立，四目望进永恒，就像两个最要好的朋友。他们,威廉与万尼亚①,他们并肩站着,仿佛这是世界上最最自然的事。照片本身恰恰证实了那句原本显得疯狂的宣言:也许,弗里亚奇诺的伊凡·多罗佳夫采夫,确实掌握了打开莎士比亚的钥匙。

我很小很小的时候,曾用双手把眼睛遮起来,说我不见了,然后打开双手,又说我在这儿呢。在场人听了,都会欢呼雀跃:啊,你在这儿啊!

这个幼儿时的小游戏——在我们心中建立了这样的认知方式:我在这里,所以我存在(因此,我看得见);我不见了,所以我不存在(因此,我看不见)——还有一个成人版本。我记得小时候大家都喜欢用手做成望远镜的样子举到眼前,然后玩笑性地威胁伙伴们:我看到你啦!再大一点后,我们用纸筒代替了手。纸筒将无边无际、难以驾驭的世界,收缩进小小的圆圈,给它加了一个框。纸筒给了我们选择的权利(我能选择细看这个,或那个)。透过白色纸筒抵达我们双眼的世界,因为被分割成一个个圆形的局部,于是更瞩目,也更美。那句玩笑性的威胁——我看见你啦!——此时实现了其全部意义。没有纸筒的人只是能看见,而有了纸筒的人,便真正具有了观看的能

---

① 原文为 Vanya,Ivan 的昵称。

力。在纸筒这一简单的装置的帮助下，人以自己更觉舒适的尺寸，亦即一帧照片的尺寸，看到了世界。

我第一次去纽约时（心里因为终于能看到它而隐隐激动），特别不能理解为什么我走在街头心里竟毫无感觉。我在心里捏自己的脸，揉自己的心，但除了木然与漠然，依旧什么感觉也没有。

然后我坐上一辆出租车（车里大声放着调频广播），在挡风玻璃上，我发现了（！）一块屏幕，无数画面扑面而来，让我倒吸一口气。多亏这次普普通通的出租车之旅所营造出的影院效果（它的颠簸移动、车内的音乐，以及形似屏幕的挡风玻璃），我终于认出了眼前的城市，与这座城市中的我自己。我有了一个纸筒（我看——见你啦！），透过这个神奇的隧道，纽约带着它所有的美，涌进了我的双眼。

照片将无边无际、难以驾驭的世界，微缩成小小的矩形。照片是我们衡量世界的尺度。照片也是一种记忆。记忆的先决条件，是将世界微缩成小小的矩形。而将这些小小的矩形整理成册，本质上是一种书写自传的方法。

在家庭相册与自传这两种艺术体裁之间，无疑存在着一种联系：相册是物质的自传，而自传则是文字的相册。

整理家庭相册，其实是一种艺术创作（因为其中不乏对艺术的追求）。写自传（不管写出来的东西有没有文艺价值）同样是一种艺术创作。

相比于专业主义（想不到更合适的词了，我们姑且先这么叫吧）的艺术创作，业余主义的优势，或者说不同之处在于，它带有一种若隐若现的痛楚。一种只有业余艺术作品（像超感知觉一样）才能触及，并传递给观众或读者的痛楚。技艺精湛的所有艺术品，鲜有能触及这种痛楚的例子。这种痛楚是保留给业余艺术创作者的猎物，只有他们才有机会在无意中触及它。

我记得有天早上坐车的时候，曾看到这样一幅画面。一对年轻夫妇走出家门；丈夫穿着一套皱巴巴的邮递员制服，戴一顶邮递员的帽子；妻子个子小小的，其貌不扬。城市某居民楼的楼道口，将这对卑微的夫妇吐进了清晨灰蒙蒙的光照里。她踮起脚尖（她的脚上穿着穿旧了的高跟鞋），歪过脖子，仰起头；他温柔揽住她的腰，让她好像玩偶一样挂在他臂弯里；他热烈地吻着她，帽子歪向一边；她全身心接受他的吻，忘情到抬起了一条腿——这一切，我确定，即使是让最专业的演员来演，都不会是件容易的事（夫妇的吻，是业余的艺术创作，专业演员的表演，是对他们的模仿）。这幅由我顾自微笑着，匆匆用眼睛摄下、并记住了的早晨的画面，因为于我自身的境遇所形成的强烈反差，而在我心里激起了一种深刻的、明确的、却又是莫可名状的痛楚。

相册的整理与自传的编写，本身都是一种业余艺术创作，因其业余性，从一开始就注定了要失败、要沦为二流。因为整理相册这一行为本身，就体现了我们想要从多个角度尽量多彩地展现生活的下意识的期望，而生活在这样的期望下，便被切割成了一系列死气沉沉的碎片。编写自传时，人对事件的记忆方式，也存在同样的问题；自传牵涉的事都发生在过去，可问题是，记录这些发生在过去的事件的人，却是一个现在的人。

只有一个成就，是这两种艺术体裁都有可能达成的（虽然它们都并不期望达成什么，因为它们的天性中没有算计这种东西），那就是于无意中击中某个痛点。当这样的奇迹发生时（当然，它很少发生），这件平凡的业余艺术作品，将会在艺术之外的另一种层面上取得胜利，即使是最辉煌的艺术作品，在它面前也要黯然失色。

在文学世界中，真正的作家，都会嫉妒这样一件（从失败中绝地反攻的）作品。因为这样的作品，有如神助般，轻而易举地达成了他们无论怎样努力都无法达成的高度。

我以前认识一个共产主义时期曾身居要职的人，他的工作是编辑,更确切地说,他的工作是代写人事档案。由他代写的档案,都是各个机构推荐上来需要修饰一番的档案。这位编辑有一个上司,也就是他的主编,负责将档案交给上面的人,再由他们来决定给谁颁发奖章。

虽然每个人写自己的档案时多少都知道应该怎么写,但依然需要一个编辑来统一档案的风格,保持它们的平均水平。个人档案的编写,不仅有选材与措辞上的规定,而且在自我介绍一栏也必须套用既定的官话。

"但这个人的家庭背景明明不是工人阶级!这里写得很清楚……"编辑抗议道。

"就按我说的写。"他的上司说。

"那所有的人就都一样了!那上面怎么知道应该给谁颁奖章?"

"这就是上面的要求。每份档案上只准有两行跟其他的不一样。两行!"上司不容辩驳地说。

相册的整理与自传的编写,都是本着对主体的尊重来进行的(主体如此切身,怎么可能不尊重?)。指导相册整理与自传编写的手,属于一位怀旧的天使。怀旧的天使用它沉重、伤感的翅膀,扫清了一切反讽的恶意。这就是为什么,很少有致力于搞笑的相册、致力于揭丑的照片与致力于自嘲的自传。审查的利剪,正是在这两个最为真挚、最为私密的艺术体裁——相册与自传——上，也最为一丝不苟。一旦自传中出现了幽默（搞笑、自嘲等），读者便会将其归为不真实的那一类（专业的、文学的），归为另一套秩序与手法。

自传是一种严肃而伤感的艺术体裁。就仿佛在作者与读者的内心深处，天生就有着这种类型的底层编码：在创作与欣赏的过程中，自觉调整脉搏、控制心跳、放慢呼吸、降低血压……

在这个意义上，自传的创作与相册的整理，是全人类的艺术启蒙，也是唯一被全人类反复进行的艺术尝试。每一本相册，都只不过是对学校手工课上所学内容的实践：压花、拼贴、页边装饰……

自传，以及相册，总让我想起上学时那些得A的作文。

我上学那时的作文课会布置两种作文：命题作文和自命题作文。自命题作文重在检验表达的优劣，命题作文则需要知识的储备。在自命题作文上得A是比较容易的。

因为，自命题作文可套用的公式非常固定：通常是第一人称，开篇也很雷同。出于某种原因，A等作文都以雨开头（我坐在窗边，秋日的第一场雨敲打着窗户……），并以雨结尾。另外，秋雨似乎是最受欢迎的一种雨。最有艺术表现力的是动词飘洒与淅沥，以及省略（秋雨飘飘洒洒……淅淅沥沥……），让人联想到心跳或雨滴的节奏。

这些作文中，为赋新词强说愁的沉思与怀旧口吻如牙疼般挥之不去，通常都是因为一片近旁树上落下的叶子，勾起了对所谓生命无常、韶华易逝的深邃联想。

言而总之，正是这些湿漉漉的作文，奠定了人们日后的审美原则。某位浪漫的小学老师，于久远以前的某个时候，在自己学生们的心上打下了这种烙印，学生们怀着文学素养离开了学校，认为自己对美有了深刻的理解，还带着他们的 A 等作文，作为书面证明，这些人中，有的也成为了老师，在自己的学生心里，也打下了相同的烙印，然后他们的学生中，又有成为老师的人……

于是，当某位曾评论、译介、分析过多部杜拉斯作品的著名评论家，在她记录去拜访作家的某篇文章一开头就写到了雨，也就是说，这位批评家站在杜拉斯门前兴奋地按着门铃时，大雨正在瓢泼，我仿佛又听见了久远以前 A 等作文那熟悉的回响。且从那一天起，这位著名作家笔下的每一页文字，都给我一种熟悉的、挥之不去的牙疼的感觉与雨水的气味……

相册和自传作为业余艺术创作，与家庭手工作品不无相似之处，因为它们都想做得漂亮，与学生作文也不无共同点，因为都想得 A（考虑到有朝一日别人会看我们的相册，会读我们的自传）。该体裁的创作者与欣赏者之间，对什么是美也有着共同的理解。"你读过 X 的书吗？""读过，不过是一系列炫技，没什么特别的……""那你读过 Y 的书吗？""读过，写得很美，很真挚……"

美与真挚——在大部分读者心中，这是两个雷打不动的美学标准。于是作者与读者双方都乖巧地顺从了这类体裁所谓美与真挚的节奏：他们不约而同地调整脉搏、控制心跳、放慢呼吸、降低血压……

一个英国朋友曾给我写过一封信。这位朋友懂不少克罗地亚语。写信时的她正好遇到了不顺心的事。信的内容令我非常触动。但我读的时候实在忍不住要笑。我朋友写信用的打字机是一台英式打字机。虽然每一句话都在迫不及待地表达着痛苦，但因为没有变音符号（上面那些小家伙也带上？美国机关工作人员在写我名字时这样问道），看在我眼里就特别好笑。而痛苦的画面，也就带上了完全相反的意味。

我读大学时，宿舍里曾搬进来一个女孩。她来自小地方，报了英语系，学习特别认真。我们共用厨房和卫生间，平时不太说话。她为人安静内向。

有一天我回到宿舍，看到她房间里有一个医生。她躺在床上，脸色惨白。因为吞了大量安眠药。大家整晚都在想办法让她不要睡过去。

最后她好了。我们都没再提这件事。后来有一天晚上,她一言不发地走进我房间,坐下来,把睡裙拉下来紧紧抱住膝盖,然后用英语——磕磕绊绊、搜肠刮肚地寻找着词汇——跟我说了自杀的原因。故事非常平淡:就是因为她跟有妇之夫恋爱了。说完后,她又静悄悄地回了自己房间,此后我们也没再重提此事。

这个女孩令我深受震动:这个故事太痛苦,太私密,她为了能讲出来,只好诉诸外语。是外语帮助她咳出了如鲠在喉的那块疼痛。内心深处的良好品味让她无法允许自己用自己的语言去讲这个故事。因为这个故事太平淡了(对外人来说,对听众来说),还因为,一旦诉诸语言,自己的痛苦将丧失一切意义。于是,她宁肯费尽心力去克服语言与心理上的障碍,也要用外语来讲这个故事,以保全它的内核不受损伤。

的确,我们只有躲在外语背后时,才能轻易地表达自己的痛苦与对他人的诅咒。也许正是出于与我这位文静的同学相同的原因,俄国诗人约瑟夫·布罗茨基,在自传中提到父母的章节中,才使用了英语。当然,一定也有对良好品味的考虑:透过外语的滤网,自传性文本中难以克服的怀旧意味,得以摆脱了潮湿,变得干燥、精致。

前段时间我自己也买了一本相册。设计比较静雅，有一个咖啡色猪皮封面，是我一直想要的。

不久前有一次，我拿起来翻，看到一张我自己的照片。细看之下，我发现自己嘴边有两条细纹。细纹向下走，在嘴角两侧分别形成一片隐约可见的下垂。我像扯胶布一样，迅速揭开相册内页的薄膜（相纸受刑的声音像是空气也被撕碎了），取出照片撕碎，永久性地将它遗弃在了遗忘的深渊。

在我书桌最下面一层的抽屉里，还有一大堆照片。每次打开抽屉，那些脸，那些笑容，那些身体——那些矩形相纸上模糊的光影组合——就会从里面涌出来。我把一捆照片留在信封里，绑上丝带，塞在最下面。我整理东西时不时会再看到它，我会拿出来摸，用指尖感受疼痛，但我知道还不是打开的时候。有一天，当我认为那种疼痛已经消失时，我会打开它，看看里面的照片，把它们整理到相册中去。我会小心选择，仔细安排位置，确保不出任何差错。整个过程中，我要坐在窗边，听着秋天的第一场雨，在那时敲打着窗户……

II
花面笔记本

1

他亲手切完瓜,把瓜籽收好,用纸包起来,这才开始吃瓜。吃完后,他又让加普卡为他拿来笔墨,亲手在装瓜籽的纸包上题道:"于某年某月某日吃瓜。"如果当天有人来做客,还要写:"在座有某某、某某与某某。"

——V. N. 果戈理,《伊凡·伊万诺维奇和伊凡·尼科弗罗维奇吵架的故事》

1986年,当我穿过幽暗灰蒙的阁楼,走进莫斯科画家伊利亚·卡巴科夫明亮的工作室时,不由得在心中行了一个屈膝礼。我进入的这片领土,属于垃圾的无冕之王,库尔特·施维特斯的后裔,这个家族已经创造出了自己的秘密族群,日常考古学派,其族人还有罗伯特·劳森伯格、阿尔曼·费尔南德斯、约翰·张伯伦、安迪·沃霍尔、列昂尼德·舍伊卡(伟大的垃圾堆哲学家),等等等等。

这一族群的俄国分支始于果戈理，发展至先锋派（先锋派在登上他们著名的现代性轮船时，真的只带了果戈理），以及天天跟日常 byt'（byt'一词在其他语言中可直译为此在，但它在俄语中的含义远远超过了这一范畴）死磕的形式主义者。其中最古怪的文学人物，当数被遗忘的先锋文学家康斯坦丁·瓦吉诺夫。在他的小说里，主人公梦想着成为日常 byt'博物馆的建造者，新老垃圾世界的组织者，指甲、火柴、糖纸的收集者，伟大鸡毛蒜皮系统化者，或如他在《哈帕哥尼亚达》（*Harpagoniada*）中写的朱龙宾那样的烟头分类者。"分类是最具创造力的活动之一。"等到桌上所有的烟头都分类登记完毕，朱龙宾说。"本质上，世界是被分类形塑的。没有分类，就没有记忆。没有分类，就不可能对现实进行想象。"瓦吉诺夫的男主人公这样想道。

三十年后，预感到苏联时代即将终结，俄国先锋派的继承者，即另类艺术家们，自觉接过了瓦吉诺夫的衣钵。莫斯科艺术家伊利亚·卡巴科夫开始创作他的理解现实（Making Sense of Reality）系列，他先是画出了很多日常生活场景，就像是很久以前的报纸和苏联主题图册里的照片，或是电影海报所做的那样；其中所涉的场景，也都是消费者潜意识中已经符号化了的典型苏联生活场景。

通过这种方式，卡巴科夫将高度写实主义与社会主义写实主义令人困惑又不无讽刺地融合到了一起。在卡巴科夫的画中，苏联日常生活看起来特别逼真，但与此同时，有鉴于其社会主义写实主义表现手法，这些画面又是一种对日常 byt'的元描述。卡巴科夫画的虽是当下，用的却是过去程式化了的社会主义写实主义绘画风格。某一幅画甚至直接复刻了 1937 年某社会主义现实主义画展纪念册中的一幅。我们的考古学家卡巴科夫使用的（实物）材料均来自日常生活：苏联画册当然也是日常生活材料中不可或缺的一部分。

在卡巴科夫的画作中，文本有时会完全代替图像。在巨型油画布上，卡巴科夫一丝不苟地复刻并放大了各种各样的苏联日常文件：火车时刻表、居民行为规范、公告牌上的通知、各种文件与表格。在复刻的过程中，卡巴科夫尽可能地不去做任何艺术干预，而只是原原本本地从苏联日常生活中进行提取：无论是交流的方式（公告栏、告示牌），还是信息的内容（居民行为规范）。将这些文件放大，也引发了不同的解读：作为官僚主义文本，可视作单纯的装饰品，而没有实际内容；作为一篇文字，可以被重新审视；而作品本身，也可视作对官方艺术规范的观念性挑衅（认为居民行为规范条例也可以是一种艺术品）。然而，卡巴科夫自己并没有给出任何解读。这些被放大到画板上的官僚主义制度下日常生活的素材，有待观众/读者自己去解读。

卡巴科夫还将过去只属于文学范畴的主体，也都搬到了他的画布上。在厨房系列作品中，卡巴科夫将某公社大楼（这种社会主义时期的苏联日常居住单位现在已经不存在了）厨房的日常生活原原本本地呈现了出来。每幅油画上都粘着一个（真正的！）厨具（一把刀、一把擦丝器或一把笊篱），并附有一段对话（这是谁的擦丝器？这是安娜·米哈伊洛夫娜的。看，有人留下一把刀！这是彼得罗维奇的刀！）

在《奥尔加·格奥尔基耶娃，你有东西煮开了！》中，卡巴科夫使用日常口语拼凑了一件极其古怪的作品。那是一面打开后长达四十五米的用墙纸做成的屏风，两面都贴满了用官僚主体字体写成的字条，字条的内容是某公社大楼居民说的话，这些话组成了一场漫长的交谈。各种蜚短流长、评头论足，商量搬家的事。可虽然表面上在交谈，实际上却没有交流产生，好像谁都听不见谁。卡巴科夫如纪录片般精准地复制了这些日常对话，将观众/读者引入了日常美学的残暴陷阱，引发出他们（从同情到焦虑各各不同的）复杂情绪。

卡巴科夫对苏联日常生活的深度收集，自然而然地将他引向了《从不扔东西的人》这件多媒体艺术作品的创作。整件作品可以说是一部采用了各种媒体作为记录手段的日记，一部全方位多角度记录自己的自传。卡巴科夫这件作品的作者，拟定为一个不知名的苏联市民，他有自己的世界观，自己对美的理解，自己的语言，并写下了这部不寻常的（自己的）传记。

作品一开头是一段那位不知名的苏联市民对自己的描述；接着是大量分门别类地有序地粘在或钉在巨幅画板上的实物垃圾；然后还有各种被绑住吊起来或装在盒子里的器物，每一件器物都有它自己的分类标签；最后还有数不清的练习簿、文件夹、文件、日记本。那个平凡的苏联市民，既是这些东西的作者、主人，又是这些东西所刻画的主角。

有些画板上粘着很小的垃圾，捡到每一件垃圾的日期和时间（如：3月15日晚）与垃圾被发现时的情境描写（如：起床时在床边角落里找到，因为没有扫帚，就去问奥尔加·尼古拉耶夫娜借了一把；四月大扫除时在桌上找到；当时在下雨）通常都写在画板的顶部。在每件小垃圾（蛋壳、弹簧、面包屑、指甲、头发、剃须刀片等）下面，都有一行标注（晚饭吃掉了；尼古拉给我的；剔牙所得；未知；从拖鞋中找出；当时我在做针线活；我不记得；我在吃鸡蛋；我在削铅笔；我用它刮了十五次胡子）。

在叙述过程中，卡巴科夫不仅重现了一个普通苏联市民的思想、世界观与美学品味，而且，其所采用的表现手法，也是普通的、平民化的。确切说来，他采用了对自己，一个普通市民来说，能够胜任的创作方式：制作家庭相册、拼贴画，收集记录流行文化的明信片、邮票与火柴盒。粘的东西越大，画板上的说明性文字也就越具体。比如，在一个药片的包装盒下面，他写道：弗洛迪亚头疼，问我有没有药，我没有阿斯匹林，只有扑热息痛，他吃下去好了点。而在一个空玻璃罐下他写道：这是维卡给我带蛋黄酱时用的玻璃瓶。

根植于混乱的日常 byt' 之中，卡巴科夫为琐碎之物书写了一部宏大的多媒体传记/自传。在名为《我的一生》的手帐集（自然，这又是卡巴科夫那位不知名的苏联市民的创作）中，各种暑假明信片、简报、便条、笔记、速写、照片、信件、证书、个人文档……原原本本地展现了一个普通市民世俗的日常生活。卡巴科夫用垃圾来书写这部传记/自传，本来就颇具荒谬（或悲剧）的意味，而这一意味，又因传主本人的缺席而显得越发深重。这位匿名公民兼传记作者的个人命运，完全是整个体制（即苏联）及其品味、观念与语言的后果与缩影。通过隐藏在普通苏联市民这一面具背后，通过以他的身份收集到的日常垃圾，卡巴科夫向我们展示体制、政治、意识形态、媒体、文化、教育对日常与私人生活复杂的渗透，并通过将垃圾置于所谓高雅艺术的主题之上，从根本上向官方文化发起了挑战。

1986年，当我穿过幽暗灰蒙的阁楼，走进莫斯科画家伊利亚·卡巴科夫明亮的工作室时，我在心中行了一个屈膝礼。我从未见过如此骇人、苦涩又令人动容的画面：一个普通人的传记/自传，被这样清晰、苦涩而赤裸地降格为事实，被如此粗暴地打满了体制的烙印。

我告别了卡巴科夫的记忆，告别了这位垃圾的无冕之王，这位苏联时代博物馆的创建者兼导览员，除了朋友或像我这样的偶然来客，他从未指望还会有什么人来到莫斯科这座明亮的工作室，即博物馆的所在。

那以后不过三年，我在纽约苏豪区闲逛，在一个画廊里偶遇了一幅卡巴科夫的作品。这幅作品很小：背景是一张从童书上撕下的插画，插画上粘了些看不出写的是什么的皱巴巴的字条。插画本身无甚意味，字条看起来对作品也没有什么加成，价格却高得吓人。想到卡巴科夫耗数年之力，在莫斯科某个到处是灰尘的阁楼中创作出的不见天日的作品即将闻名于世，我的心中泛起隐隐的失望。不知将它们暴露在空气与阳光之下，是否会摧毁它们的本质；不知用平凡生活中的垃圾所创造出来的令人心痛的美，是否会就此丧尽它所有的意义，而变成真正的垃圾。

附 记

卡巴科夫用来创作传记／自传的素材，也就是那些垃圾，其本质似乎也并不是那么简单。我后来又见到过一次卡巴科夫，那是在我去他在莫斯科的工作室的整整八年以后。1994年2月，在柏林博德维宫，他举办了一场不同寻常的音乐会。卡巴科夫站在乐谱架后一盏小台灯的光照中，念着公社大楼厨房里那些不知名的居民的马拉松式对白。这是卡巴科夫旧作《奥尔加·格奥尔基耶娃，你有东西煮开了！》的舞台表演。第二男声（由鼓手塔拉索夫担任）从另一个乐谱架后加入。二人仿佛在表演一首二声部的卡农。某处，传来收音机的声音，播放着典型的苏联电台节目：甜到发腻的情歌、爱国主义的军歌、古典乐，当然还有《天鹅湖》。同时，整场演出还伴随着锅子、勺子、叉子的碰撞声，背景上，一直播放着真正的苏联公社厨房的黑白幻灯片。

这是一首唱给已逝年代的安魂曲，唱给它的悲凉、它体制的内核。词句连绵不断地打在我的身上，令我身心疲惫，令我晕眩，几欲作呕。这是一场用烙在心上的词句发动的攻击，一场声音的幻觉，一个已逝时代痛苦的呻吟。

卡巴科夫在柏林舞台上的表演深深地触动了我。我说不出自己为什么被触动。公社厨房并不是我曾有过的日常。但我还是哭了。而且觉得自己有道理哭、有权利哭。无论如何，卡巴科夫的表演确实牵动了我体内某根不知名的伤感神经，也许这根神经拥有对东欧共同创伤的记忆。"性格形成期所遭遇的创伤是永远不会被忘记的，"我的朋友V.K.曾说过，"有些人把这种感觉叫作怀旧。"

2

突然间,我感到腹胃中被塞进一块冰凉的焦虑。

——米兰·昆德拉,《笑忘录》

1月9日

米尔亚娜来过了。给我做完午饭才走。米尔亚娜真好。我把儿子的干净衣服都想办法熨了熨。他应该会来拿。我得提醒他放进衣橱时要仔细叠好。他打电话给我,说布比已经安全到达。但因为她还没给我打电话,所以我还是不放心。

快十二点了,我还不想睡。我没有发烧,但时常咳嗽。他们说最近流行一种亚洲流感,为什么偏偏是我染上了呢!我准备看一会儿书,可能就能睡着了。

1月10日

我生病了,幸好波莎的病已经好了,她能照顾我和薇瑞卡。薇瑞卡问我要香烟,给她的喉咙消毒。这又是她偏方里的一颗明珠。我们的薇瑞卡,她什么都懂,没有她,我们都不知道该怎么办了。不过有时,她太博学了,我们也觉得有点烦。

我的邻居波莎和斯冯科出去买东西了。斯冯科申请提高了养老金利率,波莎喜欢买东西,但斯冯科不让。每年一月,他们家就会变成一座真正的家庭剧场。很可惜我不是一个作家,不然可以来写一写。但不管怎么说,如果没有这两个邻居,我现在的境况肯定更糟。

我得去煮点茶。什么时候我的流感才能好呢?今天外面的天气好极了。

1月12日

我大概十点的时候起床,有人在敲门,肯定是波莎叫我去喝咖啡。我去了银行,想看看有多少利钱可以拿。我有五千万,够付电费和生活费了。虽然可能会过得比较紧巴,但我想,我的养老金应该能帮我撑过这几个月。

从银行回来后我到信箱拿信。有一封德米特里娜寄来的信,问了新年好,还说索科尔死了。信看了让人难过,我哭了。她说得掏心掏肺,把一切遭遇都告诉了我。居然把开膛破肚的病人直接送回家里,这我在恐怖片里都没见过,更别说是在现实中了!德米特里娜却要看着索科尔经历这一切，她自己也是好不容易才活下来的呀。

由于伤心过度，我又睡不着了。我一直想着我们家的人，想着那些已经离开了我们的人。我还记得索科尔的妈妈，也就是我的阿姨茨维坦卡。她以前多开朗！我娘家所有人都很开朗，除了外公，他喜欢喝酒，也是死在酒上。

索科尔小时候总是流鼻涕，可能就是因为这个，我不太喜欢他。后来他长成了一个英俊的男人，文明、讨人喜欢，所有人都喜欢他，他弟弟就不一样了，不过我到现在，也还是不怎么关心他的弟弟。好人没有好报啊，索科尔也是。他跟他第一个妻子米玛关系就不好，后来跟德米特里娜在一起，但只过了很短时间，真不幸。这就是好人的命运啊！

现在，家里只有两个人住在村上，帕芙拉阿姨和托什科叔叔。

我一共有四个阿姨，但帕芙拉阿姨是我最喜欢的阿姨。我妈的五个姐妹里，现在只有两个还活着：帕芙拉阿姨和娜扎阿姨。帕芙拉阿姨是五姐妹里最小也是最漂亮的一个，她嫁给了斯拉夫科，长得很帅，但是人非常笨。她不爱他，但还好他们生的孩子都很可爱。我永远也忘不了她的婚礼。因为不爱斯拉夫科，新婚之夜她要我跟她睡在一起。我回家后把这件事告诉了母亲，她用手捂住脸；我差点儿挨了揍。这对新郎是多么大的侮辱啊！那时我才几岁？好像十二岁……我的眼睛开始痛了，我看不下去书了，但怎么能睡着，我还不知道。

1月15日

我早早地就起了床，整理了房间，弄好了午饭，等着我儿子来。他来了，我们一起吃了午饭，说的话比平常多。他出于礼貌多待了一会儿，但我知道他等不及要走。他在我面前藏不住什么，我只是假装不知道罢了，怕他心里过意不去。

这不能怪他。我自己以前也在家里待不住，只不过我父母比我严格多了。仲夏夜九点我就必须到家，那时候天还亮着，幽会什么的就更别想了！

1月16日

今天我又起得很早，把窗帘拆下来洗了，拧干后直接挂了回去。我还给家里做了大扫除。还是没有布比的消息。

1月19日

昨天晚上我又发烧了，不知道是因为流感，还是别的什么。因为起雾和天气凉，我的关节炎又犯了。布比还是没有给我写信。

不知道为什么，今天我一直在想佩特雅。我最要好的朋友。我以前什么话都跟她说。我们一起上学，是同班同学，都住在老火车站的居民楼里。那个火车站发生了多少事啊，那里有我的一整个童年！

夏天是最舒服的季节，当所有班次的火车都开走了，我们就在站台上乘凉。我的初恋伊凡负责弹吉他，我们跳舞、唱歌……现在我也说不清，自己是爱他，是喜欢他这个人，还是喜欢他会弹吉他。但这都不重要了。那时候我们是邻居，他读中学三年级，我读小学最末一年。我那时大概十五岁的样子，现在的女孩十五岁时什么都懂了，我那时候只要看着他就够了。他喜欢爬山，我记得他曾给我带过一朵雪莲花。我还把它夹进书里收藏了很久。

佩特雅很瘦，还没怎么发育，个子很小，金头发梳成两条麻花辫。男孩都不怎么注意她，但最后她却跟最英俊的那个跑了。我还有点嫉妒呢。后来她嫁给了他，而我出了国。我永远也忘不了离开瓦尔纳的那一天。佩特雅和高沙到快开车时才赶到，手里拿着给我的花。后来我回娘家探亲要走的时候，佩特雅每次都会来送我，但每次都是最后才赶到。后来我们开始开车回来探亲，送我时她终于不用紧赶慢赶了。挺好，这一切我都还能记得。现在我们都是寡妇了。

今天晚上我觉得自己可以一直写到明天早上，可惜我的眼睛疼。

1月24日

最近我越来越懒，成天不是躺着，就是吃东西，再不就是看电视，跟邻居喝咖啡，听他们讲身上的毛病，讲粪便的软硬，讲什么茶通便，什么茶止泻。有时我分不清究竟是他们疯了，还是我疯了。他们怎么会没发觉自己一直在重复相同的事呢？有时甚至重复五遍之多，而我出于礼貌就一直听着，好像是第一次听说。

我真希望安吉卡或米尔亚娜快点来。希望能跟安吉卡好好笑一回。米尔亚娜不喜欢笑，但她有她自己叫人心安的办法，我很喜欢跟她在一起。安吉卡就像我曾经在瓦尔纳的佩特雅。

我记得佩特雅家有六个孩子，每一个都比前一个矮一个头。他们的父亲是个酒鬼，母亲经常犯头疼病，我从来没见她笑过。她不会做饭，从不打扫屋子，也许是因为孩子太多忙不过来，所以佩特雅每天都到我家来吃饭；我母亲很会做饭。

我的佩特雅喜欢我家的一切，我们家也不怎么拮据，她便成了我家的第三个孩子！我觉得我爱她胜过爱自己的亲妹妹。我妹妹比我还壮，经常跟我打架。我更喜欢佩特雅。但还是在两件事上对她产生了妒忌心。一件是她得到一条蓝底白花的乔其纱裙子，虽然我衣服很多，比这条好的也不少，但还是嫉妒她。还有一件就是高沙。但高沙真的是佩特雅生命里唯一的好事了。

这一切都过去很久了,现在我不明白自己为什么当时会嫉妒她。但那条裙子,我是真的喜欢,直到现在闭上眼我还能看见它。真奇怪。

布比还是没有给我来信。已经凌晨一点了。我准备看会儿书就睡觉。我最近在看契诃夫的短篇小说。

1月28日
今天,布比终于来信了。她很好,这让我心上的石头放了下来。

我看了电视,领导们说国家的形式很坏。我有点害怕。钱越来越少了,每样东西都贵得吓人。真不知道我们怎么过下去。我是个随遇而安的人。小时候就没有过多少东西,现在应该也能凑合,反正我这把年纪的人需要的东西也不多。

想想二战前与二战后十年的生活,现在就不错了。只要人们说的内战别打起来就行。上帝保佑。

我儿子明天中午来吃饭。我很高兴。

2月4日
两个月了,天一直在起雾,没出过太阳。空气像毒气。我什么都没力气做。今天早上五点我醒过来,打开收音机，轻轻地放着，听着听着，又睡着了。但九点时我还是起了床，去外面买了需要的东西，花了五百万，唯一费钱的是一公斤肉，其他都是些不值钱的小东西。我不敢每天去市场，基本上三天才去一次。有点怕日子再这样过下去会变成什么样。

如果能把屋里的什么换一换就好了，这样就不用每天都看着一样的东西，但我还是什么也没做，因为想不到能换什么。我喜欢待在家里，喜欢漂亮东西，喜欢换家具，喜欢家里窗明几净，但目前就算了吧……

我的邻居波莎和薇瑞卡都得了流感，我居然没被她们传染。每天我都听她们说相同的事，真的很无聊，无聊得我都快吐了，但我还是耐心地听着，还是继续跟她们喝咖啡。我还能去找谁呢？

2月10日

安吉卡来跟我住了三天，很开心，我们一起去买东西了，我买了一件好看的雨衣，而且还很便宜，这在目前是很重要，因为钱不多，东西又贵。

2月11日

最近都没下雨，电和水马上要限制使用了。真棒，好像我们还不够倒霉似的！

2月12日

我儿子到外地去了，今天是礼拜天。这一周也平平淡淡地过去了，我不喜欢礼拜天一个人吃饭，就宁可不吃。一整天，我都心神不宁。很想去外面转转，但不知道去哪里，而且我也不敢一个人出去。一个人在家就够难了。

还是波莎和薇瑞卡。虽然受够了她们，我还是盼着她们早上来找我喝咖啡，或者我去找她们。她们说的还是同一些无聊的事。但如果她们不在，我的心情会更糟……

2月15日

今天测了血压，高压一百七，低压一百，我的血压第一次这么高，真叫人担心。

今天晚上看了《费城修女》。不怎么样，没什么特别的。我现在要去睡觉了。我看电视不能看得太久。

2月21日

我又得流感了，比上次还严重，还好米尔亚娜在这里照顾我。昨天我们进城了，我买了几个咖啡杯，一双凉鞋，都很便宜，也都很漂亮。米尔亚娜买了靴子，也很便宜，而且漂亮。

她送给我一块自己钩的桌布。多好的米尔亚娜啊！我能送给她点什么呢？这么重的人情怎么还的清呀！

2月23日

我躺在床上听新闻。政治形势日趋恶化。科索沃非常紧张。希望上天不要让外面传的事发生。流感没有好转,这次我病得有点重。我盼着米尔亚娜快点从城里回来,这样我就不用一个人待着了。她早上出去到现在还没回来。

2月24日

今天是我儿子的生日,他三十二岁了,但还只是个孩子。真不知道他什么时候才能长大。我给他买了一件小礼物,因为没有钱买什么大东西了。但我做了个蛋糕,他礼拜天会来吃。

我儿子三十二岁了,我女儿四十岁,我自己肯定老得不行了。有这么大孩子的人是不可能年轻的。

2月25日

今天我觉得好点了。终于下了雨,但不大。我们需要大雨,需要它成河。

新闻都是坏消息。科索沃的矿工还没有离开矿井,他们不接受食物,也不接受谈判。政治形势依旧紧张。

3月11日

我感到不安,自己也不能排遣。有时候我试着想一些小事，好赶走糟糕的念头。于是我想到以前礼拜天的时候我们经常吃煮牛肉，喝汤，蘸番茄酱。那是我丈夫最喜欢吃的东西。礼拜天早上我们一起去菜场，我喜欢跟他一起去，高高的他会帮我拿篮子，小小的我就走在他旁边。

3月12日

我看了两部好电影。已经是春天了。布比很好，她给我写了一封信。

3月13日

又是一个好天。今年好像没有入过冬。没人再给我寄三月花①了，真叫人难过。三月花让我想起小时候，想起春天，想起只有保加利亚人才有的庆祝春天的方式，想起太阳和爱情。我家里有很多三月花。

3月15日

我喉咙开始疼了，应该去看医生，但我不想去。最近我什么事都提不起兴致，整天感觉很累，也很困，很怕自己又抑郁了，所有症状都跟八年前一样。八年前我抑郁的

---

① 3月1日是保加利亚传统节日三月节，亲友在这一天互赠三月花，庆祝新春的到来。三月花是用红白两色丝线编织而成的男女娃娃，通常从节日当天开始佩戴，直到看到鹤、麻雀或开满春花的树才会摘下。

理由很充分，可现在呢？现在我有什么理由抑郁？因为无所事事，因为存在之虚无？还是不谈哲学的好，只会让人更抑郁。可我除了过去还能想些什么呢？已经没有未来了。

3月20日

终于有人给我寄了三月花，居然是萨什卡，她在我心里是最不可能给我寄三月花的人了。我自然很高兴。电视新闻又开始了，我明天再写。

3月27日

今天是布比的生日，我给她拍了封电报。我都不敢相信！她已经四十岁了，虽然对我来说，她永远是二十岁。这就等于说我六十三岁了，但我一点也不觉得。我想她。最近天气一直很好，真正入春了，这让我心里暖洋洋的。

3月30日

我刚从医生那儿回来，就接到茨拉塔的电话，说薇姬卡也走了。他们家真是倒霉。一个一个都死了。

4月1日

我还是没能联系上儿子，墓也没有人扫。别的事就算了，我不明白他们为什么连扫墓的责任都尽不到。看起来还得我自己去收拾。等我死了,他们也会忘了我的,就像他们忘记他们的父亲一样。叫人伤心呐。

明天中午我又得自己吃饭,礼拜天独自吃饭真叫人受不了。

布比应该多给我写信的!我真希望她快点回来啊。可我连半本本子都还没写完呢!一切都那么空虚,没有意义。没有任何趣事发生。唯一的消息就是谁谁谁又死了,没什么好事,我的邻居也都病了,我自己也不太好。还有什么好写的呢?

政治形势依旧非常紧张,我们担惊受怕地活着,唯恐要出事,然而会出什么事——我们自己也不知道。

不过今天的确发生了一件好笑的事情。我买了一顶帽子,我从来不戴帽子。我戴上帽子简直笑死人了!

4月4日

体检结果不是特别乐观。淋巴细胞又增多了,血糖刚好压线。不知道医生会怎么说。

我最近很烦躁,想跟人吵一架,可惜没有人可以跟我吵架。

又想出去走走,可我不喜欢一个人旅行。以前年轻时我挺喜欢一个人的,但现在不喜欢,也不知道为什么。我不明白为什么我总是有一种孤独感,就算是身处人群之中。某种程度上我好像一直都人在心不在。

唯一还让我有兴趣的只有书和电影。我以前看这些电影不知道挨了母亲多少瞪！不过我从没挨过打，我妹妹则经常挨修理。

我们姐妹俩完全不同。母亲以前一生我的气，我就不吱声了。我是优等生，特别听话，而妹妹则不管做什么都能犯错。但我一直都觉得父亲其实更喜欢妹妹，他对我只是自豪。他叫妹妹时会叫出玛鲁什卡、玛谢、米谢等各种小名，但叫我永远只是薇特。只有母亲会叫我爱丽。

有时候我觉得自己的童年挺幸福的，有时候又觉得不幸。我记得第一次从瓦尔纳去索菲亚。真是一次难忘的旅行。那年我十四岁。真自由啊，终于没有人说什么薇特，站好，薇特，坐好，薇特，把你的膝盖遮上，终于没有人叫我留意跟你说话的人，小心贼，小心男人，仔细，留神。但我还是乖乖的，我把自己珍藏起来，送给了一个一事无成的家伙，但我现在不想想这件事了，想起来就难过。

总之我通过了我的第一场考验。那以后，一个人旅行变得容易起来。但现在，我连一个人去买东西都不肯了。

我还记得自己的第一次旅行，那是1946年。当时我吓坏了，但我不想让父母看出来。当海关检查行李时——我因为紧张，箱子脱了手，里面的苹果和书撒了一地，当然这些东西都不需要报关,尤其当时是1946年,但我还是吓瘫了,直到今天还能感觉到那种恐惧。我后来无数次往来保加利亚边境,每一次都像第一次一样紧张……

那次旅行的其他事情我记不清了。只记得一直在下雨,火车车窗外除了废墟什么也看不见,所以有段时间我很想回家。整个阴沉的旅途中,只有一件开心的事:有一个老人给我削了一个苹果,还用苹果皮做了一朵玫瑰花,送给了我。

还有一次旅行,我乘飞机往返列宁格勒。一路上,我紧张得直冒冷汗,我一点儿也不喜欢坐飞机。但除此之外,那次旅行相当精彩。

此刻我一边写,一边享受着回忆起来的每一件事。除了这两次,和每年往返萨格勒布与瓦尔纳以外,我再没有别的值得一提的旅行了。瓦尔纳是我最喜欢去的地方,不幸的是,现在就算我想去,那里也没有人了,除了佩特雅。我亲爱的佩特雅。

4月15日

已经4月15日了,还是没有什么大的起色。政客们打得火热,但还看不到走出僵局的办法。

终于开始正正经经下雨了,天也凉快了一点。安吉卡和米尔亚娜都走了,她们在的时候我很高兴。现在又只好去找邻居波莎和薇瑞卡喝咖啡了,bonjour,无聊的生活。

我在换频道玩儿,但很快也玩儿腻了,因为电视上没什么好看的东西。

两天来我一直在干活儿,打扫了房间,现在又开始闲得发慌。

只有布比给我打电话时我才觉得开心,一整天心里都暖洋洋的。不过只能暖一天。而我多希望一年至少有三百天能这样。

明天我儿子应该会来吃午饭,如果他不去外地的话。我已经习惯了一个人,他不来我也不太在意了。反而他一给我打电话,我就会担心。

电视一直在重播播过的内容。我明天再写。

4月25日

昨天晚上我跟缇娜一起去看电影,我们看了《雨人》,里面有达斯汀·霍夫曼,这个电影很好看。缇娜送我上了电车,我好不容易才回到家里,感觉腰酸背疼,头晕眼花,把我看电影时的好心情都糟蹋了。

我开始打针了,但没什么用。我又开始害怕一个人上街,不知怎么办才好。我还去体检了⋯⋯结果还是一样,一切都在正常范围内,但我的体感很差。还是闭上嘴忍耐吧,不然还能怎么办呢?

前天我跟蒂娜通了话,她一家很好,复活节准备回瓦尔纳。如果我能飞回去,我也想回去。要不是她提醒我都忘记复活节这件事了。我们家以前是非常重视复活节的。母亲会专门烤一个蛋糕,我们会自己画复活节彩蛋,用柳条装饰前门。

我和妹妹小时候,每到复活节,就要穿漆皮皮鞋——不知道为什么必须是漆皮的——和新连衣裙。那些漆皮皮鞋我记得很清楚,因为它们总是磨脚,母亲买鞋永远可着脚买,绝不大一码甚至半码。我会忍着痛,坚持漂漂亮亮的,而妹妹则会脱下来,赤脚回家,每次都挨打。

我最喜欢的节日是圣乔治节。那天学校会组织郊游,我们荡秋千,在头上戴花环,大人烤羊羔,开心极了。都是过去的事啦。

我不知道我儿子在哪里,他一整天都没打电话。他没提自己五一节要去哪儿。我照例准备待在家里,跟波莎、薇瑞卡在一起,没有她们我可怎么办呐!

5月2日

今天是长假第二天,一直在下雨,全国有雨。这影响了许多人出游。不过跟我没关系,反正我哪儿也不去,只可惜不能去扫墓了。

明天米尔亚娜应该会来拿养老金,我自己也要去拿。

她来我这儿我很高兴。

我一直在看电视新闻。阿尔巴尼亚人开始自毁城池了,已经砸坏了普里什蒂纳所有的主要管道,不让他们成立共和国,他们是不会罢休的。他们这么想立国,大家让他们立一个不就好了嘛!

我已经没有新书看了,这让我郁闷,于是我又开始重看丹尼洛·契斯的《死亡百科全书》,我喜欢这本书。

雨总也不停,这也让我郁闷,暖气又不足,所以我还很冷。真希望布比马上回来。最近我总是想起她。

5月20日
终于出事了,最坏的事,偏偏发生在我身上。

5月31日
做了更多检查,还是在住院。我心里很害怕。

6月2日
他们把我的血糖降下来了,我不那么怕了,这周末我能回去,但很快会到周一,那天我要动手术。希望布比陪着我……

3

今天我需要的不是书,也不是前进:我需要命运,需要红珊瑚般沉重的哀悼。

——维克托·什克洛夫斯基,《第三工厂》

1989年初,即将出国几个月的我,给她买了一本花面笔记本。

"这个干吗用?"她警惕地问。

"给你写日记啊。"我说。

"我从不写日记。就是小时候也没写过。"

"那就写别的。随便写什么……笔记啦……"

"我又不是作家。我能写什么呢?"

"1660年1月1日,塞缪尔·佩皮斯写道,他起床后穿上了一件礼服和一条宽大的长裤子,近来他都是这样穿的,1669年1月1日他写道,贝克福德船长送给他一个很好的暖手炉……"

"所以呢?……"

"佩皮斯还在日记里写自己要把假发送去除虱呢……他就是记最最平常的事,但今天看起来多有趣!"我说。

"我看不出哪里有趣,"她说。"没什么好写的!"她盖棺定论似的说,就此结束了这场关于笔记本的谈话。

我回国后发现她住院了。后来她病愈、出院,有一天,她递给我那本笔记本。

"给你。"她像交作业一样说。

很长一段时间里,我不敢去碰那个本子的花封面。即便只是想起它也会让我心痛。然后有一天,我还是把它打开了。纸上的内容,在我心上那道依然敞开的伤口上,撒下了……盐。

我把句子修改得干净了一些,将修下来的边角与尘泥吐进手帕,用自己的唾液将它们洗净。

现在我的手心有满满一堆她误用的词汇(她把矿井写成矿筒;就像她有一次生气时本想说你们都不鸟我,却说成你们都不咬我),用错的后缀,错误的拼写……

我用句号和逗号抚平句子的节奏,移除用错的感叹号(母亲真喜欢用感叹号!),将西里尔文改成拉丁文(她总是用西里尔文写瓦尔纳),删掉经常出现却毫无必要的引号,把大写字母改成小写(她每写到长辈的称谓,必要用大写)。我留下了被她过度使用的很好一词,留下了诸如政治形势日趋紧张这样的她从电视上听来的套话，留下了那些叫我意想不到的诗意的表达，比如 bonjour，无聊的生活；也留下了似乎是她对天气预报所做的那句可有可无的评价：我们需要大雨，需要它成河。

我问我自己，还能做什么？因为在这里，在我的手心里，堆放着她语言的壳儿，这是她的特色，是令人动容的她写错了的变音符号，是只有我能听到的语气，只有我明白的意义，是她随情绪改变的笔迹，是只有我能察觉到的她克制的笔触……

我思考日记该纳入哪种题材，想通过某种伎俩，让它呈现出文学效果，却因置身它痛苦的核心，如置身流沙般，无法脱身……

"有时我觉得自己什么都不记得了。既然一个人会把一切都忘记，他活这一生是为了什么？"母亲问。

"记忆会背叛每一个人，尤其是我们最熟悉的人。它是遗忘的盟友，也是死亡的盟友。它是一张很小的渔网，只能网住很少的鱼，并且漏走所有的水。即使写到纸上，记忆也不足以重建任何一人。我们的百万脑细胞出了什么问题？帕斯捷尔纳克的伟大的爱之神，伟大的细节之神出了什么问题？人要准备好多少细节供选才算够用？"约瑟夫·布罗茨基说。

"哪怕是属于我的东西，只属于我一个人的东西，我也只记得一点儿了……"母亲说。

"正常人不会记得自己早餐吃了什么。习惯性重复的事，注定会被遗忘。早餐如此；亲人亦如此。"约瑟夫·布罗茨基说。

"那这一切还有什么意义……？既没有未来，又无法指望过去……"母亲问。

"试图回忆往事与寻找存在的意义一样，二者注定都会失败。它们都会让人觉得，自己就像一个想要抓住篮球的婴儿：球会不停地从手上滑走。"布罗茨基说。

"到了最后，生活会碎成一堆零星的细节，相互之间没有联系。这样也行，那样也好，一切都变得不重要了。我不知道在滑入虚无之前，还有什么东西是确实可以紧握的。"母亲问。

"记忆与艺术的相通之处在于，它们都长于选择，偏好细节。虽然这样评价艺术，可以说是一种褒奖（尤其如果评价的是散文），但对记忆来说却是一种侮辱。不过这种侮辱是言之有理的。记忆确实只包含细节，而没有全景；只有高亮部分，而不是一整出戏。人类对自己记忆的全面性坚信不疑，这种信念是我们赖以存续的一大根本，虽然并无根据可言。如果非要说的话，记忆就像一座图书馆，杂乱无序，也收不齐任何人的全集。"布罗茨基说。

"我读过很多书,可以说是在书堆里泡大的……我读过的一切,现在看来都只不过是一大团混乱的词语。我努力回忆我的父母,我发现自己一点也不了解他们,这让我感到羞耻。然后我安慰自己,至少我了解我的孩子……当我发觉自己其实也不了解我的孩子时,我的心一阵发冷……"母亲说。

"有时我也困扰,但通常我只是看着他们,无法理解;我已经忘记了我们之间的信号,我们过去心照不宣的小习惯现在对我毫无意义。由于我的无动于衷,大家逐渐放弃了将我记忆唤回的信念。最终他们变得无话可说。而触动我最久的其实是他们的样子:我女儿把头发甩到脑后的样子,我儿子咬眼镜腿的样子,或者,我妻子疲惫时一再伸展后背的样子。那都是铭刻在我心里的样子。然而这些样子逐渐被新的样子,或是我未曾留意的旧的样子所取代。回想过去,我感到疑惑:我对他们了解得这样少,我们何以这样共度了一生?"哲尔吉·康拉德说。

"有些事我确实还记得,比如年少时的渴望。现在看来都很傻了。比如,小时候我特别喜欢马,总梦想有一天可以骑马……连这个愿望我都没有实现。"母亲说。

"小时候,我是一个狂热的虎迷:不是美洲虎,也不是亚马逊丛林或巴拉纳河林岛上那种带斑点的虎,而是带条纹的亚洲帝王虎,只有沙场上骑战象的战士才敢与之相斗。我曾经常在动物园的虎笼前久久伫立;我看一本百科全书或自然史书好不好,只看它收的老虎漂不漂亮。(我还记得那些插图:虽然我是这样一个连女人的眉眼和笑容都会忘得一干二净的人。)童年过去了,虎老了,我对它们的热情也老了,但它们依然会不时出现在我的梦里。在潜意识的乱流中,它们依然举足轻重。于是当我睡眠时,梦境的幻象令我着迷,而有时我会突然间意识到自己在做梦。那时我就想:这是梦,完全以我的意志为转移;既然我无所不能,那就让我来造一只虎吧。

"但我实在做不到啊!我的梦从没能造出一只我渴望的虎。老虎确实出现了,然而它们或臃肿,或粗糙,或奇形怪状,或尺寸不符,或稍纵即逝,或有点像狗,或有点像鸟。"博尔赫斯说。

"我觉得自己好像一生都在渴望着什么,但究竟是什么,我从不知道。一切都是那么模糊……"母亲说。

"渴望是一种激烈而持久的体验,在这种体验中,本能冲动成了情感与信息处理的主要依据,然而,这种模糊的需要在其理性一面的对冲之下,往往不会导向实际行为动……"《哲学词典》如是说。

"细想之下,我唯一真正记得的东西,是恐惧。小时候,我很怕里外翻转的手套。这东西本身没什么出奇,却能在我心里激起极大的恐惧。"母亲说。

"实际上，我体会到的恐惧都是短暂的，与其说我感到恐惧，不如说我感到不真实……"彼得·汉德克说。

"你知道，我最怕的是变老……"母亲说。

"恐惧是遵循自然法则的：意识自带 horror vacui[①]……"彼得·汉德克说。

"这话我听不懂。我只是觉得，如果我生来是个男孩，也许一切会有所不同……"母亲说。

"每个女人降生于这种环境，本质上都是极其危险的。但或许有一件事还值得庆幸：那就是无需再担心未来。我们教堂赶集时，集上算命的人只对年轻男性的手相有兴趣；谈女孩的未来就像开玩笑……"彼得·汉德克说。

"谁也无法接受自己的一生被当成玩笑。"母亲说。

"生活是井然有序的，但它就像一个装有各种必需品的工具箱，并非每个人都能在里面找到自己的位置……"维克托·什克洛夫斯基说。

"可能我的问题真的在于生而为女人……"母亲说。

"人类女性是不可理解的。人类日常极其糟糕、无意义、迟钝、死板……"什克洛夫斯基说。

"这么说来，无论是男是女，我都会一点一点地失去一切……"母亲说。

---

① 拉丁文，指亚里士多德的观点：恐惧真空 / 自然界厌恶真空。

"我请求墨水、羽毛笔,以及借由它们写下的文字来见证;请求黄昏与夜晚中朦胧不定的暗色,及其所复活的一切生命来见证;请求审判之日,连同悔过的灵魂来见证;请求时间,这万物的开始与终结来见证——一切人确是在亏折之中。"梅沙·塞利莫维奇说。

"有时我觉得自己的一生平淡得吓人。而有些人活得却像精彩的小说一样。我以前总是很羡慕那种人……"母亲说。

"生活总是在尽其所能地模仿小说,因此精彩的小说大可不必模仿真实的生活。"巴别尔说。

"现在,反正一切都不重要了……我已经不知道自己是谁,身在何处,又属于谁……"

附 记

最后那句我已经不知道自己是谁,身在何处,又属于谁是我后来加的,1991 年 9 月 20 日,母亲突然说了这句话。当时我以为这会是本文的最后一句话,这个我一直在尝试的题材可以就此打住了。这句话是在两次空袭警报之间加上的。整个九月,我们往返于停电的家和防空洞之间,被警报的声音、电视上国破家亡的画面和心中的恐惧折磨着。每次去防空洞,我们都随身带着证件,以便万一炸死，别人能知道我们是谁。她在日记中曾天真而动人地希望上天不要让外面传的事发生，但那件事已经发生了，人们窃窃私中所说的那件事，已经发生了。

1946年，她来到战火蹂躏的南斯拉夫。她在战争即将结束时来到这里，错过了整个开头。如今，在她人生即将结束的此刻，她把这个开头补上了。她小时候最怕的是里外翻转的手套。如今，真假就像手套的里外两面，被彻底翻转了过来。

每次去防空洞，她都会带着……一个笼子，里面是她那只虎皮鹦鹉。她把她心中剩余的所有爱，都给了这只我一个月前不顾她反对给她买的鹦鹉。她好像并不担心她的孩子，也就是我们，甚至不担心她自己。她的整个人——这个已经不知道自己是谁，身在何处，又属于谁的人——将最后一口气，倾注在了这只微型的天使身上。面对随时可能到来的死亡，她带进防空洞的东西只有两件：她的身份证和她的虎皮鹦鹉，在这小小的、天使的复制品中，一颗心脏正怦怦、怦怦、怦怦地跳动着……

III
奇趣蛋

到了第二天,你还能记起被弄丢的东西吗?
它们曾腼腆地,最后一次请求你
(然而没有用)
让它们留在你身边。
可是掌管失去的天使,已经用翅膀轻轻一碰;
它们不再属于我们,而只是被强行留在这里。

——莱纳·玛利亚·里尔克

小小烽火台

我打开电话答录机,收听留言。有一条留言。"哎呀,布比……你去哪儿了?总是不在家……"

她每天都给我打电话。她的留言几乎毫无二致。首先会有一段沉默,接着,我感觉电话那头的人吸了一口气(她在吸烟),然后能很清楚地听到吐气声(她在吐烟)。她在拖延时间,在与自己一时的挫败英勇搏斗。她的口吻永远都是一样的:强颜欢笑,其实对一切都毫不关心。她叫我布比。她说布比时懒洋洋的,带着不确定的情感,好像在哄孩子。她说布比时,仿佛在邀请我去给她一个拥抱,又仿佛是为了说给自己听,就像走夜路吹口哨那样,是为了给自己壮胆。"布比。"她向死一般沉默的听筒说道。

然后要等很长一会儿,那句你总是不在家才会出现,这句话好像只是为了说而说,没有太大意义。她既不是真的要责备，我不在家这事对她也并非真的构成什么困扰。这句话只起到延续沉默的作用，她在听自己的声音，同时，心里有一丝小小的希望：也许我的声音，会突然在线路另一头冒出来，打破沉寂。她总是挂得突然，我能感觉到她放听筒的迅速，好像一个孩子，刚刚进行了一场恶作剧。她甚至因为我不在家而有点高兴。真的跟我说上话，也许反而痛苦；但像现在这样，她既打过电话了，又不受到任何伤害。她自己并没有意识到，她的留言都一样。她总是吸烟、吐烟、吸气、用沙哑的声音发出小小的求救信号。除了我，谁也听不见这些信号。而我什么也没做。

一个吻

我时常疑惑自己为什么如此不了解母亲。她的一生在我眼中好像一块便宜的布料，别人塞给了她，而她要永远拿着，它没有弹性，不能放长，也不能缩短。她对待她的一生，似乎也真的像是对待一块布料那样：她洗它、熨它、缝补它，把它整整齐齐叠好，收在橱柜里。

我疑惑自己为什么如此不了解她，为什么我唯一了解的那一点儿，又都如此琐碎。她对我要了解的多了。她像我的房东又像一个小偷那样，掌管着我的密码，通向我疼痛的密码。我自己也不了解那种疼痛，不知道它来自何处，不知道自己为什么无法战胜它，为什么每次都为了它而不能呼吸。

我只了解她的姿势，她的动作，她的表情，她的语气，这些东西我在自己身上也能看到。照镜子时，总有某些时刻、某一瞬间，好像在二次曝光的照片上一样，我看到的不是自己的镜像，而是她的样子。我看到两条线，不可阻挡地往下走，停在（目前而言还）隐约可见的松弛下垂的地方。

我越来越多地在夜半因为胸闷而醒来，越来越多地像她一样咂嘴。她午睡时，我会偷偷观察她。她的上唇上面会出现小小的汗珠。不知道我睡觉时，脸上是否也这样清晰地显出我向绝望越陷越深的样子呢？

有时我会发现自己摆起了双腿，扭动脚趾，仿佛要碾碎空气。而这是一个她的动作。

有时我会突然被焦虑席卷，好像于意想不到之时被打了一棍，不知道这样的时候，我的脸上是否也有跟她一样的无助与脆弱？我是否也会用轻咳来假装平静，就像她所做的一样呢？

有时我在自己的声音里听到她的沙哑，有时她的声音会闯入我的声音，那样的时刻，我说话就仿佛是两个人在说话，我只好像她一样不时欲言又止，把某些词的尾音拖长，耐心等待这一刻过去。

我记得很久以前——我约会归来，才刚与男孩一遍遍经历了我们的离别之吻——到家时，浑身还笼罩在肾上腺素里，脑内还下意识地重复着刚才的内容，回放着刚才的画面，结果就在母亲嘴唇上，结结实实地，像吻那个男孩一样吻了一下。这个笨拙的举动令我莫名不安。如今想来，也许因为当初我冥冥之中知道自己吻的正是未来的自己、是自己的镜像，当然，也许还有更复杂的原因。

每当我在自己身上看到她，每当她的形象浮现出来，我的眼前就会重现那个吻，那是我们的开始：她双眼睁得圆圆的，有点惊讶，眼中反射着我与她相同的尴尬表情。

姓 名

"名字？"

"爱丽莎薇塔……"

"姓氏？"

"西梅昂诺娃……"

"父亲的名字？"

"西梅昂……"

"生日呢？"

"1926 年 8 月 2 日。"

"出生地点？"

"瓦尔纳。"

"瓦尔纳在哪儿?"

"在黑海……在保加利亚……"

"所有保加利亚女孩都像你这么漂亮吗?"

我相信,那些年她一定经历过许多次类似的对话。在海关,在警局,在各种办事处、领事馆,面对各种灰衣的公务员和发证的无名工作者。我相信那些人在写下她平凡的个人信息前,一定都先问过她为什么离乡来此。所有保加利亚女孩都像你这么漂亮?这句话其实属于我的父亲,而且不是初次见面就问的,而是在后来怀着真诚的钦慕问的,至少我这么相信。"我都不知道怎么回答他。"她说。他一时的轻率,以及这句话的老套,都让她瞬间愣住了,最终的结果就是我的诞生。

1946年的那个夏天,二十岁的她,带着不值一提的过去,带着二十这一整数的圆满,带着健康与梦想的光华,从瓦尔纳出发,去往南斯拉夫。

装满苹果的箱子

她坐的是火车。从瓦尔纳到索菲亚,从索菲亚到德拉戈曼,那是她地理知识的边界,也是她即将穿越国境线的地方。就要进入南斯拉夫时,她突然害怕起来,或许是因为海关关员的黑胡子，或许是因为她此番离家的决绝。总之，她一边打开手提箱，一边在心里盘算，或许还有机会改变主意，或许还能回去，然而手提箱却从她手里滑走了，一些不起眼的行李从里面掉了出来。她记得那些在地上滚动的苹果（有很多很多很多苹果，我也不知道自己干吗带这么多）。她的记忆，停留在了滚动的苹果上。而且，仿佛是苹果，而不是她，替她做出了决定：就在她忙着把苹果都捡起来的时候，回去的火车开走了……

很多事她都记不清了。在那遥远的1946年，她乘半空的火车，颠簸着穿过一片被蹂躏的国土（一切的一切都被毁了……）。她把地上的东西一件件放回手提箱里：她的乔其纱夏裙，雅致的丝绒鞋，她的书，她的软木塞高跟凉鞋，款式是巴黎时尚杂志最时兴的样式（那年冬天，黑海从某艘沉船上给瓦尔纳港冲来大量软木塞。转年夏天，瓦尔纳女孩们就都穿上了这种软木塞做的凉鞋，脚步轻软地踏在温热的鹅卵石上，所到之处都留下海水的气息。）。她把苹果放在了最上层。

她透过油腻的玻璃窗，希望能看到什么新东西，但一切都旧了，毁了，无望至极，接着，开始下雨了，黏腻的细雨飘飘洒洒，一连好几个小时，窗外迷蒙一片。她蜷缩起来，想着自己的未婚夫，一个笑起来很好看的南斯拉夫小伙子，一个她在瓦尔纳海滨步道上遇见的水手。她想象着两人未来的家,在心里第一百次重复着下车的站名,想象他的微笑会在车站等着她,在这模糊的未来所带来的微暖中,她睡着了。就那样几小时几小时地颠簸着,昏睡着,偶尔醒来吃几口苹果。

她唯一清晰记得的(我不知道这么多事里我为什么独独记得这一件。她说,重音放在这么多事上)只有一个老人(他有一张高贵的脸),老人在某一站进了她的车厢。她给他一个苹果,他拿出一把小折刀,熟练地给苹果削皮,把皮做成一朵玫瑰。

"给你,小女士。"他说。

(真是太神奇了,我从来没见过这样的玫瑰!)

她在自己念叨过不知道多少遍的那一站下车,手里提着箱子。然而,站台上并没有人在等她,黏腻的细雨飘洒着,天已经黑了。

在那里,就在站台上,她用一块黑布,将自己的过去盖了起来。我只能偶尔从这块黑布上抽下一两根线。

第一批照片

"他笑起来很好看。"她会这样说,他的照片,是她第一批销毁的。

他是国土保卫队的水手,船在当时尚未被战争染指的瓦尔纳港抛了锚。由于这个历史细节，一些瓦尔纳女孩在战后只身去了南斯拉夫。

她会找到他，嫁给他，在新婚之夜（第一次也是最后一次）失身于他，开始恨他，几个月后离开了他，很快学会了当地语言，学会了打字（很容易学，我身边有文化的人很少），先在当地木材场、后在当地警察局找到了工作，租房，搬家，抹去一切，忘掉一切……

与此同时，被遗忘的一切，在黑布下辗转不安：那里有一间肮脏的、被遗忘的屋子，有他的谎言、誓言与乞求，有他的另一个未婚妻，一个巴黎女孩，那女孩挥舞手枪，扬言要将他杀死，有成群的苍蝇，有一个甲状腺肿大的婆婆，有一个长了一口大板牙、喜欢将自己患有甲状腺肿大的妻子放在膝盖上颠动、同时用一手揉搓她丰满的胸部的公公，有哼哼唧唧的猪，有污秽不堪，有大汗淋漓，有凝满油滴、没有窗帘的窗户，有黑夜，有她必须去拾柴禾的黑夜中的树林，有叫她小女人、外地人的当地人。她为自己身处黑暗的树林、记不清瓦尔纳的方向而哭泣，为即使能记清、自己的心里也不会更好受一点而哭泣，为周遭人们多疑的眼神而哭泣，为自己的绝望而哭泣，为潮湿的墙壁而哭泣，为煮甜菜的刺鼻气味而哭泣，为它们像苍蝇一样黏腻的视觉效果而哭泣……所有这一切凝聚在一起，固化为一种麻木的羞耻感，它像肿大的甲状腺一样，沉重地压在她的心上。由于这羞耻，由于这块肿大的、看不见的甲状腺，她在某一刻做出决定，她不会回去，她要留下来，她要留下来……

所有保加利亚女孩都像你一样漂亮吗？

那是她生命中第一批照片的起点，由此她开始记录她平凡的一生，她真正的、光明的故事，故事里有一个与她一样年轻的男人，她的男主角，新时代的青年，因为在战争中站在了正确的一方而脱颖而出的战士。从此她有了她的第一张快照。她穿着乔其纱小裙子、软木塞凉鞋举行了婚礼。婚礼的午宴上还出现了鸡肉，真正的鸡肉！

词语

那是贫瘠的年代。人们凭票领东西。唯一能买的商品只有土布。什么都没有。什么都没有！他们吃不饱……饿的时候只能做穷人的食物充饥……

"什么是穷人的食物？"

"茴香籽做的汤。"

"只有汤吗？"

"还有包菜、土豆、小豆、炖芜菁、下水煮包菜、馄饨、面包蘸肉汁、白糖打蛋，最后这个是给小孩吃的……"

"我怀着你的时候也吃不饱。"她说。她怀着我。父亲在医院咳血。链霉素难以获得。食物难以获得。她记得自己弄到过一罐蜂蜜。早晨起来发现，蜂蜜里浸着一只死老鼠。她哭了，不知是为自己而哭泣，还是为老鼠而哭泣……大家有什么吃什么，都没有钱。"我们只好节衣缩食，把裤带系紧。"

每天她都用碱液给租来的房子洗地。在床上找到虱子，就把床垫翻过来。她洗净大家的衣服，用开水煮透，在阳光下暴晒，熨烫，擦拭室内一切直到它们闪闪发光，因为清洁的环境是健康的一半。她用清洁来替代富足。窗户像钻石一样晶莹，床单像绸缎一样发亮，木地板是陈年的黄金，就连死一只老鼠，都以蜂蜜的琥珀裹尸。清洁的气味赶走其他一切气味。那是一个没有气味的年代。

有些词的意思我其实根本不懂，比如：碱液（用来洗东西），票（货币的替代品），床虱（一种那时的昆虫）。

有些词的意思我只能隐约记得，比如：土布，糖面包（蛋糕的替代品）。

有些词是母亲当时惯常使用的，比如：下水，肉汁，炖芜菁，糖面包，票，床虱。

1949 年

我出生那年，世界的字典里包含着……一整个世界。

那一年，哈里·杜鲁门成为第三十三届美国总统，七英里长的仪仗队在华盛顿为他举行了庆典；西雅图发生一起恶性地震，媒体称损失高达千万美元；欧洲委员会在巴黎成立，由十个欧洲国家组成，是后来欧盟的雏形；大英帝国结束了配给制度，白糖限制得到放宽，十年黑暗后，伦敦终于亮起了霓虹灯；中国内战接近尾声，后成立中华人民共和国；美国迈阿密市开放了一所未来主义大学，堪称建筑技术之奇观；以色列加入联合国，同年，联合国迁入新楼，开幕典礼上，杜鲁门总统将它誉为全世界最重要的建筑；英镑对美元汇率急剧飙升；摩纳哥公国加冕了它的新王，兰尼埃三世；伦敦修复了圣保罗大教堂；那年的夏天奇热无比；小王子查尔斯长出了一头迷人的卷发；马歇尔欧洲经济援助计划启动；柏林被分割，苏联辖区的德意志民主共和国划为东柏林，其他三区划为西柏林；一架双层民航用机，仅用九小时就从伦敦飞到了纽约；美国与苏联政府进入冷战时期；英国女王在一次皇室宴会上邀请了埃罗尔·弗林，格里高利·派克，道格拉斯·费尔班克斯，罗莎琳德·拉塞尔；一种新型止痛剂即将诞生，女性或可无痛分娩……

那一年，世界的字典里有一整个世界，那个世界的词典里没有我们。而我们的字典里没有世界。我出生的那天，3月27日，贝尔耶农庄的体育教育得到长足发展，维里米罗伐克公社的生产欣欣向荣，国家即将全面完成春耕计划，斯普利特的一万名妇女参军入伍。那一天，D-1消费者获准领取炼乳，一张票可以领两罐。那一天，萨格勒布的巴尔干电影院放映了苏联电影《青年近卫队》，萨格勒布市立电影院放映了苏联电影《开往东方的列车》，亚德兰电影院放映了苏联电影《布哈拉历险记》，罗马尼加电影院放映了《瓦良格巡洋舰》，也是苏联电影。

那一年，母亲的字典里，也没有世界。她的字典里只有我、一个不会死的丈夫和茴香籽做的汤。

茴香籽汤

三汤匙猪油或黄油

四汤匙面粉

一茶匙茴香籽

一升半水

盐适量

面包切粒，猪油炸过待用

加热猪油，加入面粉，炒至金黄。加入茴香籽，翻炒片刻，加水，不停搅拌。加入盐，继续烧煮十五分钟。浇在适量面包颗粒上。

玩偶之家

我们搬到有两个房间、一个大厨房、一个卫生间、一个储食间、一个门廊和一个花园的新家后（当时我应该有三四岁了），我开始探索世界（它像鸡蛋一样，是圆圆的），而母亲终于得到了她一直想要的东西，一个很大的玩偶之家。我们的乔迁，开启了一段愉快的日子，在那些日子里，我们有了许多许多的第一次。

我的父母贷款为他们的卧室买了第一套成套的家具，家具由核桃实木打造，包含一张大双人床、两个床头柜、一个像镜子一样闪闪发光的宽敞的大肚立柜，还有一个带立镜的矮抽屉柜，它有一个奇怪的名字，叫梳妆台。这套家具里很快又加入了一些厨用设备，比如一个厨房里的抽屉柜，他们的第一台煤气灶，卫生间里，骄傲地摆上了一台前所未见的烧柴禾的热水器，看起来很像后来的火箭，然而，最受瞩目的第一次，还要数我们的第一台录音机，它的名字叫尼古拉·特斯拉。我们搬进新家后，我第一次吃到了一种迷人的南方水果，叫橘子，拥有了我的第一个用印度橡胶做成的娃娃，穿着巴伐利亚风格的裙子，隐约暗示出世界上还有着其他的国家，住着穿不同衣服的别的小女孩。

后来，这一切都会再改变。我们又搬进了另一个新家，但愉快的日子没有结束，我们又迎来了另一些第一次：第一罐大规模生产的加夫里洛维奇肉酱，第一台电视机，第一台留声机，第一台洗衣机，第一台大众1300家用小轿车。母亲点燃了她的第一支香烟。另一个新时代即将开始。我们第一个家所在的地方（被称为新村）与以新村为中心的集体生活即将过去，以媒体为中心的集体生活将（随着电视机的出现）取而代之。我对世界像鸡蛋一样，圆圆的，是一个整体的印象，即将被我们的流行金曲所证实（《玛丽亚》与《穆斯塔法》），但很快又会被击碎。破碎的印象中，其他世界的轮廓涌现出来：首先，出于某种原因，我知道了墨西哥，墨西哥人，还有他们的胡安妮塔妈妈；接着，过了一小段时间，我知道了世界上还有印度人。后来，两千万南斯拉夫人共同为印度电影洒泪的事实，还会进一步证实这些其他人的存在。接着，更多其他国家开始蜂拥进入我们的视野，大部分来自非洲。它们的存在，由它们派来的代表所证实。我们挥舞小旗子，结结巴巴地念着他们神秘而佶屈聱牙的名字：恩克鲁玛、西丽玛沃·班达拉奈克、纳赛尔、海尔·塞拉西……母亲会告诉我，在我出生前，世界上曾有过一个国家，叫俄罗斯帝国。但在一开始，我没能找到任何的蛛丝马迹，用来证明它的存在。

煤 灰

煤灰是一个我出生后第一批学会的词，它就像妈妈、爸爸、面包与水一样自然。我们生活的地方是一个工业小镇，镇上有一家煤灰厂。父亲就是那家工厂的工人。油在当时也是一个很自然的词汇。离我们镇上不远，有一个油井，煤灰就是一种从油里出来的东西。

我们住的地方被称作新村（全名为工人新村，新村里的房子（包括我们家在内）在当时都以未来的现代工人之家的理念建造。

母亲常带我去煤厂的公共澡堂洗澡（这要比在家里点燃那台现代化热水器简单多了）。工人的睫毛上沾满煤灰，就像化了妆一样，眨起眼来好像玩偶娃娃。我记得我们在冷飕飕的石头隔间里洗热水淋浴，黑水如溪涧，向四面八方流淌，渗进灰色的肥皂水里。

母亲每天都与煤灰展开搏斗。早晨，她会用一块湿抹布擦窗台。

"又下灰了……"她会说，用食指，她最精准的测量仪器，抹一下窗玻璃，然后竖起食指，用居里夫人发现放射性物质时的语气，郑重其事地说，"看到没有？"

"看到了。"我盯着母亲沾满黑色油腻粉末的手指答道。

每天她都会打开窗户，看看外面，看看天，嫌弃地撇撇嘴，再把窗户关上。

"天上又有灰啦！"

煤灰，就像第五元素。

在灰色的日子里，天空仿佛飘洒毛毛细雨一般，持续飘洒着煤灰颗粒。在出太阳的日子里，空气中仿佛飘荡着金色的小蜘蛛。我常屏住呼吸，看它们静悄悄地、不可阻挡地侵入进来。当一粒这样的小蜘蛛落在我的手上，我就会将它碾碎，金色的它就会变成一个油腻腻的小黑点。

冬天，当天上下雪时，煤灰会连夜在积雪上铺开。早晨我们会抹去灰色的脏雪，激动地看着下面的洁白一片，玩造天使的游戏，即将我们小小的身体印在雪地上。

在我的记忆中，油这个词，总是跟铁托亲自这个表达联系在一起。有一年，某油井开幕，我们的主席铁托亲自到场。石油以惊人的力量喷向天空，在场所有来宾都被淋了一身。父亲专门为那次活动做的新衣服再也不能穿了。

"连翻个面儿穿都不可能了……"母亲伤心地说。

一个玻璃球

那个年代，家里第一件没用的东西是一个玻璃球。球里有一个小村庄，小村庄上方是一片深蓝色的天空。把球倒过来，雪就会飘落在村庄上。这个球有一种魔力，让我一直转来转去，从不同角度研究它，想看看除了雪花以外，我还能从这片风景中摇出什么东西。

过了一段时间，许多魔法球被人们扔出家门（出于某种原因，它们被宣称为媚俗的产物）。

我定定地凝视着这座小村庄的风景，在我眼中，它就像另一个星球一样，渺小而遥远。我被魔法迷住了，把它翻了过来。于是，小小的雪花从大地飘向天空，和煤灰一样小……

会唱歌的公爵夫人

"不好意思，请问您还有边角料吗？"一个胖大的女人坐在那里望着我们，眼神睿智、犀利。我们像苹果一样，整整齐齐地排在她的窗前，趴着窗台往里望去。女人大手一扯，从麻袋里扯出大把碎布，像捧落叶一样捧着，给窗外的我们一人一把。

我们带着我们的宝贝，满脸绯红地跑开，迫不及待地检查起手中的东西。宝贝在我们眼前闪闪发光：带条纹的碎布，带圆点的碎布，带方格的碎布，带花、带图案的碎布，纯色的碎布，多色的碎布……

公爵夫人是我们小街最重要的人物。她就姓公爵，所以大家都充满尊敬地叫她公爵夫人。我们要她的碎布给娃娃做衣服。娃娃都是用帆布随便缝的，头和身体里塞进稻草（或破布），用 tintenblei①（一种写出来是紫罗兰色的软芯铅笔）画眼睛、鼻子和嘴（点一下，戳一下，再画一条弧线——一个漂亮的娃娃就做好了）。然后，我们给这些没头发的娃娃，穿上用公爵夫人的破布做成的衣服。

在我们用公爵夫人的破布做娃娃的衣服时，公爵夫人也在为我们的母亲和我们这些小女孩儿做衣服。公爵夫人是一个裁缝，在那成衣还没有普及的年代，裁缝是非常重要的人物，几乎与医生一样重要，如果不是更重要的话。

"我们去公爵夫人那儿吧！"母亲每次一说这句，我就会急忙伸手牵住她。

我从来没在街上见过这位胖大的女士。她好像已经在家里生了根一样，而她的家就好像一个潜伏着各种危险物种的步步为营的丛林。屋内的一切，似乎都不完全受到公爵夫人的控制，只要她稍不留神，凶猛的野兽就会醒过来。蛇一样的软尺有时会驯顺地盘踞在她的手上，有时却不知溜到哪个角落去了。线卷们没有牙齿，不会伤人，但跑得很快，经常奔奔跳跳、你推我搡。针插就比较危险，好像刺猬，动不动就竖起浑身的刺；麻袋里，鹦羽般五彩斑斓的碎布相互扭打，老是跳出来往地上滚，怎么也按不

---

① 德语，意为：浅蓝色。

住；绸带与花边，像华丽的藤蔓，为打盹儿的小虫洒下阴凉；金属顶针箍威严地打着灰色的哈欠；时有蟑螂般的小钉扣，受到光线的吸引，穿过屋子跑去；未完成的衣服挂在衣帽架上，身上爬满了白蚁般的限位针；从每一个角落里，各种线头，带着你能想到的各种颜色爬出来，侵略着从地板到天花板的每一寸空间。

这位胖大的女士也仿佛是跟自己会唱歌的缝纫机长在了一起。二者结合起来，就是一个会唱歌的公爵夫人。会唱歌的公爵夫人用一只脚踩住自己的踏板（另一只脚永远安安静静地留在后面），一只手摇动自己身上黑色的摇轮，另一只手用力量与限位针来驯服活蹦乱跳的布料。像所有大型野兽一样，会唱歌的公爵夫人也会发出嗡嗡声、喷吐声，身上沾着各种线头，插着各种针……会唱歌的公爵夫人是这片丛林的霸主，她深沉有力的低吟，压过了其他一切声响，压过了一切叮当、哐啷与窸窣，也压过了小虫与蛇掉在地上时轻柔的钝响。

丛林一角祭着一尊躯干，没有手臂，也没有头，清心寡欲，看不见、听不见、也不关心丛林中的生活——那是裁缝的木模特。

在那个成衣尚未普及的年代，会唱歌的公爵夫人什么都做：内裤、胸罩、泳装、连衣裙、女衬衣、半裙、长裤、大衣、披肩。会唱歌的公爵夫人拿走父亲的旧外套，把里料翻到外面，帮母亲改成一件雅致的外套，有时候，余下的布料还能替我做一条半裙。会唱歌的公爵夫人还会做凯瑟琳·赫本（母亲长得像的女演员）在《非洲女王》里穿的那种衬衣和艾娃·加德纳（母亲希望自己长得像的女演员）在《乞力马扎罗山的雪》里穿的那种连衣裙。

不过有时候，不知为什么，公爵夫人也会突然变得有点强势。

"领口这里我们想几层褶皱，公爵夫人……"

"加片普通的胸饰就够了。"公爵夫人会生硬地说。女人们也就默许了。

她会直针、收针，明针、暗针，打褶、埋线，什么也难不倒她，不管是亚麻、印度纺、褶皱纱、乔其纱，还是绿呢子、抛光花布和丝绸，到了她手里都服服帖帖的。

"我们想要个波浪领，公爵夫人……"

"拉夫领才对……"公爵夫人会说。女人们也就默许了。

感谢公爵夫人，感谢她曾在瓦尔纳这样跟我们的小镇比堪称真正大都市的城市里度过的日子，感谢她对电影美术的熟悉，在那个成衣尚未普及的年代，我的母亲是我们镇上穿得最漂亮、最优雅的女人。

所向披靡的线头大军，从各个角落包围过来，从天花板挂下来，在地板上匍匐、爬行——像水蛭一样，沾到会唱歌的公爵夫人的顾客们身上。

所以会唱歌的公爵夫人在送走客人以前,总会先帮她们捡线头,在把最后一根线头像掐死虫子一样掐起来时,她会说:"有个深色皮肤的人在想你。"

如果是白线,她就会这么说。而如果掐到的是黑线,会唱歌的公爵夫人就会说:"有个金头发的人在想你。"

会唱歌的公爵夫人有一个女儿,大家因为意大利女星吉娜·劳洛勃丽吉达而叫她吉娜。吉娜真的很像劳洛勃丽吉达,简直就是她的双生姐妹,跟她一样漂亮!她的脸非常白皙,一双乌溜溜的眼睛水灵灵的,嘴唇丰满可人,牙齿皓白,腰身不盈一握。

"吉娜的腰就这么细……"女人们说着,把拇指和食指捏成一个圈。

吉娜的头发又黑又亮,剪得短短的,打着圈披在脸颊和额头上。她总是像要数钱时那样,把拇指和食指放到嘴唇上舔一舔,然后用它们把发卷润湿,熟练地卷成一个6。吉娜的脸颊上,一边至少有六个这样的6。额头上还有两个卷,就像两只黑色的大蜗牛。

虽然她长得像电影明星一样漂亮,穿得像娃娃一样好看,虽然她身上从不缺少黑色的和白色的线头,虽然照此看来许多深皮肤和金头发的男人都曾想过她,吉娜却到最后也没有结婚。

"她男人运不好啊……"女人们说。

谁知道呢，也许吉娜的不幸，其实是住在会唱歌的公爵夫人店里的那些会法术的生物造成的。不管怎么说，我有一张跟父母工会活动出去玩时与吉娜一起拍的合影。合影中，风吹起了吉娜的印度手织花布裙的下摆，衬得她的腰更细了。在她如降落伞般张开的裙摆后面，可以看见一个头发里扎着白丝带的我。在我们的身后，燃烧着永不熄灭的烈火。那是照片拍摄地阿瓦拉山上纪念无名烈士的纪念碑之火。

菩葩阿姨

我站在被金光照得暖融融的抛光木地板上，踮起脚尖，挺直腰板，收紧小腹，抻着脖子，头上顶着一本书。我小心翼翼地往前迈了一步，黄色抛光木地板把光线反射到高高的天花板上，我深吸一口气，屏住呼吸，好像马上要跳水，再小心翼翼伸出另一条腿，书啪的一声从头上掉了下来。

"你还是拉倒吧！"菩葩阿姨大笑着说，她的笑声响亮刺耳，宛如大咳不止。

Tante Puppe[①]，她很高，很瘦，模样清爽，鼻子像细

---

① "菩葩阿姨"的法语写法。

细的鸟喙，在末尾轻轻往里勾，双眼隐隐带蓝，忽闪忽闪的，总是胸有成竹地看着世界，好像什么都懂。她有一点点跛，但她走路的时候特别挺，特别轻盈，头抬得特别高，脖子抻得特别直，好像某种长颈的动物，然后用优雅的鼻孔，特别小心地嗅着周遭的空气。

她住在独栋的小房子里，有门廊和大花园。她家的房间都很大，阳光充足，把门全部打开后，所有房间可以打通，与本地的房子截然不同。进屋后得换上大大的软底拖鞋。大家在她家里走动时都没有声音，就像在俄国人的博物馆里一样。不知为什么，她花园里只种灌木植物，都特别华丽，特别花团锦簇：有种白花，像皮球一样大，她叫它们汤包，有大朵绣球，像变色龙一样会变色，还有粉朵和白朵的富丽堂皇的牡丹。我跟她一样，也喜欢大朵的花：我喜欢看上面的蚂蚁，一看就是几小时。

战前，菩葩阿姨在学校教书（她打仗前是老师哦！），她懂德文，会弹琴，谈起优雅没人比她更权威。

她想教我走路的艺术，但失败了。她坚信用正确的姿势走路，即便不是生命中最重要的事，起码也能排上前几。

"你看动物，"她说，"看它们走起来多优雅！"我仔细地观察了身边能看得到的几种动物。

"那母鸡呢？"

"母鸡有母鸡的优雅。"她会端庄地说。

我记得她有一间洒满阳光的屋子,她就坐在一把扶手椅上,用手杖叩着地板,像一个舞蹈老师。我踮起脚尖(收紧小腹!),我收紧小腹(屏住呼吸!),我屏住呼吸(现在,呼吸要轻缓……)……

我没能学好走路的艺术。我不懂怎样在收紧小腹的前提下呼吸,但为了能跟她待久一点儿,我还是尽可能地做了她让我做的一切。有时她会开恩让我在她家过夜,那时候,我就会开心得要死。

我躺在她的床上,把所有被子毯子都拉到下巴上,就这样躲着。通往隔壁的门敞开着,她的儿子从浴室走出来,皮肤像迈达斯王一样发着金光,脖子上挂着一条毛巾。收音机里放着流行音乐。他随音乐的节奏用毛巾擦拭自己,舞蹈般摇曳的身姿,抖落一地金色的水珠。伊斯坦布尔,君士坦丁堡,伊斯坦布尔——左——君士坦丁堡——右,伊斯坦布尔——进,君士坦丁堡——退[①]……

菩葩阿姨出现在门口,缓缓嗅了嗅周遭金色的空气,步履轻盈,体态笔挺,接着,她鸟喙般纤细优雅的鼻子慢慢转过来,在被子下面看到一双左顾右盼的眼睛……

你还是拉倒吧!

现在我坐在扶手椅里看书时,有时候还会突然站起

---

① 该音乐或为1953年的新奇喜剧歌曲 "Istanbul (Not Constantinople)"。

来，在头上顶一本书，踮起脚尖，收紧小腹。我头顶心上感觉着书本的重量，身体隐隐感觉到一种愉悦……然后，我回到扶手椅上坐下来，拿起书，心想，正确的走路姿势里，可能确实包含着人生的秘密，人生的奥义，它就像所有其他的奥义一样，并不是每个人都能参透的。但是菩葩阿姨参透了。

阿姨们

我经常求母亲给我讲她在保加利亚的娘家人，她的娘家人口众多，分散在五湖四海，就像蒲公英的种子一样。

"首先是我外公米兰和外婆柳芭。"她从自己的外公外婆说起。

"然后呢？"

"然后外公米兰和柳芭外婆生了七个孩子：博古米尔、托多尔、埃克塞娜、帕夫列娜、阿纳斯塔西娅、瓦西尔卡、茨维坦卡……"

她总会略过博古米尔和托多尔，因为他们本身没什么好说的，直接去讲太外婆和几个姨婆……

"埃克塞娜小名叫阿森卡，帕夫列娜小名叫帕夫拉，阿纳斯塔西娅小名叫娜扎，瓦西尔卡小名就叫瓦西尔卡，而茨维坦卡嘛……嗯，就叫茨维坦卡。"她继续道，我听得高兴，她也就讲得高兴。

"然后呢？"

"埃克塞娜嫁给了西梅昂，帕夫列娜嫁给了斯拉夫科，阿纳斯塔西娅嫁给了凡科，瓦西尔卡嫁给了茨维坦，而茨维坦卡嫁给了列夫科……"

听到茨维坦卡没有嫁给茨维坦我有点失望，但也没什么办法补救了。

"然后呢？后来怎么样了？"

她把族谱上的各支都给我列了出来（帕夫列娜和斯拉夫科有四个孩子：鲁门，丹卡，伊尔科和米兰卡……）我则专注地听着，好像那是世界上最有趣的童话故事。瓦西尔卡是姐妹里最漂亮的，但很早就死了，帕夫列娜嫁的男人最蠢，但后来发了大财，成了家里最有钱的亲戚，埃克塞娜的丈夫最英俊，茨维坦卡的丈夫最聪明，而从不遗漏谁的命运安排给阿纳斯塔西娅的丈夫，最喜欢放屁！

"他是家里最喜欢放屁的人。"母亲似乎很高兴自己有机会说出这个粗俗的词。"他放出来一串串鸽子，震得整个房间直发颤。"她用较隐讳的说法代替了那个粗俗的词。

埃克塞娜，帕夫列娜，阿纳斯塔西娅，瓦西尔卡和茨维坦卡都是我想象中的玩偶，我的幸运符和法器（埃克塞娜会劈柴，帕夫列娜会扫地，瓦西尔卡会做饭，阿纳斯塔西娅负责锁门——而茨维坦卡，茨维坦卡就——就负责乖巧吧！），这是一些有魔法的名字，是孩子的塔罗牌，五个女士，五个从童话里走出来的女英雄。母亲说的那些细节就够用了（阿纳斯塔西娅用烧过的火柴化妆；埃克塞娜，也就是我的外婆，不到十六岁就被一个非常英俊的男人，也就是我的外公，掳走了，带到了很远的一个地方，也就是黑海的海岸边；帕夫列娜背着她那愚蠢的丈夫乱搞，上帝还是赐给了她许多漂亮的孩子）——我就用这些细节给我的娃娃们穿戴起来，缝出她们的命运，用想象给她们加上孩子，加上丈夫……

在我的童年里，有埃克塞娜，帕夫列娜，瓦西尔卡，茨维坦卡和阿纳斯塔西娅；有潘多拉和她的魔盒；有迈达斯王和他麾下军队的轶事；有阿尔戈人和他们寻找的金羊毛；有小时候偷了一只猪头，用它喂饱一家人的铁托；有郁郁不得志的美狄亚；有俄罗斯童话；有《保罗街小子们》里的内梅切克；还有美国西部片英雄奥迪·墨菲——这些人，这些故事，将会永远保存在我童年的宝藏中。

此刻我已记不得那个人口众多，如蒲公英种子般四散分离的家族了，虽然其中有一些我曾亲眼见过。真正的埃克塞娜、帕夫列娜和阿纳斯塔西娅，因为丢失了童话的光环，都在岁月中愈来愈失色。不知为什么，我唯一还清晰记得的，是那个原本不怎么重要的凡科（啊，记忆真是捉摸不透！），家里最喜欢放屁的人。虽然小时候，我只能靠想象来勾勒他的形象,但现在,相册中硕果仅存的照片之一,为之提供了足够的真实性。

所以,我记得他有一个朝天翘着的将军肚,一个鼻孔上翻的鼻子,整张脸都像是被上帝之手往上抹了一把。他穿着宽松的白裤子、白衬衣,戴着一顶带檐的白色水手帽,鼻子上架一副墨黑的眼镜,像个瞎子,手上自然也少不了一根藤杖。他正沿着金光四射的滨海大道,悠闲地散着步,身后,一群鸽子忽扇着翅膀,发出扑棱棱的声音。他转过身去,生气地用藤杖驱赶着,好像驱赶苍蝇,但鸽群依旧扑棱棱地在他身后,萦绕不去。最后他只好放弃,重新昂首迈步,迎着金光四射的太阳走去。影子——他自己的影子,藤杖的影子,鸽群的影子——仿佛一列皇家火车拖曳在身后。我们的屁国之王,又上路了。

碧娜

"你在这儿呀,"母亲会说,把一个包袱塞到我的怀里,"交给碧娜,让她给补补。"

出于某种只有捉摸不定的记忆才知道的原因,我心中的相册里,保存着一张意大利人碧娜的照片(他们是意大利人。母亲说,虽然当时我并不知道意大利人是什么)。

碧娜会补跑丝的丝袜。后来(因为破了的丝袜会直接被扔掉）再没有人说跑丝这个词（我的丝袜跑丝了；跑丝的地方得补一补），这个词也就消失了——随之消失的，还有这门技艺。

碧娜脸色惨白，话很少，笑起来总是很累的样子，一双吊梢眼，有点妩媚，整天在那里补跑了丝的丝袜。全镇只有她有一根针，特别神奇，头上带钩，所有女人只要尼龙袜（我们叫 najlonke）破了，都会去找她补。尼龙袜比真丝的还稀罕，一开始的款式上有一条缝，后来缝也没有了。碧娜用她神奇的外科医生的小钩子，耐心地一根根、一圈圈地补着跑掉的丝，熟练地把令人羞耻的白色跑丝补得好像从来不曾存在过一样。

碧娜似乎能在这微不足道的小活计中找到某种乐趣。而她罗圈腿的丈夫成天打她，她罗圈腿的婆婆成天一边喝酒一边在附近一条小溪里钓鱼（有一天喝多了，被水鬼抓着脚脖子拖进深处，再也没有回来），她拖着鼻涕的孩子们则成天喊饿，都不能让她舒心。

每次经过他们的小房子，我都会放慢脚步。我喜欢看她（她总是坐在窗前）摇头赶苍蝇的样子，喜欢看她用疲惫的双眼捕捉一天最后的光线，手上拿一只透明丝袜，找到跑丝的地方，然后像脱昂贵的手套那样，把它从手上脱下来，套在一个木头蘑菇上，把跑丝的地方挪到当中，拿起闪闪发光的小钩子，开始一针一针地把跑掉的丝都钩回来。每次看到我，她就会对我微笑，摇摇头，赶走苍蝇，眯起她妩媚的眼睛，框在窗框里，就像一幅会动的画。

有一天午夜前后，大家都睡熟了，碧娜先把所有跑丝的袜子都补好了，将钩针别在胸前，穿着拖鞋走进了前院。她静静地站了一会儿，瞥了一眼星空，接着，仿佛中蛊了一般，她缓缓走进花园，在井边停了下来。在那里，她脱下拖鞋，看了一眼井底月亮的倒影，也许是因为，在那明晃晃、淡黄色、如丝一般的倒影里，她看到一条跑了的丝，需要她去补一补，于是，她拿下针……跳进了井里。

早晨，人们在井边发现一双摆得整整齐齐的拖鞋。在她的葬礼上，她罗圈腿的丈夫、罗圈腿的婆婆，她的四个孩子，都穿着黑色的衣服，声嘶力竭地哭着，像苍蝇一样萦绕着她的棺椁，挥之不去。

我时常看到那双摆在井边的拖鞋，不知为什么，在我心里，那双拖鞋是飘着的，恰恰飘在与井台齐平的位置。那以后，每当有人说起某某某死了，第一个映入我眼帘的，依然是那双拖鞋。

天堂树

母亲的朋友缇娜家有一棵树，一棵日本苹果树。

"快来。"托米卡招呼我，他是缇娜的儿子，跟我同岁。

我乖乖地跟着他跑去。我们来到树下。树上开着深粉色的苹果花，树盖伸展，遮天蔽日。

"现在我们要爬上去。"托米卡说。我们爬上低矮的树桩，舒舒服服地坐在由枝桠构成的网中。

"看见了吗？"托米卡趾高气扬地说，指点着树下属于他的江山。

我们坐在天堂树上，藏身繁花似锦的树盖中。阳光穿透进来，在我们身上投下斑驳的小圆点。我们就这样，在这个暖融融的盛着苹果的碗里坐着，沉醉在昆虫的嗡嗡声中，沉浸在深粉色的醉人的花香里。这香气又甜又浓，仿佛被放大镜放大了一般，直逼过来。我被这甜香熏得几欲摔倒，伸手去抓一根树枝，手指在粗糙的树皮上擦破了。

粉红的擦痕渗出小小的血珠，静悄悄落到一片花瓣上。

"快把血吸掉……"托米卡轻声说。

"为什么？"

"不然你会死的……"他用一种故弄玄虚的声音说。

我乖乖地吸掉手指上的小血珠。血的味道很甜，也很奇怪。我的心莫可名状地悸动着，仿佛即将发现什么伟大的秘密。我颤抖着，深吸着馥郁的花香，好像盲人一样循着气味的线索，探究那个深不可测的秘密。死这个词好像一个金色的指环，在空中回荡，久久不去。我坐在树杈上，摇晃着双腿，看着擦破的皮肤上细小的金色绒毛和下面粉红的血肉，一只黑色的大蚂蚁从伤口上爬了过去。感觉上我很小，而蚂蚁很大。

"现在，我们来下雪吧。"托米卡说，开始晃动树枝。

下方如茵的绿草地上，下起了深粉色的暴雪。在飞旋的花瓣中，我看到了我带血的那一瓣。我们就那样坐着，小小的，仿佛坐在玻璃球中，身陷一场花瓣的雪暴，托米卡和我，独处在世界上。

边 界

这个煤灰每天都要像花粉一样飘飘洒洒的安全的世界，有着非常严格的边界。边界的附近埋伏着危险，埋伏着神秘的广度与可怕的深度。

边界之一，即是轨道。轨道那边，是未知的远方。夜晚，那里闪烁着暗蓝的灯火，噪音鼓动着、蒸汽喷吐着，于噪音中，可以听到蒸汽机嘹亮的口哨声和青蛙沙哑的鸣叫声。到了早上，那未知的远方就在淡蓝色的烟雾中懒洋洋地摇晃着。就在那里，在那轨道的另一边，在蓝色烟雾的面纱所掩盖的远处，生活着会偷孩子的吉卜赛人。我经常觉得自己好像在地平线上看到了他们，我想象他们将蓝色烟雾的面纱向他们的方向收过去，把裹在这块面纱里的我也一并收了过去，然后我就永远地消失了。许多好奇心重的孩子就是这么消失的……

另一处边界比较具有欺骗性：春天时，它看起来像一条雪白的花边丝带那样诱人，到了冬天，则会变成一排长满倒刺的黑色矮灌木。藏在这条边界后面的东西，比会偷孩子的吉卜赛人可要可怕多了。这个东西的名字叫作水鬼，是一种生活在小溪中的神秘生物，许多好奇心重的孩子都是被他拖走的。我曾怀着恐惧与甜蜜的颤栗，钻过矮灌木，躲在河边碧绿的羊齿草丛后，用兴奋的手指揉搓着河泥，紧盯着黄色的河水，希望能看到它的身影……

在这两个伺伏的危机之间，我向着第三个危机进发了：我的小学第一课。

第一本识字课本

出于偶然的原因，我的第一本识字课本从一个装废纸的盒子里滑了出来。课本第一页上的四幅图深深地感动了我。我记得刚开始上学时，我曾久久地沉醉在这些图片鲜艳的色彩中（大多是蓝色和绿色），我记得自己用痴痴的凝视，给这些简单的平面图加上了景深。我倒不是在给这些图编故事，我只是在细看，想收进每一个细节。我细细凝视图画，就像水底的鱼细细凝视清澈的水。

时至今日，我仍能清楚地记起用铅笔复制苹果、梨子、乌梅，还有那些可爱的小圆圈（成串的葡萄）时的快乐；也记得在树桩上对称画出小尾巴，组成一棵松树的快乐（我曾整整齐齐地画满了一个笔记本，就像一座森林）。我记得自己还没完没了地画过一排又一排的胡萝卜、洋葱和土豆。那种不断增加所带来的乐观信念，我到现在还能真切地感受到，甚至能听到我的那些苹果和梨子，从笔记本上滚下来，填满了另一片想象中的空间。所有或粗或细的线条，所有圆圈和蜗牛，所有钩与蛇，所有圆环与小点——都窸窸窣窣或叮叮当当地，在那个想象的空间中混到了一起，它们没有消失，有一天，会有人把它们放出来，让它们变成真正的窗户，真正的梨子，真正的词语和真正的句子……

我细细看着课本上的画。当时我还不识字。只注意到各种毫无关系的物品与概念，以非常和谐的形式，被鲜艳地画在了一起：这里有一匹马和一张卡，这里是一个人和一扇门，这里是一只鸽和一辆车……每一个物品、每一种概念，都心满意足地发出了自己的声音：一个男——孩——、一只绵——羊——、一头牛——……

我注意到画中的东西：老式收音机、老式钢笔和橡皮。我注意到画中对进步的激情与信仰：有一幅画里，孩子们在向一架飞机招手，另一幅画中，一家人和乐融融地围坐在桌边。而桌上摆着——一台收音机！一辆蒸汽机车向着一马平川的未来开去，河上架着大桥，烟囱欣欣向荣地吐着烟，拖拉机犁着地，大轮船犁着海。人们（我现在才注意到只有男人）积极快乐地工作：有飞行员，有拖拉机手，有医生，有矿工。女人都是些母亲。或者小女孩。

天空永远是蓝的，阳光永远普照，任何地方都没有云，也没有雨，就连在天气那一节都没有。

我开始学字母。C 是 cvijet（花），G 是 grad（城市），S 是 sunce（太阳）。Milića, vidi more! Glatko i svilenkasto more!（米莉恰，看大海！如丝般光滑的大海！）

我开始学句子。杰梅尔和贾福尔是好朋友。两人都是波斯尼亚人。贾福尔没有家人。他与杰梅尔生活在一起。杰梅尔的母亲很爱他，把他当作自己的儿子。杰梅尔和贾福尔一起去很远的地方学手艺。杰梅尔的母亲在他们每人的口袋里放了一个苹果。他们离去时，她说：好好学习，孩子们，我的生命之光。用好成绩来让母亲开心！

这些句子在我们心里刻下浅浅的痕迹，为我们尚且空白的未来勾画出共同的框架。有些字母比其他的要大上一些：D 代表家（dom）；N 代表祖国（narod）。（祖国就像一位父亲，按照新的计划照顾所有的儿子。）B 代表兄弟（brat）。（全世界人民都是我们的兄弟，尤其是非洲人。）

在那遥远的非洲，生活着许多深色皮肤的人。他们热烈欢迎我们的水手。他们指着我们旗帜上的红星。他们紧紧握住我们水手的手,用他们的语言喊道:南斯拉夫水手是我们的兄弟!我课本上有一节这样写道。

课本上还有塞尔维亚人和克罗地亚人。他们也是同胞。全世界兄弟团结起来——没有什么能够阻挡他们的意志!我的课本这样宣称。

课本的世界不是二元对立的。课本的世界里没有邪恶。那里只有善良,没有与它对立的反面。学习是好的,清洁是好的(清晨早早起/洒水又扫地),勤劳是好的(大家一起来/建设新时代),唯一邪恶的只有法西斯。通常与形容词黑暗的一起出现。

在我的课本里,祖国似乎没有疆界。课本中有普拉(给我们身在普拉的老朋友,先锋队员佩罗寄一张明信片吧),有斯拉沃尼亚人菲利普,有达尔马提亚人弗拉尼,还有我们的海(more)。但没有一个地方的人叫它亚得里亚海。

在我的课本中,有克罗地亚名字,塞尔维亚名字,斯洛文尼亚名字,马其顿名字,各种名字的配比都很平均。有多少佩塔尔,就有多少米塔尔、乔奇、伊凡……

我课本中的世界是写实的。书中戴着干净围裙的母亲目送自己的小儿子上学的画面,与我母亲的形象如出一辙。我还记得母亲治下雪白的围裙,干净的床单、布帘与软垫,那是穷人的美学。在战后普遍的贫穷中,我们都采过野花插在家里，都用小布帘和小软点，成功地掩饰过我们贫瘠的生活。

M 代表 maşină（汽车）——汽车的图画，展现出南斯拉夫日常生活不为人知的篇章。我还记得那时，人人坚信每一个明天都会带来美好未来（今年我们买车，明天我们去看海）。

Milića, vidi more! Glatko i svilenkasto more! 并不仅仅是用来练习字母 M 的一句毫无意义的话，而是一句每次我们看到大海时都会说的话。而一家人坐在火车窗前（车上用拉丁文与西里尔文清楚地写着南斯拉夫国家铁路局字样），与我们现实中举家乘火车去克罗地亚首都萨格勒布、南斯拉夫首都贝尔格莱德的愉快旅行也完全相符。

在画着收音机的那张图中，我清晰地看到了我家的第一台尼古拉·特斯拉（我记得自己曾在黑暗中死死地盯着机体上闪烁的小绿灯不放），而图中围坐桌边的一家人在听的节目，肯定也是《船员点播》……

甚至课本中的铁托，都和真实的铁托主席一模一样。他过生日时我们会给他寄信。我记得我们会把信卷起来塞进木头接力棒里，接力跑着去送给他……

课本给了我们新的挚友。它们就是字母。我的课本上用全大写字母写着。没有这些朋友的人是要受苦的！我的课本威胁道。

我开始上学是 1957 年。那一年，我获得了前往古登堡活字印刷世界的通行证，同时，也获得了另一本通行证，它通往我们自己的这个民族。课本就像这个民族中几代人共用的通行证。而这几代人就是这个民族的整个历程。今天，我还能在各个地方看到我的那个民族。他们就像我刚上学时在笔记本上画的梨子与苹果，全都是一个模子刻出来的。我总是能准确无误地认出他们，即使是在国际机场这样鱼龙混杂、利于隐藏的地方。我能从他们眉梢眼角的颤动，从他们偷眼环顾的样子，从他们努力不去偷眼环顾的样子，从他们一遍遍检查行李的样子，认出他们来，即使他们要去的地方与我相反……不管怎么说，我们是一套课本教出来的。①

---

① 那套原本与我生活休戚相关的课本，很快被束之高阁。生活不回头地继续，追寻着更生动、更丰富的画面。

1991 年，当最后一场南斯拉夫乌托邦解体的血战打响之时，时间画了一个圈，一切回到了最初的样子。解体各方厌弃了聒噪的媒体战争，回归到初级课本中简单、干脆的方式：约凡开始袭击伊凡，西里尔文与拉丁文对骂。塞尔维亚与克罗地亚互掐，乔奇和贾福尔大打出手。课本上的绿皮飞机，带着闪闪的红星飞升到空中……我们的南斯拉夫水手开着他们的船，轰炸了我们的港湾和我们可爱的蓝色大海。没有疆界的祖国开始刺出新的疆界。我们最好的朋友书籍，被焚毁，拥有数百年历史的老教堂与铁托石膏胸像一起被炸成碎片，飞到空中。课本上的字母、数字与符号，纷纷奔赴在自我销毁的路上。乌托邦世界，像古希腊神话中的饿鬼埃律西克通一样，在我们眼前贪婪地自我吞噬，在它留下的空白里，新的课本，即将被撰写！——原注

遗忘的灰色地带

"你写我,是为了你自己;我写我自己,却是为了你。"阿尔雅,维克托·什克洛夫斯基在《动物园》中写情书给她的那位女性,曾这样说道。

我写母亲,实际上是为了在遗忘的黑暗中捕猎我自己的画面。但其实我与母亲所有的画面都是共同的,即使她不在某一帧里,她也依然存在于整个情境里。

翻阅相册时,我注意到照片和记忆之间存在对称性。当我们的照片(以及同期我的照片,在校内、学校组织出游时或者跟朋友在一起时的照片)结束时,记忆也随之结束了。我不太记得之后发生的事。仿佛共同的照片才是记忆的保证。遗忘的灰色地带始于我们不再一起拍照的那一刻起(我的照片越来越多,她的照片越来越少)。诚然,我或许还记得事件的大概(比如这一年我们去了什么地方,那一年家里换了什么新东西),但具体的画面完全记不得了。

黑海

记忆这东西,现在看来,不仅是捉摸不透。它还有自己的秘道,遵循一种只有它自己才知道的对称法则。

后来，我在家乡的对岸，在敖德萨，看到过一次她的黑海（每次她给我看照片时都会说：看，那是我的瓦尔纳，那是我的黑海），当时我隐隐觉得，这个海景和这个小镇我似乎在哪里看到过。但一时间的晕眩（或者可能是记忆拐了一个合理的弯）让我无法立即想起究竟是哪一个海边、哪一个小镇。当时，我的脑中并没有联系到对岸我常去的瓦尔纳。我听着海潮，躺在恋人的怀中，心里的绝望令我感到脆弱。我也记得苹果切开后晾在空气中所发出的浓郁香气（苹果是我们好心的房东用她那双看不见的手用铁盘盛了放在我们床头的）。这种气味与绝望的感觉相混合，在我的记忆中永远地联系在了一起。

许多年以后，我在纽约华盛顿高地上一个公寓里，又闻到了同样的气味。我发现这个公寓的住户是一个来自敖德萨的移民，正是她，在很久很久以前，将那个海边的房子租给了我们，还在我们的床头用铁盘放了一些半干的苹果……啊，命运的套路是多么的通俗易懂啊！

我还会在另一处地点的另一个情境下，再一次清楚地回忆起黑海。那是一个夏天，在英国布莱顿海边长长的木板道上，我买了棉花糖，裹着风衣在海滩坐下（像这里所有的英国人一样，浑身兜风，衣服扑棱棱地鼓动着，像一只鸟），呼吸着冰冷的狂风，用舌尖溶化一丝丝蜜糖。有一个片刻，我清楚地感到自己只有十八岁，有时人们叫我爱丽,而在我眼前,在海的另一边,有一个小镇,我曾作为不是我的另一个人在那里生活——那个小镇叫瓦尔纳。

名人名言一则

记忆,在我看来,是人类在愉快的进化过程中所永远失去的那条尾巴的替代品。它指引着我们的行动,包括迁移。除此之外,在回忆的过程中,存在着某种明显的返祖现象,鉴于这一过程从来都不是线性的。而且,一个人记得的越多,也就意味着他离死亡越近。

如果这一观点成立,那么,当记忆出现卡顿时,或许反而是一件好事。然而,记忆更常发生的是蜷曲、缩卷或向四面八方舒展,这一点上,它也具有尾巴的特性;所以,一个人叙事时也应如此,即使这意味着他的叙事听起来可能无序而乏味。说到底,乏味才是存在的常态,人们不禁要问,为何致力于现实主义的十九世纪散文文学在这一点上表现得如此之差。

但是,即使一个作家具备了准确捕捉意识最小颤动的能力,要想还原尾巴的蜷曲,让过去与过去的事自如地卷到面前,却依然是不可能的,因为进化自然有进化的必然结果。随着岁月的流逝,往事被拉直了,直到完全被抹

去。没有什么能把它们卷回来,就算卷来卷去的花体字也不行。(约瑟夫·布罗茨基,《小于一》)

母亲的财富

书是母亲最大的财富,在这笔财富里,有一部分是她跟苹果一起带来的,还有一部分是她来这儿以后陆续买的。

我的出生也有书为证,那是马克西姆·高尔基的小说《母亲》。父亲没有读过它,但受到书名的蛊惑,认为很应景,就买下送给了刚生下我还在医院的母亲。

在战后普遍贫穷的年代,我们(除清洁的环境是健康的一半外)有一句特别流行的口号,叫书是我们最大的财富。宣传口号称,知识就是力量、书是我们最好的朋友,民间俗语也有头脑领导力量,力量掀翻木桩之说,除此之外,一系列有关伟大的社会主义改革家如何对自己千锤百炼的故事,也说明了书的重要性,有些人好像一天到晚在读书,比如列宁;有些人借着月光也要读,比如马克西姆·高尔基;无足轻重的农民通过教育可以将自己改造成会说几国外语、精通钢琴演奏的学者,比如铁托。(这些有关社会主义改革家的套路故事,在四十年后,当我们新的克罗地亚总统需要经营他的媒体形象时,还会再流行起来,他曾要求别人给他拍一张照片,照片上,他手拿小说，沉浸在阅读中。小说作者是美国作家约翰·艾文[①]，真是太应景了！我一边看着这张令人作呕的摆拍照片，一边想起了另外一个艾文，艾文·斯通，他在我母亲的战后收藏中，曾占有一席之地。）

我母亲对书的热情是真挚的，并非由任何外力所驱使，这种热情也感染了我，于是她小小的收藏，就变成了我们两个人的。而由于这份收藏中，面向少儿的读物非常少，只有《帕街小英雄》和《赫拉皮克的小学徒》这种，我干脆很快读起了《卢克雷齐亚·波吉亚》（教皇的私生女）和厄普顿·辛克莱尔的《石油》。《石油》是母亲的收藏中较早的藏品。我记得是父亲1946年买的，当然还是因为书名应景，因为他当时的工作属于石油工业。厄普顿·辛克莱尔、艾文·斯通和西奥多·德莱塞是母亲最喜欢的三位美国作家。后来还出过一套电影书，有一本扉页上有一张《第一夫人》的剧照，于是斯通的《美国第一夫人》就在母亲的收藏中占据了永久的位置。

母亲馆藏中的书名对考据"一战"后期克罗地亚出版与翻译状况的人是一笔巨大的财富，因为母亲有意识地陆续把战后文学市场上不多的出版物全都买下来了。

[①] 约翰·艾文，美籍加拿大畅销书作家，有多达五本小说曾被改编为电影，其改编剧本《总有骄阳》曾获第72届奥斯卡最佳改编剧本奖。

我们二人共同培养着阅读品味，为特里格维·古尔布兰森的《山里来的风》和《无处可逃》，罗伯特·佩恩·沃伦的《国王班底》，拉约斯·塞拉西的《死泉》，皮埃尔·拉穆尔的《红磨坊》，达芙妮·杜穆里埃的《瑞贝卡》，巴尔扎克的《小麻烦》，司汤达的《阿尔芒斯》，乔治·梅瑞狄斯的《自私的人》，克朗宁的《帽商的城堡》，马里沃的《玛丽安妮的一生》，左拉的《真理》，朱利安·格林的《列维坦》，菲尔丁的《约瑟夫·安德鲁斯》和狄更斯的《匹克威克外传》……究竟孰优孰劣而争论不休。

1951年，母亲买了格特鲁德·斯泰因的《梅兰克莎》，我想她并没有读过。她买这本书纯粹是因为她喜欢书名里带女人名字的书：《安娜·卡列尼娜》《包法利夫人》《魔女嘉莉》《阿尔芒斯》《瑞贝卡》《露西·克劳恩》……以女人的姓名为书名，说明她可以把自己的命运与书中主人公的命运进行联系，进行比较。有时她买书纯粹是喜欢书名，比如买莫泊桑的《像死亡一样坚强》。

尽管如此，有一本书，是我与母亲都共同挚爱的，那就是1954年出版的哈代的《德伯家的苔丝》。

在很长一段时间里，《知识之书》是我最喜欢的书，因为这本词典有很多很多图片。我小时候没有什么绘本，没有电视、录像、电脑，书是唯一的娱乐。我饥渴、懵懂、塞满书籍、充满疑惑的儿童的大脑，会以通过母亲的小说学习生活的同样的热情,去探究《知识之书》中的那些鱼、花、蝴蝶、船、拉丁动植物名与名人介绍。

我们办了图书馆借阅卡,与管理员玛吉塔交上了朋友,她是个安静的人,酷爱阅读。玛吉塔荐书给我时没有什么标准,或者说依据她自己的标准。于是,当其他孩子都在一窝蜂地读卡尔·麦[①]时,她借给我的却是卡夫卡的《变形记》。既然小说讲的是人变成昆虫的故事(玛吉塔想),那么小孩子肯定会感兴趣的!

玛吉塔与我之间,建立起了一种与我和母亲的读书会互不相干的阅读关系,我的阅读轨迹,在不知不觉间偏离了母亲,而这,天知道为什么,又是法国人的错。

在我小时候,有许多一听就着魔的词,其中有一个,在当时意义还很模糊,那就是索邦。起因是母亲曾提到某个人,说他在索邦大学念书,说的时候,好像这是什么奇迹,而成就这一奇迹的人,当得起最由衷的褒奖。当时我念索邦的方式长期是错的,我念成了索布朗。

另一个有魔力的词是梦莎[②]。这个词听起来跟索邦一样叫人着迷,其意味也跟索邦一样模糊,但我对梦莎只在巴黎有的信念坚如磐石。但我不太确定什么地方有索邦。

---

① Karl May,德国著名探险作家、小说家,著有《盐沼逃生》《洞窟幽灵》《沙漠之城》等作品。
② Mansarde,一种带窗的顶层阁楼。

于是，法语逐渐与梦莎、巴黎、索邦这些词汇联系在了一起。我曾经常把家里第一台收音机调到法语频道，开心地听里面汩汩流出的法语。我透过尼古拉·特斯拉的绿眼睛，乘着法语的河流，飘出总是下着煤灰的偏远小镇，进入一片广阔、未知的天地。我暗自发誓，一定要成为像儿童文学家米努·杜露哀一样出名的人。后来又立志成为弗朗索瓦丝·萨冈，为此还剪了个《你好，忧愁》中珍·茜宝的发型。

再后来，我又决定要找一个像让-保罗·萨特一样的男人，跟他一起住在一间梦莎里。那个梦莎里没有我母亲的位置。最后我放弃了梦莎与萨特，但法式诱惑的影响已经形成了：在属于我自己的图书收藏里，最初的几本书，都是法国文学。

口香糖的故事

她爱看电影。在我们镇子这样的小地方，一开始并没有电影院，只有一架放映机，用它在镇上的旅馆临时搭了一个放映厅。母亲每天都带我去看电影，一部电影她会看好几遍。

她订阅了《世界电影》杂志，里面有许多漂亮的图片，有影星极具趣味的生活八卦，有丑闻，有结婚，有离婚，有外遇，有酗酒，有不幸。她津津有味地读着，直到烂熟于心。

后来出了一种口香糖，包装纸上印着电影明星。曾经有个比我大的孩子，因为决定不再幼稚下去，把他搜集的整整一套，都给了我：整整一本相册，全是印着演员的口香糖包装纸。我一张张细看，对每一张上的人物，母亲都能说出一个故事：艾娃·加德纳家里是种地的，非常穷，所以大家叫她赤脚伯爵夫人，她是世界上最美的女人，但她的美貌并没能挽救她不幸的一生；苏珊·海沃德可爱俏皮（母亲看她的《伤心泪尽话当年》时哭了）；演过《吉尔达》的丽塔·海华斯，被誉为人间爱神，嫁给了世界上最有钱的人阿里汗王子；费雯丽古怪精灵，叫人捉摸不透，她是《飘》中美丽的郝思嘉，又是《欲望号街车》里令人难忘的半老徐娘，她嫁给了劳伦斯·奥利维尔；让·迦本是人人尊重的戏骨，从艺前是个工人，后来娶了玛琳·黛德丽；钱拉·菲利普是个爱做梦的浪漫主义者，他在《肉体的恶魔》中饰演死于癌症的青年，令人难以忘怀；克拉克·盖博饰演的白瑞德英俊非凡，留着两撇小胡子的冒险家也叫人难以抗拒；还有玛蒂妮·卡洛，莱斯莉·卡伦，神秘的米歇尔·摩根，同样神秘的葛丽泰·嘉宝，刻薄严厉的琼·克劳馥，古怪的贝蒂·戴维斯；克拉克·盖博的妻子，美丽动人的卡洛·朗白死于飞机失事；

忧郁、玩世不恭的亨弗莱·鲍嘉和他的妻子劳伦·白考尔；还有斯宾塞·屈塞与凯瑟琳·赫本终生不渝的爱……

后来又有了更多明星，主要是我的偶像，比如曾获二十四块英勇勋章、善演西部英雄的美国演员奥迪·墨菲；但母亲曾经如数家珍般爱过的那些明星，以及这些明星的生活，在我们的心里永远都不会褪色。

后来有一回，那是很久很久以后了，我看了约翰·福特的《青山翠谷》，一时间时光倒流，心中闪现那本口香糖纸的画面。在玛琳·奥哈拉的位置上出现的……是我的母亲。

青松先生

放映厅的管理员，是一个捷克人，他身材很小，皮肤是咖啡色的，像个小矮人，下唇上永远粘连着一支香烟。任何时候问他你怎么样？，他都会用捷克语回答：像青松一样！同时迅速挺直腰板，展露笑容，用拳头啪啪捶胸，好像要看它结不结实。不过他终日笼罩在烟雾中的身板，其实与青松毫无相似之处。

他让我们这些孩子看白戏，还让我们坐在正式座位上，如果正座坐满了，就让我们坐在折叠椅上。周天的日场，一般只有孩子和我们那儿的一个教师的太太会来，这个女人生了一大群孩子,突然不想再做谁的母亲、谁的妻子,决定重返童年。于是,她每天都去看电影。教师太太整天神情恍惚,不去在乎周遭的人,每天,她拖着水桶腰,一手冰激凌一手糖果地走进电影院,在黑暗中响亮地嚼着硬糖,揉着糖纸。

放电影的捷克人总会在我们入场后关上门,伴着烟雾的围绕爬回自己小小的放映室,很长一段时间里,青松先生独自一人负责放映厅里所有的事务:卖票、要片子、检票、关门、放电影。

如今我有时看电影,还会觉得自己马上就要看到那幅曾经重复了无数次的画面:在狭窄垂直的光带里,青松先生的脸和陪伴他的烟雾缓缓消失,我们迫不及待地等待着,等他一步一步地,抵达他的放映机前。

许多年后我偶尔见到他,还觉得很开心。我问他:"你怎么样?"他照例腰板一挺,露出旗帜般的微笑,用早已衰老的手捶捶胸说:"像青松一样。"几天后他死了。冬夏常青的青松先生,他看完自己还结实,就放心地去世了。

玻璃球中的母亲

我用手指划着玻璃球。我将它握在手里,像握一个苹果那样,用我的手心温暖冰凉的玻璃,用冰凉的玻璃冷却我的手心。玻璃球中，坐着我的母亲，她正在舔指尖上的雪花。

我透过玻璃看着她，想着她，试图感受内在的她。我将玻璃球倒过来，爱玛·包法利，玛琳·奥哈拉，苔丝，魔女嘉莉……她们的脸纷纷划过她的面容。她们的影子，根据某种神秘的亲疏关系，交织、缠绕、联系在一起。我在她们身上看到与母亲相同的闪烁的眼睛，看到浆洗过的雪白围裙，看到发间的发卡，看到一种体态、一种姿势、一种表情、一种动作、一种说话的方式……她们被同一种力量所产生的粘力联结在一起，这力量来自女性的共同命运。她们在彼此身上找自己的影子，在彼此身上找到自己的影子。

我看着玻璃球中的她，我想我看见的这些女性都是内在的她，而与这些女性——与苔丝、玛琳、嘉莉、艾娃、安娜、爱玛、贝蒂这些女性在一起的她，既真实，又不真实。我看见那两条法令纹，势不可挡地往下走，伤感地结束在下垂的嘴角。我看见她忍受命运时的愁眉苦脸，这命运开始得像小说一样，却没有结束得像小说一样，它在半路停下了，它让她老去，但再没有赋予她真实而强烈的情感，有的只是衰弱，只是隐约的渴望，只是一个玻璃球。我在她的脸上看见她曾读过的小说、看过的电影，看见那些女性的命运，她们或许坚强、浪漫、炽烈，却统统听命于导演的构思而结束了一生,只有她,继续过着模糊、苦涩的日子,她曾经对未来的期许有多光明,这日子就有多灰暗。

我翻转玻璃球,突然间,我为母亲感到难过,她这么的小,这么不自由,她一定很孤独,很冷……我将玻璃球握在手里,像握着一个苹果那样,我将它送到嘴边,用我的气息温暖它。母亲在水汽中消失了。

衰老的第一张快照

我记得小时候她有时会突然大笑起来。我总是惊讶地看着她,有点怕她这样笑会噎住。通常这时候,父亲都会摆摆手,撤离现场。而这又会让她笑得更厉害。这种笑,好像能让她暂时突破内心包裹着、监禁着她的一层看不见的薄膜。现在想来,这种迅速爆发、势不可挡的大笑,其实是她对自由的短暂的夺回(她不知道还有什么别的方式),是她再回到常态之前的一次深呼吸。

她笑完,就会像开始笑时一样突然停下来,擦擦眼睛,满足而深沉地叹一口气,再余音袅袅地轻笑几次,怕又笑起来似的,放松一下自己笑得发紧的下颌,确保自己完全镇静下来,然后抱着我说:我没事,别担心,狂笑结束了……

父亲死后不久,有一次,我们与亲戚一道出去玩。她穿一身黑,半裙包得很紧,并不是适合踏青的服装。当我们在树林中安静地散步时,她突然深吸一口气,毫无理由地提起半裙跑了起来。她跑得很快、很轻盈,像小孩一样提着裙子。她跑得真快啊,她的身体向前舒展着,仿佛再过一秒、再踏出一步,她就能穿过那层缚住她的茧了。当最后气喘吁吁地停下时,她用手做了一个模棱两可的动作,仿佛在擦眼泪(与她大笑过后一样),又仿佛挥挥手,在说对不起。

我想就是从这一刻起,她开始老了。

一块冰凉的焦虑

"我喜欢跳舞,我和爸爸以前经常去参加派对,但是因为他不会跳舞,觉得无聊,所以后来我们慢慢就不去了。"她说。

"我喜欢笑,但是爸爸是个不苟言笑的人,所以我慢慢就不怎么笑了。"她说,语气中丝毫没有责备。

我想,在某个特定的时刻,她一定也回首望过:她的故乡不再是她的故乡,她的母亲、父亲和妹妹都死了,再也没有理由回去。她内心的地图上,瓦尔纳慢慢被遗忘的湿气吞噬,变成一抹无法辨认的湿痕。然后她举目向前:

她的丈夫也不在了，她的孩子们都离开了家，她的朋友都老了，慢慢消失了，在她前方唯一的联系，只有每月第一天给她送来养老金的邮递员。这样一合计，她感到头晕目眩，无法呼吸，她觉得自己，就要摔倒了……

我想，就是从那一刻起，她开始不愿出门了。一出门，她就被突如其来的疲劳所击垮，觉得自己一定会摔倒，会心慌悸动，无法呼吸，她会大汗淋漓、面如死灰、显出惊惧的样子。"你到底在怕什么？""我怕摔跤。"她坚持这样说。"你不会的，有我在呢。""我会的，我会摔跤的……"

她怕去商店，怕下馆子，怕散步，怕人，怕噪声，怕汽车，怕狗，怕小孩，怕绿化，怕广场，怕集市，任何东西在她想来都能激起一阵焦虑，任何东西她都讨厌，就像一只瑟瑟发抖的野生动物，只有躲在家里才能让她安心。

她好像开始喜欢上了对自己的监禁。只有穿自己的拖鞋，她才觉得舒服，虽然她想换双带翅膀的小鞋子，已经好多年了……

一段时间以后，她又开始向外观望。慢慢地，又开始出去买东西，去看朋友，但她的世界比以前小多了，她的恐惧再也没有消失，只是被藏起来了而已。

她怕未知，怕人，怕疾病，怕死亡，怕开阔的空间，怕封闭的空间，怕坏消息，怕旅行，怕新的地方，怕可能发生的意外，怕战争，怕饿，怕街道，怕人的不友善，怕飞机，怕电话……

她创造出一些生活习惯，来约束这些恐惧，但只想到了两种办法：一种，是礼拜天跟儿子一起吃饭，一种，是定期去给丈夫扫墓。她以钢铁般的意志，坚持要我和弟弟参与到她的习惯中去。有时，她也会把这种以前从没有过的钢铁意志，用到某些无足轻重的事情上：比如，只用某种特定的塞子，只买某种特定的灶台零件，灯泡一定要是这一款，铆钉一定要是那一个……

她的血糖其实只升高了一点点，她却想象它已经高的不行了，开始像关心自己的孩子一样关心起它来。但有时候，她又会犯忌，而且每次还都要告诉我：你知道吗，我昨天吃了一点巧克力！要是我轻描淡写地说：这没关系啊，不算什么大错……她就会觉得很失望。

她又开始读她读过的书，她不刺绣也不打毛线，东西破了她不补，冬天快到了她也不囤吃的东西（囤给谁？我血糖已经这么高了！），她不养狗，不养猫，不养鸟，从来不喜欢动物（要是出远门，我拿它们怎么办？她总是这样问，但其实她从来不出远门），她没有爱好，也不去婆家走动（你爸都死了，我去干什么？），她不肯去旅游（我死也不会一个人出去！），她只喜欢她的两个老朋友，两人都是跟她一样的寡妇：安吉卡与她一起笑谈往昔，米尔亚纳则安抚她的创痛。

她所做的一切好像都不得善终。只有养在窗台上的非洲紫罗兰，在她的照顾下，还能开出大朵粉红、雪白的花来。

直到她彻底病倒了，我才第一次意识到她的孤独有多么深重。她把每天的亲友探病当作生日来过。那些花和闲谈好像让她忘了自己身在何处。终于，在长久的寂寞之后，她不再寂寞了，每个人，从医生到访客，都真诚地关注着她的状况……

"奇趣蛋"

变化来得悄无声息，几乎难以察觉。以前她就一直喜欢睡衣，花色要新，颜色要鲜，出院后更是以生病为由买了许多新睡衣。"我就放在家里，万一再去医院，我要用的……"

然后，她又说自己需要一件居家的浴袍，而且不知道为什么，必须是日式的。

"你要的那种日式缎子浴袍，不值钱的，只要两美元。"我说。

"那你为什么不给我买？"

"就因为它看起来廉价啊。"

"我可不觉得。"她固执地坚持。

于是有一回，她买了一匹紫绿花的便宜缎子，叫人按日本的式样做了一件浴袍。这条浴袍她从来没穿过。又有一回，她买了一条日本进口浴袍，很便宜，人造丝做的，样子是她一直想要的那种，背后有条大龙。这条浴袍在我心中激起了愤怒与怜悯。这条浴袍她从来没穿过。

再后来，她在我的立柜里发现我出国时买的一条淡粉色浴袍，便像孩子一样赖着我，要我给她。一时间我被她幼稚失态的样子激起了恶意，任她怎么求，我就是不给。

有一天，我又出国去了，她干脆自己拿走了那条浴袍。"反正你穿也太小了呀。"她说。她说的没错。她把这条粉红色闪闪发亮的缎子浴袍放进她的立柜里。这条浴袍，她也从来没穿过。

她越来越经常地给我看她新买的套衫、半裙和衬衣，这些新衣服越买越难看，虽然以前人人都说她品味很好。

她开始喜欢去波兰人、罗马尼亚人、俄罗斯人和本地小商贩临时搭建的跳蚤市场买东西。经常买回一些用不上的床单被套，莫名其妙又多出一把的镊子，没有什么价值的钟，就这样买回越来越没用、越来越丑陋的东西，摆到她整洁的玩偶之家里。

她以前从来不戴也不买珠宝。但突然间，她开始买便宜的假首饰，假项链，还坚持要给我买金戒指，给弟弟也买一个带印章的金戒指，作为留念。

她越来越频繁地参加专为退休老人举行的格拉茨购物游，买大米，买咖啡，几公斤几公斤地买葡萄干。其他老人买的东西也一样：大米、咖啡、葡萄干。她储食间里全是吃不掉的东西。

她的邻居薇瑞卡在一个意大利牌洗衣粉里找到一个傻瓜相机的赠品，她就要我给她买意大利牌的洗衣粉，我（怀着同样的愤怒与怜悯）拒绝后，她把这个愿望告诉了我的朋友。说的时候，语气好像在逗他（我知道有点蠢，但是……），好像她正在跟他分享的，是什么甜甜的小秘密（你知道，我一直很喜欢拍照）。

这件事像一根针，深深地刺痛了我。她的天真（竟以为每一包意大利洗衣粉里都有一个傻瓜相机的赠品！），她单纯的愿望，她看见什么都想要的孩子脾气，好像在她的世界里打开了一道裂痕，透过裂痕，新的光线洒在她身上。我开始看到，也许她一直想要的不过是陌生人用苹果做的玫瑰。不过是一个奇迹。一颗在里面能找到惊喜的奇趣蛋。除此之外她什么都不需要了。只要这些，只要这一点小东西，帮她捱过难捱的日子。只要一块帽子里变出的丝帕，一只白鸽，一根魔术棒，几张活画片儿。只要玻璃球中的一场暴雪，只要苹果皮做出的一朵玫瑰。再不需要别的了。天啊，她要的算多吗？天啊，她要的只是这些吗？

苹果玫瑰

在那遥远的1946年,她乘一辆列车,驶过被战争蹂躏的国家,奔向她的未来。一个面容和蔼的老人(这是她唯一记得的细节),走进她的车厢。车窗被黏腻的细雨打湿,人坐在里面看不清外面。她给老人一个苹果,老人拿出一柄折刀,用外科医生的精准,给苹果削了皮,用皮做成一朵玫瑰。也许那一刻,陌生人裁的不是苹果皮,而是她的命运。他把它裁得小小的,很不起眼,把一个苹果,变成一朵玫瑰。

母亲小时候,害怕里外翻转的手套。而每一张算命纸牌都有正牌和倒牌,每一枚硬币都有正面和反面。也许那条被削下后像蛇一样缠绕在陌生人指尖的苹果皮,就包含了她生命的全部,包含着所有的细节,甚至也包含了四十三岁那年她在胸外科手术中挨的那一刀。

小小烽火台

我打开电话答录机,收听留言。有一条留言。"哎呀,布比……你去哪儿了?总是不在家……"幽暗中,答录机滋滋转着,然后突然仿佛很决绝地,传来咔嗒一声,接着是一声长长的哔——,最后一切复归寂静。

我在扶手椅上坐下来，包裹在寂静中，床头灯柠檬色的灯光一滴一滴地滴下来。我拿起听筒，放到肩膀与脸颊之间夹住，用冷冷的塑料听筒上摩挲我的脸。也许我应该给她打个电话，在她睡觉前跟她聊聊，用一些毫无意义的话哄她入睡，抱怨抱怨我自己的低血压，她会一下子精神起来。今天我的血压也很低！她会说。她会问我有没有去看医生，我应该把一切都细细说给她听，问她有没有去买东西，告诉她我自己去买东西了，告诉她每样东西都贵得很，太吓人了，太吓人了，她会说。我应该问问她的邻居，告诉她我买了一个新的水龙头，装起来不滴水了，她会说，不是吧，你能把它修好真是太好了，你花了多少钱？我应该告诉她我花了多少钱，天呐，真贵，真吓人，我应该问她明天准备烧什么菜，医生怎么说她的血糖问题。又高了一点，她会说。我应该显得惊讶，怎么会呢？我真的不知道，她会说。然后，我应该说一些宽心话，并祝她晚安。

可我没有给她打电话，却打给了电话报时。十一点五十五分，三秒，话筒中的声音说。我静静地坐着，把听筒贴在脸上摩挲着，用脸颊擦着冷冷的塑料，十一点五十五分，五秒，报时音毫无起伏地播报着。我张开嘴，好像要说什么，我的嘴唇噘成一个圈，似乎准备发出一个圆润的音，"十一点五十五分七秒"，对面的声音说，我无声地说,"你好,我来了,我是……布比……"圆润的声音像小气球一样飘到空中,"十一点五十五分十秒",对面的声音说,小小的气球悬停在空中,像飞蛾一样萦绕着我……时间无动于衷地从听筒中流出来,冷却着我温热的额角……

我想象此时她躺在床上,正在读书。她感觉眼睛疼了,缓缓脱掉眼镜,合上书,把眼镜放在书上。她坐起来,在床边坐了一会儿,摆动双腿,用脚趾搓捻着黑暗。她看了看自己浮肿的手,伸到床头灯下细细检查。她拿起遥控器,打开电视机,一再更换着频道——每个台都是雪花片。每个台的雪花片都漫出来,下在了她的房间里。她关掉电视,懒洋洋地走进卫生间。她久久地坐在马桶上,一边用脚趾搓捻着空气,一边小便。黑暗中,她听着自己发出的声音。然后,她又从卫生间走进厨房。她任由灯就那么暗着。她打开冰箱,盯着被照亮的一切看了一会儿,好像要找什么东西。白色网架上有一盒酸奶,一盒牛奶,一小块奶酪——仿佛一顿给老鼠吃的晚饭。她关上冰箱,什么也没拿。

她走到窗边,在黑暗中摸了摸非洲紫罗兰毛茸茸的叶片。她靠在窗台上,抽着烟,凝视着夜色。在她的下方,大片油亮的绿叶颤动着,发出沙沙声。在月光的照耀下,看起来都像银色的盘子。一两年后,这些闪着金属光泽的银盘将会长到她窗户的高度。阔叶乔木长得真快啊……

她听见自己的心脏，在夜色中跳动。怦怦、怦怦、怦怦……突然有些被打动了，好像那是体内一只迷了路的老鼠，出于恐惧，正在敲打她的心墙。她抚摸着紫罗兰毛茸茸的叶片，这让她的心安静下来。

临近的楼里，苍白的灯光零星亮起。在其中一扇窗前，她看到一个静止不动的身影，正在抽烟。另一扇窗前，一个女人倚在窗台上，也在吸烟。她看着那个女人，仿佛看着自己的镜像。三个烟头，三个光点，在夜色中闪烁，肥厚的叶子吸收着香烟。她突然很想跟她们招手，但打消了这个想法，在夜色的掩护下，她微微地笑了。她在想象中完成了这个动作，用手指，谨慎地发送出一个小小的讯号。并且想象那两个吸烟的人，也在向她发送同样的讯号。

第三章

Guten Tag[①]

[①] 德语，意为：你好。

23．"Guten Tag．"每次看到施罗德先生，我都这样对他说。"Tag．"他点点头，似有若无地笑笑。施罗德先生是我们的邮递员。虽然我不常跟他说话，但他是唯一一个我每天都要看见的人。

施罗德先生喜欢集邮。"有意思的都给我留着，尤其是克罗地亚来的新票。"他说，"就留在你信箱上就行。"

于是我照做了，怀着一种近乎爱意的感情。

施罗德先生每天上午十点半整出现。我每天都在二楼阳台上监测他准不准时。每当觉得他可能会看见我时——只要他一抬头——我就躲到窗帘后面。这么做的时候，我总有种隐隐的兴奋。

他一走，我就跑下楼去看有没有信。从楼梯上我就能看到，前一天留给他的邮票已经被拿走了，心里说不清为什么总是感到很满足。

那组镜头——先是我用手抓着薄薄的窗帘，闪身躲到它后面，低下头；接下来是施罗德先生沿着小道朝右（永远都是朝右!)走去时花白的后脑勺——总是出现在我的脑海中,仿佛是在复仇。可谓我在柏林孤独生活的充分写照。

24. 柏林许多街道上空都有管道。有粉红色的,黄色的,淡紫色的,这些管子就像巨大的金属藤蔓,缠绕在城市身上。

在柏林,人睡得比其他任何一个城市都要多。我不知道该如何应对这种过度的睡眠。醒来以后,喝一杯咖啡,抽一支烟,又睡着了。然后又醒来,再来杯咖啡,还没等喝完,就又昏昏沉沉地睡了过去。有时我都担心自己有一天会再也醒不过来。我跟一个认识的柏林人说了这事,说是不是应该去看看医生,我一天到晚都在睡觉。

"你不知道吗?"她说,"大家都知道,人在柏林就是每天都要睡很久的!"

"那是因为管道从海边带来了湿气。"我认识的一个美国人说。

"我也不知道……"佐兰说,"过去人们常说柏林是座岛。但这么说不是因为柏林墙吗?"

"我们其实就是一个海滨小镇。"有一次打出租车,司机也这样说。

25．弗拉基米尔·纳博科夫在柏林流亡过一段时间，1925年，他写了一个短篇，叫作《柏林向导》，在这篇小说里，他写到了街道那铁做的动脉，指的是他住房前面几根尚未安装的管道。一个雪天，有人在积雪上用手指写下otto，作者突然意识到：多么美的名字，两个轻软的o，夹住一对温柔的辅音，恰与那层寂然白雪下的管道相映：两头开口，其间自是通道。

26．我在桥上走了很久，桥下，许多条路在此交会，仿佛披肩上的流苏，汇成一股，穿过一枚戒指。而那枚戒指，就是柏林。维克托·什克洛夫斯基写道。

27．我的临时住所经常摇晃。不远处，许多小路像披肩上的流苏一样，汇成一条大路。我听不到交通的嘈杂，因为我的窗户正对着街道安静的一面。但布丽吉特却常常抱怨。

"我快被噪声和尾气弄死了。"每次在楼梯上碰见，她都会这样说。

布丽吉特是我的邻居。她说自己快被噪声和尾气弄死了，听上去其实很可信。她挂着两个黑眼圈，眼神阴暗，深色的头发披散着，衬着死灰一般的脸。其实我也搞不清布丽吉特叫什么。她在自己的诗歌和画作上签的是另外一个名字，艺名——她不时会亲热地塞一件作品在我的信箱里。布丽吉特最关心的事情包括：（1）欧洲，特别是东欧诸多核电站发生爆炸的可能性。（2）西伯利亚的石油污染。（3）法西斯主义的死灰复燃。（4）全球落入黑帮的控制。（5）波斯尼亚的血腥战争。

"世界正缓缓坠入灾难的深渊，我们都将死去，虽然现在还没有，末世正在我们面前徐徐展开，而人们却在前所未有的冷漠中越陷越深。"她激动地说。

说这话时，她把脸凑到我面前。她眼下的黑眼圈，说灾难（德国人特有的生硬口音）和末世（像锥子一样扎进耳朵）的方式，都使得她所说的一切听上去极为真实，毋庸置疑。

28. 丽贝卡·霍恩是一位知名的德国艺术家。她的装置艺术——会呼吸的机械生命——实际上是对柏林商店橱窗那种冷幽默的复制（抑或反之？）。萨维尼广场康德咖啡馆的橱窗里，有一只巨型的复活节兔子。路过的人如果在橱窗前驻足凝视，就会有些不安地发现，这只兔子，这个机械玩具，正以几不可见的幅度呼吸着。

约阿希姆斯塔尔大街一家鞋店的橱窗里，有一只会动的女鞋。人们必须停下脚步，非常认真地盯着看，才能发现有一只鞋的脚尖在微微点动，像是在与路过的人打招呼。

许多柏林的商店橱窗里，都会放上一种玩具：大野猪。野猪的头每隔一段时间就会动上一动，玻璃眼珠里泛着红色的光。

冬天，柏林街头变得灰扑扑光秃秃的，一派荒凉，明亮橱窗与其中（机械）生命的迹象，总让我感到深深的恐惧。在柏林，孤独的感觉就是这样尖锐而明确。

29."我很孤独。"我对佐兰说。

"很正常啊，柏林的每个人都很孤独。"佐兰说。"而且不知道为什么，人们也都没时间。"他补充道。

30. 奈玛·玛兹洛普来自摩洛哥的阿加迪尔，来到柏林后，她报了一个零基础德语班。第三课的题目叫作 Das Picknick，讲的是德国人沃尔特一家野餐的故事。作业要求我们用课上学的单词写一篇关于野餐的短文。

奈玛是这样写的：Heute ist Sonntag. Familie Mazroup machen Picknick. Der Tag ist schön und warm, die Sonne scheint. Frau Mazroup macht das Essen: Sie hat Wurst und Käse, Butter, Milch, Eier, Brot und Bier. Herr Mazroup arbeitet, er schreibt einen Brief. Hasan schläft. Husein spielt Fussball. Seine Schwester Fatima hört Radio. Aber Naima ist nich da. Sie ist krank. Frau Mazroup ruft: Kommt bitte!

Das Essen ist fertig.①

写完这篇作文后,奈玛再也没来过。班上只有我知道这是为什么。

31. 柏林地铁通往偏远城郊的线路,站台上有时候几乎没人。空旷的地铁站像是在吞噬周遭的空间,这时,独自等车的乘客若是环顾四周,看看旁边的大楼,就会发现窗户后面毫无生命迹象。就好像附近这一带突然也被站台上的空无占据了。等车的人仔细检视这里曾有过生命的证据:那些音乐会、话剧和展览的海报。一只鸽子在站台上漫步,时钟在走时,高悬的电脑屏幕显示着下一班车到站的时间,但那种生机全无的感觉仍然非常强烈,有那么一瞬间,等车的人会怀疑,自己怕不是走进了一个在等的车永远都不会来的站点。他看着候车室玻璃墙上自己的倒影。陡然在空旷的站台上与自己的影子对视,让他感到很恐怖。同时出现在玻璃墙中的还有天空、旁边大楼上玻璃窗的反光和变形的时钟。

---

① 德语,直译为:今天是礼拜天,玛兹洛普一家去野餐。天气很好,很暖和,太阳在照耀。玛兹洛普太太在准备食物:她有香肠、奶酪、黄油、牛奶、鸡蛋、面包和啤酒。玛兹洛普先生在工作,他在写一封信。哈桑在睡觉。侯赛因在踢足球。他的妹妹法蒂玛在听收音机。但是奈玛没来。她病了。玛兹洛普太太叫道:快来吧!食物准备好了!

接着，有个人影不知从哪里冒了出来，人们一个接一个地都来了，地铁也进了站。那个曾独自等车的人瞥了一眼时钟，不知道刚才时间究竟有没有停止，自己是不是真的落入了时间的漏洞。

32."你有时间吗？"

"没有，怎么了？"西塞尔说。

西塞尔是位痴迷于地图、度量衡、罗盘、世界各国与海洋的艺术家。她买了很多世界地图，把上面的海洋裁下来，剪成细小的碎片，再把这些碎片粘成一个面。粘的时候，西塞尔遵循的是自己内心的地理法则。不玩海的时候，她喜欢在纸片上钻洞，再用一根线把它们串起来，就像晾衣服一样。光透过这些小洞照过来，西塞尔沉醉在这片小小的星空中，一看就是几个小时。不钻洞的时候，西塞尔喜欢用熨斗在纸上烫花。烫上去的图案自然会让人想起地图。

沉浸在她的空间感及自身在其中的位置，西塞尔把《小熊维尼》中的一段话（故事中，找到了北极的维尼熊，问克里斯托弗·罗宾这世界上还有没有其他的极）发给了世界各国的大使馆，请他们将这句话翻译成他们国家的语言。现在，西塞尔已经收集了这句话的许多译本。原话是这样的。"世界上还有南极。"克里斯托弗·罗宾说，"我想应该也有东极和西极吧,虽然人们不怎么提。"

33. 理查德送给我一份南斯拉夫旅游地图,是他在柏林一个跳蚤市场发现的。这份礼物令我汗颜,是啊,我怎么会连张地图都没有呢……我定定地凝视着那张地图,用手指勾勒着山川的轮廓,点数着自己曾去过的地方……我深陷其中,筋疲力尽,这份地图宛如一张强力吸墨纸,吸收了强烈的失落感。

"我是个海难幸存者,亚特兰蒂斯的遗民。"我说。

"呃,其实呢,只要人还在,国家就不会消亡……"理查德说。

我用指尖划过起伏的山峦,描摹蜿蜒的蓝色河流。一切都那么小,整个国家看起来就像一本儿童绘本。看,这里是博希尼湖;这里是克拉尼斯卡戈拉山,旁边有个滑雪小人的简笔画;看,这里是波斯托伊纳溶洞……!塞扎纳旁边,一匹小利皮扎马昂首直立;这里是萨格勒布大教堂;约尔西普多旁边,一只行走的小熊;看,这里是亚伊采与南斯拉夫盾徽……天哪,这里是萨拉热窝,一座清真寺……莫斯塔尔,一座老桥……锡尼,锡尼圆环;尼克希奇,弹古提琴的小人;还有斯图代尼察修道院;米洛舍沃修道院旁边是那里著名的湿壁画《白天使》的缩略图……斯科普里……斯特鲁米察,旁边是一株罂粟花;

普里莱普，三片烟叶和一个小烟斗；弗拉涅，三个穿灯笼裤的女人；罗马尼亚边境，拉小提琴的吉卜赛人……我向南移动，一路穿过杜布罗夫尼克，姆列特岛，赫瓦尔岛，接着循海路向北……苏萨克岛，旁边的海面上站着两个小小的女人，身上穿着民族服装。一艘帆船从她们身边驶过。突然，我又转向内陆，手指掠过波契泰利的清真寺，穹顶只有小孩指甲那么大……接着向北，路过正在攀登特里格拉夫峰的斯洛文尼亚小人。又向东，伏伊伏丁那省的人民正在收割小麦……一切都是那么小，那么失真，仿佛从未存在过……我的眼泪落入亚得里亚海。Mare Adriatico, Adriatisches Meer, Adriatic Sea, Mer Adriatique, Adriaticheskoe More……亚得里亚海是全世界最咸的海之一。这一刻，这是我唯一记得的事。

34. 最近，我有一个同胞来访，是个克罗地亚作家，正好路过柏林。

"我是一个死去的作家。"聊天的过程中，他这么说了好几次。一边说，还一边把手指搭在自己的脉搏上。

35. 1925 年，俄国作家弗拉基米尔·纳博科夫逃离苏联，来到柏林，同一时期，克罗地亚作家米罗斯拉夫·克尔莱扎，离开柏林，去往苏联。

静夜。施普雷河的黑水在河道中闪烁不详的微光,街灯在浑浊的水镜上映出一缕缕光丝。市中心传来电车铃音和汽车喇叭的呜呜。那里的沥青路面闪着晶莹的光,厚重的冰雪在橡胶的洪流中融化;红绿色或金色的广告传单在狂风中飞旋而过,半裸的女人裹着斑斓的热带鸟毛,在二月的冷雨中瑟瑟发抖。夜店里,可以看到绘着春宫图的中国漆器、雕花栏杆、裸体蛋彩画(盛开着樱花的枝头,几只猴子探身去触摸黄色含羞草丛中的裸女),和着萨克斯与巴松管的嘶号,舞池镶木地板上的人们不停地旋转。裹在苏格兰裙中的臃肿北德女人正与穿红色天鹅绒绲边白蕾丝裙的英国女人跳舞。喝醉了的匈牙利胖女人吼叫着,黑人吼叫着,萨克斯管吼叫着,鼓声如同雷鸣,所有这些身着扮装—毛茸茸的紫色,死亡般的猩红—脸上像涂了一层面粉的蠢货,伴着风笛要吃人似的性感高吟,疯了一般地你推我搡,奏风笛的是一个肤色黄绿、肺痨鬼似的年轻人。市中心的山地杳无人迹,施普雷河对岸柏林古镇的一座钟楼上,传来古钟怡人的走时声……

这就是七十年前,我的同胞眼中的柏林。

36. 约阿希姆斯塔尔大街上,动物园站旁边,有一个叫国际新闻的小店,我常在那里买报纸。小店旁边的窄巷里有几家色情用品商店,从早到晚地放着迪斯科,还有土耳其人的廉价小吃摊,以及外币兑换处、珠宝摊和报摊。土耳其烤肉散发着浓郁的羊油味。我每天都要拖着沉重的身子,穿过这条散发着各种食物热气的巷子去买报纸,别的地方当然也可以买到,但我来的偏偏就是这里。回到家后,我洗掉手上沾的油墨。在柏林,油墨味儿就是故国的气味。

37. 生活在柏林的痛苦在于,这里太苦了,像墨粉一样苦。一位流亡者曾这样写道。他的名字是维克托·什克洛夫斯基。

38. "你有时间吗?"我问简。
"没有。怎么了?"简说。
简是美国人,她喜欢柏林,也了解所有欧洲人。
"意大利人显然是欧洲人里最缺乏想象力的。拿我的头发开玩笑时,所有人都只能想到意大利面。"
简没有时间,因为她整天都在思考,不断产出艺术创意。她总是从大处着眼,所以她产出的创意也总是特大号的。然后她会把这些创意(戴上人造金翅膀从胜利纪念柱上往下跳,将滕珀尔霍夫机场涂黑,对柏林难看的公共雕塑进行艺术性的再挖掘,在世纪之交组织大规模的动物园站参观活动之类)卖给随便哪个买得起的人。

有一次，简来看我。她穿着一件璀璨夺目的上衣，缀满亮闪闪的小圆片。

"我也不知道要说什么……"她说。

很久以后，我还是能时不常地在公寓里发现那种亮闪闪的小圆片，就像鱼鳞一样。

39. 柏林动物园里有一万三千五百二十一只动物和两千四百只鸟。刮风下雨的日子里，游客没那么多，更容易看到。动物园是一个孤独者相遇的地方，多数是女人、怪人、喝醉的人和拎着购物袋的夫妻，像东欧人一样，寻找存在的意义。

动物园位于西柏林的心脏地带，从而具有了一种颇为清奇的观看效果。鸵鸟、撒哈拉瞪羚、羚羊、斑马在柏林洲际酒店的映衬下走来走去，雄狮对着不动产贷款银行的方向咆哮，火车与汽车从犀牛边隆隆驶过，一群粉红色的火烈鸟在伟岸的铁路高架桥上筑巢。

这一万三千五百二十一只动物与两千四百只鸟就是柏林鲜活的心脏。在柏林动物园里，人与犀牛，醉鬼与猴子，毒贩与野山羊，走私犯与狮子，情侣与海象，娼妓与鳄鱼……万物和谐共处。

漫步在动物园中，从某个角度，游客会发现胜利纪念柱突然映入眼帘，上面有一尊长着翅膀的黄金女神像。此时如果再细心一点，转过头去便能发现，在那位人称金艾尔莎的少女视线那端，梅赛德斯三叉星，一个巨大的金属圆圈正在欧罗巴中心的上空缓缓旋转。两位璀璨夺目的神明，在城市的两端遥遥相望，共同守护着它的心脏，它的命脉。

40. 列瓦是一位俄罗斯作家，一个极简主义者。人非常瘦小，可能连四十公斤都没有。他喜欢把句子写在索引卡上。

"你有时间吗？"我在电话里问他。

"没有，"他说，"我正在忙……"

"忙着写长篇？"

"怎么可能！"极简主义者列瓦惊恐万状地否认。

列瓦给我看过他写的书，如果那个东西可以称之为书的话。那本书由约一百张索引卡片组成。我把其中的68号卡片用相框装起来，挂在了墙上。我经常在列瓦的68号句子前驻足。上面写的是：Odnazhdy ya uvidel takuyu ogromnuyu gusenitsu, chto ne mogu zabyt' ee do sih por.①

41. 柏林的西边与东边一直不对付。如果西柏林阳光

---

① 俄语，意为：有一回，我看见一只很大的毛毛虫，到今天都忘不了它。

普照，那么东柏林肯定在下雨，如果东柏林回暖，则西柏林必然立即降温。只在一点上两个地方是一致的，它们都刮着恼人的风。

42．我的邻居来自中国，他也没有时间。不管在哪儿，只要不是中国，他都饱受折磨，仿佛穿着一双不合适的鞋子。

"哦！"我们在楼梯上相遇时，他总是说。"你怎么样？"他满面愁容地跟我打招呼。

"挺忙的。我在看广告。"我说。

"你在找什么东西吗？"

"一份工作，"我说，"阿拉斯加有一所大学在找俄国文学老师。我在想要不要应聘……"

"唉……"我的中国邻居伤感地叹息道。"别。"他说。

"为什么？"

"阿拉斯加像屎一样。"他简短地回答。

"你去过那里？"

"去过。除了雪什么也没有。"

我们聊天用的是英语。我的中国邻居在找一个合适的国家。他已经试过很多个了。

"你不会连格陵兰也去过了吧？"

"去过。"

"然后呢?"

"像屎一样!"

"那柏林呢?"

我的中国邻居怜悯地看着我。

"你觉得欧洲怎么样?"我抱歉地问。

"这个嘛……唔……欧洲,恐怕不得不说,也像屎一样!"我的中国邻居叹了口气。

"那你为什么不回中国呢?"我问。

"也回不去啦……"我的中国邻居伤心地摆摆手,就此掐断了关于中国的话头。

"说起来……"我突然想到一个地方,"你觉得新几内亚怎么样?"

"哦!新几内亚?"我的中国邻居狐疑地挑起了眉毛。

"那里有一个岛,叫比亚克,据说是人间天堂呢……"

接着,我兴奋地把一个刚从那里回来的朋友告诉我的一切都悉数讲给他听,好像我自己去过似的。

"你说这地方叫什么来着?"

"比亚克。"

"嗯,"我的中国邻居拿出一个笔记本,"怎么写……"

我帮他写了下来。我的中国邻居接过来,逐个字母拼读一遍。

"哦!"他说着,走远了。

43．柏林艺术家西蒙娜·曼戈斯给施普雷河水拍了一张照片，把它浸在一口装满水的玻璃箱里，上了锁。画廊经理介绍说，一张照片能在水中存活约六个月，如果经常换水，也许能活更久。再以后，照片就消失了。

44．1925年2月，克罗地亚作家米罗斯拉夫·克尔莱扎在去往苏联的路上曾在柏林短暂逗留过一阵子。那个月，柏林正流行的是观看鲸鱼尸体。

所以说，柏林不仅有罗希尔·范德魏登的织锦与海特亨的杏仁蛋白糖，不仅有附庸风雅与目中无人，不仅有埃及青铜器与丢勒的版画，还有一条二十四米长的鲸鱼，摆在皇宫前施普雷河的一条木筏上，供无套裤的平民百姓瞻仰，如奇迹一般。

45．柏林是一个面目怪异的城市。它有着西柏林与东柏林两张面孔：有时候，西柏林的面孔会出现在东边，东柏林的面孔也会出现在西边。有时候，柏林的面孔上还叠加着其他城市的全息投影。在克罗伊茨贝格，我分明看到了伊斯坦布尔；坐短途火车远离市中心，则会来到莫斯科的郊外。

因此，每年六月柏林街头成百上千的异装者，既是真实存在的,也可视作柏林面孔的象征。

帕斯特拉纳小姐,一个留着两撇黑胡子的墨西哥女人,在1850年的柏林红极一时;后来,匈牙利的阿德里安娜女士,凭借作为女性象征的丰满乳房与极具男性气质的大胡子夺得头筹,人称异人之后(*Konigin der Abnormitaten*)。

形形色色异装癖的历史,也是一部别样的柏林史。

46. 在到处都有人说俄语的康德大道上,有一家咖啡馆,叫巴黎。萨维尼广场上也有一家咖啡馆,叫康德,它边上那家叫黑格尔,招牌上一面是拉丁文,另一面是西里尔文。西里尔文的那面正对着附近的妓院。东柏林也有一家咖啡馆,叫帕斯捷尔纳克。从帕斯捷尔纳克的窗户望出去,是一个红砖砌就的球形建筑,那是一座水塔,曾被充作监狱,关押柏林的犹太人。克罗伊茨贝格有一家咖啡馆,叫流亡者。街道的另一边,与之隔着一条运河,也有一家咖啡馆,叫领事馆。

黄昏时分,卖玫瑰的小贩拥上街头,他们都是泰米尔人,有着深色的皮肤、稚气的圆脸和湿漉漉的眼睛。谷仓区昏暗的小巷与咖啡馆中,年轻人倾情演绎着末世后的景象。牙买加白人的头发编成无数小辫子,天使一般走过笼罩着逝去生命阴影的街道。奥拉尼恩大街烟雾缭绕的酒馆里，土耳其人听着土耳其音乐玩扑克。地铁科特布斯门站的站台上，阴风舔舐着一张海报，上面印着马克思、列宁和毛泽东并排的侧影。选帝侯路堤上灯火通明的宝马车店内，身上只有很少布料的德国年轻人们互相帮忙拍照留念。选帝侯大街上，距离爱因斯坦咖啡馆不远的地方，一个波兰妓女神情紧张地来回踱步。一位美国犹太同性恋作家为找男妓逛了好几个酒吧，终于找到一位萨格勒布来的克族青年，为逃兵役才来到了柏林。没了牙的吉卜赛人阿拉嘉，来自萨格勒布杜布拉瓦区，在欧罗巴中心的门口笨拙地弹奏着一个儿童音乐键盘。柏林动物园站门口，一个面颊凹陷的年轻人坐在沥青地面上，把残腿露在外面乞讨。他面前有块脏兮兮的硬纸板，写着 Ich bin aus Bosnien[①]，路人丢下的硬币打在上面，发出沉闷的响声。

47. 鸟禽馆鹦鹉区游客稀少。玻璃房的人工照明下，只有一个中年妇女坐在长凳上，她的面前是世界上最大的鹦鹉，紫蓝金刚鹦鹉。女人与华丽的铃兰色巨鸟沉默对视。女人放松的体态与坐姿说明，她很享受此时此地的一切。她正平静地咀嚼着面包：手指弯成螯状，把面包一小片一小片地掰下来，送进嘴里。蓝色鹦鹉注视着女人，仿

---

① 德语，意为：我来自波斯尼亚。

佛着了魔。

48. 我们的邮递员施罗德先生是唯一一个我每天都要见到的人。施罗德先生喜欢收集邮票。这段时间以来，我收到的有些信上会出现一个大大的箭头，箭身很长，斜贯整个信封，坚决地指向右上角。这个箭头表示施罗德先生想要这张邮票。这段时间以来，我总是带着隐隐的兴奋，等着看信封上有没有箭头。柏林的孤独，就像施罗德先生的箭头一样，尖锐而明确。

49. 在柏林坐地铁时，我经常因为没看清指示牌而坐反方向。有人邀请我去他们家玩，但我根本找不到那地方。街上的门牌都很小，而且颇具误导性。有人说好要来看我，或者是打电话给我，却从来都没有兑现过。"噢，你还在柏林吗？我们还以为你早就走了呢。"他们抱歉地说。然后我想到，其实我自己也跟别人保证过一定会给他们打电话，然而并没有打，说过一定会去看他们，却也并没有去。

柏林人喜欢迟到。总体而言，这里的时间不太正常。在柏林的公交车上，你可以看到全世界最老最老的老妇人。就好像她们忘记去死了。也许这就是为什么，柏林街头有那么多钟。有些街上的钟还会旋转，比如维滕贝格广场上那座。要知道,钟转起来以后可是很难看清时间的。

就连此处的天气也不太对劲。十二月可能会突然迎来潮闷的热带风暴。把柏林变成一座海底之城。我的桌上会突然出现许多瓢虫,之后又消失了,像出现时一样突然。

"话说回来,天底下就没有像柏林人这么会在阳台养花的。"我的故国同胞博亚娜说。

50. 我经常打电话给故国的同胞,比如现居柏林的贝尔格莱德人佐兰和现居伦敦的斯科普里人戈兰。

"我开始忘事了,"我告诉他们,"近来我把所有的事情都记混了,什么事情先发生,什么事情后发生,什么事情在这里发生,什么事情在那里发生,我已经搞不清楚了。就好像我已经不具备准确记忆的能力了。"

"我记得……"佐兰说。

"什么?"

"匈牙利帕尔马牌充气垫和它们的味道。"他回答说。

我继续追问。有意思的是,对于我们共同的故乡,有两件事他们都记得很清楚:一个是他们曾误入的地区,另一个是哪儿都不到的路。佐兰讲了他在找一个马戏团时,不小心走到的那个地方有多可怕。

"那里什么都没有。我慌得很,好不容易走了出来,来到一条铁路线旁边,结果那里还是什么都没有。"佐兰说，重音放在没有上。

戈兰也记得一条哪儿都不到的铁路线。

"它就那么断了，就断在哪里！什么国家的铁路说断就断，真是太操蛋了！"戈兰说。"啊，算了……"他又说了一句，仿佛要把心中那幅画面赶走，就像赶走一只嘤嘤嗡嗡的苍蝇。

"那我们要用什么来计量自己的人生呢？"

"想必是出生与死亡吧……"佐兰说。

"从不重要的出发，慢慢也许就能抵达重要的。"戈兰说。

"比如我刚刚列了一张单子，把我能记得的萨格勒布街道的名字都写了下来。"佐兰说。

"问题在于，你怎么知道什么是重要的，什么是不重要的。"戈兰说。

"问题在于没有等级之分：没有重要的和不重要的。行为也不是线性的：没有出发与抵达这一说。"佐兰说。

"总要有些规则才行……"戈兰说。

51. 自从我们共同的故国爆发了战争，建筑师米洛什·B就一直在阿姆斯特丹流亡。这些年来，米洛什·B一直在无意识地写着一部不同寻常的日记。他喜欢在火柴盒背面涂涂画画：面孔、器物、小东西、房屋、梦境、场景、人物、阿姆斯特丹的街景、事物的局部、潦草的笔记、人名、电话号码、设计、想法,以及纪念品。

"里尔克说过,破碎的生活只能用碎片来讲述……"我对米洛什说。

"你看,这是季嘉,你也认识的……"他说,完全没理会我说的话,把手中那只火柴盒递给我看,上面黑糊糊的一团,似乎戴着眼镜。

接着,他把那只火柴盒丢回麻袋,里边还有几千个它的同类,说道:"这是我的自传。那段时间,烟抽得比较厉害……"

52. 美国艺术家萨尔基斯做过一个装置,一篇不同寻常的简短自传。他展出了十二块路牌,分别取自他曾居住过的十二条街道。在每一块路牌边上,他都挂了一张小纸片,上面低调地画着一位天使离开那片街道的景象。

第四章

档案：关于天使离去的六个故事

"你别尽挂在那儿！飞呀！你是天使！"

"看在上帝的分儿上，用这东西我可飞不起来！"

"你行的，有翅膀要比没翅膀容易飞！"

"鸡毛翅膀可不行！"

"她说什么？"

"她说鸡毛翅膀不行……"

"玛莉昂，你要想象自己是白鸽！"

——汉德克 / 文德斯，《柏林苍穹下》

情绪化的露西·斯克利兹德尔科

虽然英文您、你不分,但从语气判断,电话那头的人似乎在对我以你相称。

"你说……要采访?"

"我跟你的编辑约过……"

可我才到波士顿几天罢了。第二天,我到约好的地点等她。她选在剑桥市凯悦酒店见面。来的时候已经迟到了。她是一个很瘦的女人,几乎让人觉得她有厌食症,看不出多大,大概三十到四十岁之间,面色苍白,皮肤干燥,长着一双大大的绿眼睛,鼠灰色的头发里夹杂着几缕银丝,随意地绾成一个髻。她穿着一件浅灰色正装上衣,丝质衬衫,雅致地踩着高跟鞋,看起来既像生意人,又像《洛城法网》里的精英律师。我经常在美国看到类似的穿法:分不清着装者是不是真的属于她所暗示的那个阶级。

她为迟到,也为自己选择的见面地点而道了歉。

"这是本市唯一可以在室内吸烟而没人会来打扰你的地方。"她说,点起一支烟。她的声音纤细,有鼻音,好像长期受慢性鼻炎的困扰。她一边目不转睛地看着我,一边吹出几口烟。

"你不记得我了吧?"

"呃……"

"我看得出你不记得了。"

"很抱歉……"

"你不用道歉。谁都不记得我……"

"你看,我这个人经常旅行……麻烦你提醒提醒……"

"没关系!有时候我自己也觉得我是透明的……"

"真的很抱歉……"

"没关系。不过本来我是希望你能记得我的……"

我如坐针毡,万分狼狈,甚至没有问她名字的勇气。

"露西。露西·斯克利兹德尔科……"她说。

我对这名字毫无印象。

"对不起,露西……"我难为情地说。

"没关系……我们吃点儿什么?这顿我来请。"露西毅然地转移了话题。

我们每人点了一个沙拉和一杯白葡萄酒。

"敬我们的重逢!"她说,举杯啜饮。

露西最后终于说了我们以前见面的情形。那是大约四年前,她说,在美国某高校举办的国际文学大会上。当时她是主办方团队的一员,负责发会议文件,在酒店接待与会者。

"啊,现在我想起来了……"我说,虽然其实还有些糊涂。

"胡说八道!我都告诉你了,谁也不记得我!"露西用她细细的鼻音打断我。

我确实记得那次文学大会,虽然那些年里我对时间的认知较以往发生了变化。大会关于东欧之变,这是红极一时的议题,后来以此为题的会议还有很多。我们像由知识分子组成的马戏团,以柏林墙倒下之后为压轴,到处巡回表演。总之,我记得这场会议。那段时间我自己的生活也发生了急剧变化。我开始了流亡,或者不管它叫什么吧,反正,我开始像换鞋一样换国家生活。换句话说,我开始用生命去演绎所谓的柏林墙倒下之后。随着时间的推移,我成了一个张弛自如的人。

"流亡是流亡者自己的选择,这样想大概心里会舒服一点吧?"露西用稚气的嗓音说,举杯啜饮。

我也喝了一口,没有接话。我能说什么呢?难道我说,这种我正生活其中、被某些人称为流亡的、越来越令人疲惫的状态,其实是庞然而不可衡量的?它虽然能用一些可衡量的事物来描述——比如护照上的图章,地理上的位置、距离,临时的地址,为取得签证与不同机关交涉的经历，为买行李箱而不知花了多少次的钱——但这样的描述毫无意义。流亡是一段离弃的历史，是不断购买又不断抛撒下的吹风机、收音机和咖啡壶……流亡是电压与千赫的改变，是一场必须依赖转接头才能避免灼伤的生活。流亡是一段临时租住的历史，是我们每到一处的第一个早晨，独自默默摊开地图，找到自己所在街道，用铅笔在上面画的那个叉。（我们用铅笔，而非小旗，重复着伟大征服者的历史。）护照上越积越多的图章，这些细小而明确的事实，会在某一刻突然变为过期无效的线条。于是，流亡者只好去心中绘制自己虚幻的、想象的地图。只有在这时，他们才真正找到了表达那庞然而不可衡量的流亡状态的正确方法。是的，流亡就像一场噩梦。像在梦中一样，突然间，我们忘却的与我们从未见过却似曾相识的面孔，都出现在了现实里，我们无疑是第一次看见的地方，看起来却仿佛曾经来过……

"流亡是精神的疾病，偏执的艺术……"我说。"所以我们才都随身带着转接头。以免灼伤。"我开了句玩笑。大概因为来的路上进了两三家电脑店问买欧版插座转接头，所以转接头的隐喻才一直萦绕在我脑际。

露西用消瘦苍白的手指紧紧捏住杯脚。她面前的沙拉一口也没动。

"我觉得我一生也都在流亡，虽然最远只到过东岸。"

"我注意到你有一个斯拉夫姓氏。你去过东欧吗?"

"是波兰姓。我父亲是波兰人,"露西阴沉沉地说,"没有,我没去过东欧,也不需要去东欧……"她打断我。接着,突然伸出消瘦苍白的手,碰了碰我的脸颊,柔声说:"我去干吗?我已经有你了……你就是我的东欧姐姐……"

我吓得往后一缩。被她的手这么一摸,我浑身都非常不自在。

"我吓着你了吗?你也被我吓着了。所有人都怕我。因为我太情绪化了,实在太容易情绪激动了。没人能受得了这么汹涌的情感……"

她说自己曾有过一个恋人。有一次,她在他面前痛哭,原因她忘了,她把他的手拉过来,一滴眼泪滴到他手上。对方一个激灵,好像被烫了手似的。"你这个蠢货,蠢货,你干吗这样……"就好像她通过眼泪,把什么恶疾传染给了他……他打她。她再也没有见过那个人。她明白了,原来人类心灵的容量是有限的。她被自己过量的情感折磨着,正因如此,她才觉得其他人匮乏。正因如此,她才喜欢我的小说。我的小说,就像是她自己的小说。我的小说,写的恰恰都是她的所想。所以她才想采访我。这以前她从没有采访过别人……没错,她独居,这样更好,她从没结过婚,没要过孩子,也不想要孩子,我自己不是也没有孩子吗，干吗问这样愚蠢的问题呢？她跟男人在一起只有不幸，每一个男人都离开了她……为什么？因为她情绪化啊，太容易情绪激动了，他们没有一个能够承受这么汹涌的情感。她没有朋友，她受不了鸡毛蒜皮的对话与不咸不淡的情绪，这就是为什么她比较喜欢把时间花在工作上，她在一个小出版社里做编辑，他们社每年出的书都凑不够一打，好吧，其实她只是助理编辑，等于说她什么都得干，实际上校稿子的也是她……其他人只负责在稿子上签字和摆架子。近来她正在编辑一本译作，译者是个东欧人，我也认识的，目前流亡纽约（这人你认识，对吧？）。对了，真的译得很糟……不，她没有家人。家人带给她的只有不幸。她从他们那里继承到的只有一塌糊涂的基因。一个是疯子，一个是酒鬼。她父亲住在新汉普郡的一个农场，离群索居。这个天杀的疯子连波兰语也没有教过她……她双亲好几年前就分开了，分开前总共制造了六个痛苦的后代。她母亲是个很难对付的婊子，找了个得克萨斯人再嫁。她爷爷资助她上完了大学，她与几个兄弟没有联系。大家都四散各地。具体在哪儿？这她可说不好……她不在乎他们。他们也不在乎她。他们以她为耻。她薪水税前才每年两万，刨去租金有时都不够买烟的。她以后肯定要无家可归、冻饿而死的，这一点她毫不怀疑，反正她看不到出路……是的，她还在吃药，在看心理医生……我干吗这么惊讶，心理医生在美国又不是什么不好的词。她还喝酒，不可否认，有时会喝多，但她不吸毒，而且她这样勉强着，好歹可以度日。这个操淡的国家里，谁不整点儿什么来麻痹自己呢？这个世界上最强大的国家有着世界上最脆弱的国民，大家都在溃散，都即将永久地精神崩溃。这么说吧，这是一个巨婴的国度，人人需要私人教练。或者心理医生。措辞并不重要……心理医生就像我刚才说的转接头……实际上，仔细一想，她这辈子除了读书没干过别的……在她整个操淡的一生里，她什么也没干，光读书了，尤其是当代作家，她了解他们的书，紧跟他们的动态，她对文学题材的耗竭了若指掌。C．有好几年没正经写书了，B．花在自吹自擂上的时间比花在写作上的时间要长，D．自不必说，已经江郎才尽，对了，在我们碰面的那次文学大会上，D．曾在酒店电梯中把她逼到墙角，说："我准备办了你，露西，就在这电梯里……"真的，他真的是这么说的。我对他们文人的道德水平，总不会还抱着希望吧？文学的价值已经变味了。坏东西已经切切实实地变成了好东西。她都看在眼里。虽然没有人看得见她，以至于有时连她自己也觉得自己是透明的，但这不代表她看不见人。她一生阅书无数，要说了解什么，对书她是最了解的……她甚至能感觉到书的温度，并将它们分为温暖的书与冰冷的书。她喜欢温暖的书。时下温暖的书不多了。她不大知道术语应该怎么说。但我该明白她说的温暖是什么吧……

露西在溃散。就好像她在我们见面之前才刚把自己打包捆起来扎了死结,而现在,所有的绳结都松动了。露西泛滥成灾,我已经不明白她要说什么,她从一个话题跳到另一个话题,看起来完全喝大了,她用消瘦的手指一支接一支地点烟,她苍白的脸紧绷着,她看起来像某个十九世纪小说的女主角。又瘦又小,满腹叹息。她只喝了一半的酒杯依然站在她面前的桌上。

我无话可说。这是怎么回事,我究竟卷入了什么?我暗自抱怨。到底谁在采访谁?而我又为什么要听任她说下去?我自己还有一大堆破事呢。不,你不能这样对我,露西(谁管你的姓是什么),我对你这样的人可是太了解了。你们的不幸排放出黏液,专等粗心的人踏入泥潭……

"不好意思,我得走了。"我说,尽量显出冷冰冰的样子。

她用一对充满绝望的眼睛看着我。

"我理解。我送你回去……"

"哦!不用,我坐出租车。"

露西又点起一支烟,叫来侍应生。她深深地注视我的脸,用她略带鼻音的嗓音柔声说:"你剪过头发了……你长发更好看。"

"我没留过长发。"

"以前要长点……"

"对，对，以前要长点……"我哄着她。

为了埋单，露西在包里摸了半天。然后她把包里所有的东西都倒在了桌上。我说我来付吧。她拒绝。侍应生相当耐心地等待着。终于，露西找到了信用卡。她站起身，摇摇晃晃，几欲摔倒。

"你要我扶吗？"

"不，不，不必……没事。我跟你一起走。"她说着，以令人动容的自傲站直了身子。

酒店外停着一辆出租车。我想劝她先上，我等下一辆。她拒绝。她坚持要付车钱。我拒绝。我很焦躁。一瞬间我觉得她可能要永远这样赖着我了。

"再见。"我说，伸出我的手。

她双手握住。

"你就是我来的东欧姐姐。你说呀，你说你是我姐……"她喃喃祈求着，不肯松开我的手。

"对对，我是你姐……"

"你不会忘了我吧？没有人记得我。告诉我你不会忘记我的。告诉我你会给我写信的……"

"我不会忘记你的。我会写信的……"

"你肯定会忘记我，而且你肯定不会给我写信的。我把你吓着了,谁都怕我……"

出租车司机看戏一样看着这场漫长的告别。我如芒在背。如果她再用冰凉消瘦的手碰我一下,我想,我大概会发作,也许会打她……

我坐进出租车。她伸出消瘦冰凉的手,抚过我的脸颊。我关门,挥手。出租车启动。我在出租车里看她转身摇摇晃晃回转酒店。小小的她,缩着脖子,踩着高跟鞋,几乎就要失去平衡,看起来就像一只小苍蝇。她轻盈的身体好像要挣扎着飞起,却受制于她沉重的灵魂。我本以为自己对她没有怜悯,此时却突然一阵心痛。为她感到难过,也为自己感到难过。不管怎么说,她到底是我的妹妹了。

那以后,我没有联系她。但也没有忘记她。

露西·斯克利兹德尔科。露西·小翅膀。几天后我给我认识的一个现居纽约的东欧作家打了个电话。

"我听说你见了露西·斯克利兹德尔科。"他说。

"你怎么知道的?"

"前两天她给我打了电话……"

"然后呢?"

"说了很多你的事。"

"她怎么说?"

"她说你太情绪化了,实在太容易激动了……"

乌玛的羽毛

每天早上，我都能看到这只健美的动物。我一起床就走到窗边，拉起白色塑料遮光窗帘，窗帘嗖的一声弹射到顶，显露出一片看惯了的风景。空旷的操场上一个光彩照人的他，又在一圈一圈地慢跑，不知已经跑了几圈。一二，一二，这位大汗淋漓的造物不知疲惫地跑着。窗户的玻璃之间，装着一层防盗窗。我透过黄褐的网格，观察着这个红头发在脑后梳成一束马尾辫的人。我想象他金色的大腿上细密地沁着汗珠。一二，一二，我将自己的呼吸调整到与他的步伐相同的节奏。我在暖气片上摸索着膝盖，将腿塞进两片暖气片之间，在舒服的位置安顿下来，眯缝起双眼。暖气片间很暖和。严霜在周遭的树上结晶。我的晨跑者周身云气缭绕。一二，一二……

一如每一个早上，我都能听见从卫生间传来的声音。墙的那一边，就在我书桌的后面，栖息着乌玛。数日来我一直在疑惑，何以这样小、这样娇弱的一个女孩子，能够制造出这样大、这样密集的声响。每天早晨,她先听清外面没有动静,然后率先冲进卫生间,在里面一待就是一两个小时。从一墙之隔的卫生间里,传来水的激荡,传来她漱口、撩水、咳嗽的声音,传来塑料水瓢撞击浴缸的声音,传来水从水瓢中倾泻的声音,然后,在片刻的宁静之后,一切声音再以同样的顺序重复一遍。

我的房间就在厨房隔壁,去卫生间必须经过厨房。我的房间在一楼,一边是卫生间,一边是厨房;我的楼上有三个小房间。房间里分别住着乌玛、苏干提,以及维嘉亚什丽,简称维嘉。我从来没上过二楼。

那种声音让我昏昏欲睡,我感觉自己变成了石头。但我还是起了身,走进厨房,用力敲响卫生间的门。我侧耳静听。乌玛就躲在门的另一边。我走回自己房间,就让门开着。很快,我听见开门声,她经过我的房间,精疲力竭又有点愠意的样子。她垂着眼睛停下来,低着头,好像在静待一顿痛骂。

"你是不是想在那个卫生间里过一辈子!?"我闷闷不乐地说,被自己的愤怒噎得如鲠在喉。

她的眼睛垂得更低了,从眼角看我,像只挨打的动物。她没回答,迅速走过我的房门,悄无声息地上楼去了。

每天早上,雷打不动地,乌玛都要到卫生间里去履行她的惯例。

"你为什么不早点或晚点起来?你为什么在里面待那么久?我们都需要卫生间的呀!我要去上课的呀!你在里面一待就是两小时!响得不得了!真是难以忍受了!你听得懂我说话吗?"

她垂下眼睛,一言不发。餐桌前,苏干提和维嘉穿着印花法兰绒睡衣,静静地坐着。

"你们能替我跟她解释一下吗,看在上帝的分上!你们也要用卫生间呀!她用起卫生间来就像有一只海象在里面,而不是一个女人!"

接着我怒气冲冲地走进卫生间,打开所有的水龙头,又打开了厨房洗碗池上的那个水龙头,把苏干提和维嘉请进我的房间。我关上门。整个房间震颤着,仿佛置身瀑布之下。

"你们自己听……"

她们用明亮的黑眼睛看看我,一言不发地走了出去。

我关上门,几欲哭泣,我精疲力竭地坐到床边。一开始,厨房里鸦雀无声,接着,难以理解的对话又轻轻响了起来。继而出现第三个声音,那是乌玛的声音,不多时,我的这三位印度小姐,又开始用她们响亮的印度英语聊起了天,而我完全听不明白。她们的声音越来越响,仿佛一打鹦鹉正在厨房里比声音。

我猛地打开门,三人突然刹住车,三对明亮的黑眼睛看着我。我穿过厨房,走进卫生间,带上门。浴缸里,有一个塑料碗和几只塑料小碟子(她就是用这些东西在往身上浇水!),珐琅浴缸壁上挂着黑色长发。我拧大浴缸和洗脸盆上的龙头,站在卫生间窗口。窗外是一个空空荡荡的小院子。我立在厚重的水声中,脑中一片空白。水声冲走了一切,涓涓细流一扫我对过去与未来的胡思乱想。我凭窗而立,身披遗忘的声幕,记不起自己是谁,从哪里来,要做什么。

每周我离开松树大街的家三次,去高街讲课。讲课时我穿咖啡色或灰色的正装,里面穿丝质衬衣。我总是把衬衣熨得笔挺。我在正装胸袋里放一块与衬衣同色的手帕。我把头发绾成髻。我的讲义总是整齐放在一个雅致的灰色文件夹里。我总是拿上包,把讲义夹在胳肢窝下,迅速微笑,调整好表情。

我本可以待在学校给我的办公室里。我可以在那里备课、看书，那里离图书馆近，又有大书桌、舒适的扶手椅和阅读灯。我时常自问为什么我不那么做，为什么我要紧赶慢赶回到我逼仄的斗室，夹在卫生间和厨房之间，为什么我会喜欢在家备课。

或者，我也可以去对负责解决教员居住问题的人施加压力。实际上，我已经去过，已经反映了我对居住状况的不满，我是老师，我说，而她们是学生，也许我的存在对她们是一种打扰，我更加温柔地说，而且她们是素食主义者，是印度婆罗门，文化上与我有很大差异，这你们也能明白吧？明白明白，我们也很抱歉，很为难，我们看吧，我们会尽力解决的，但这学期已经开始了，现在换房比较困难，我们手头也没有空房可以换，烦请您再等一等，我们再看……

我点点头，我懂，我懂，然后我带着一丝宽慰，匆忙离开。回到我难看的斗室，置身几件寒碜的家具之间：一个书桌，一把椅子，一张餐桌。我望向窗外。操场是空的，看起来很诡异。暖气片散发着热气，我用膝盖摩挲着它温暖的叶片。我透过细网格看了看冰冷的月亮。我拉下白色遮光窗帘。我拿起一本书。四下里死一样寂静。

接着她们回来了。门开了，她们雀跃地用我勉强能听懂的英文聊着天，说话的速度很快。我听见她们在厨房狭小的空间里移动，冰箱被打开，锅盘相互碰撞，龙头被打开，碗里、碟里被注入清水，刀叉发出清脆的碰撞声……我听着她们开心的尖叫声，我给她们留了几个空咖啡罐，噢，真好，真可爱，她们喜欢瓶瓶罐罐的东西，她们可以用来装香料、谷物、面粉、大米、白糖、食盐，然后放到食柜里的架子上。我们每个人都有各自的架子和抽屉，冰箱里有我们各自置物的区域，厨房橱柜有我们各自放锅碗瓢盆和餐具的隔间。

她们叮叮当当、乒乒乓乓地继续，把东西都收整齐了。厨房和卫生间重新闪闪发光，到处都是写着注意事项的小纸片；严禁吸烟（这条是针对我制定的），如何开煤气灶，如何开排气扇，去哪里丢垃圾，在哪里放肥皂……

她们彻底占领了厨房与卫生间。傍晚时，她们要花很长时间准备晚饭，把食物盛进无数小碟子小碗里，铺满一桌，用手指捏一撮米饭，把手弯成小铲子的形状，熟练地把食物送进嘴里。她们要在桌前坐很久。而一旦我走出房间加入，她们就集体陷入沉默。我向她们打听印度，打听印度饮食与习俗……她们尽量简单地回答着，从脸上可以看出，她们希望我立即离去。

有时候我也会报复。我买来大块牛排,花很长时间在餐盘中移来移去,再放到肉案打松,放进平底锅里煎炒。她们喷着鼻息,咳嗽着,被肉的气味赶回到她们的房间。

然后我一个人在厨房坐下,在诡异的寂静中吃我的牛排。我抬头看着天花板,听着轻轻的踱步声、撞击声与摩擦声。仿佛天花板里正有许多蛀木头的虫子在大快朵颐。

然后我回到房间,让门虚掩着。每隔几分钟,门缝里就会出现一条腿、一只拖鞋或一角轻扬的法兰绒睡衣……

有时她们会在额头上贴一些小点。乌玛与苏干提的小点是红色的,维嘉是黑的。有时她们穿上全套或半身纱丽。她们用橄榄油理顺浓密的头发。各自将黑发梳成油亮的麻花辫。最小的苏干提常把辫子甩到脑后,高昂起头,好像正顶着一个水罐。

我常疑惑自己为什么对这几个印度女孩这样关注,给自己造成这样的痛苦、这样的疲劳。说到底,她们对我是无动于衷的。我可以出去散步、去哪里转一圈、请旧相识来家中小聚,但我没有。相反,我一天天待在自己痛恨的房间里,即使无所事事,即使不知拿自己如何是好。

有时我确实也散步。我走过一幢幢带花园的房子,花园里躲着塑料的雌鹿，守着塑料的地精，有时还种着塑料的鲜花，立着小旗。我一路走到只有一棵树的小公园，公园脏兮兮的，有一块告示，说此处严禁露营。我穿过大路，大路的名字就叫大路，我绕过购物中心，走几乎无人使用的地下隧道过河，进入对岸一家叫海港公园的餐吧，像所有人一样点一杯威士忌和一份茄汁大虾。我坐在吧凳上，小口呷着酒，在茄汁里蘸着冷虾，听别人说话。一个穿高跟鞋戴细脚链的女人在我旁边的座位上摇摇晃晃地说着坚强意志的重要性，说多亏了自己意志坚强，她已经戒烟了，然后又要了第三、或是第四轮酒。

我很快觉得坐立难安，急匆匆地回去了。

我看着我们的房子。一层亮着灯，门廊也亮着灯。穿过防盗窗的网格能够看见厨房。乌玛、维嘉与苏干提坐在桌前，摇晃她们的腿。印花法兰绒睡衣的裙摆在桌下眼花缭乱地飞舞在一起。她们的辫子甩在脑后，摆着手，笑着，间或停下来，用手指捏一撮米饭，在餐盘上捏紧，投进嘴里。我在门廊停下来，她们听见我的声音，都安静了，都严肃起来，都向我的方向微微偏过头。苏干提用她明亮的黑眼睛看着我，乌玛垂下她的视线，维嘉用手指无动于衷地搅着面前的米饭。我嘟哝了一声晚上好，迅速走进自己的房间。

我坐在床上,凝视着床前的日程表,已经四月了。我起身在明天的日期上打了个叉,写上了明天讲课的题目。我拉开白色遮光窗帘,窗帘嗖的一声弹到顶,露出后面月光下的操场。树上点缀着银色的花骨朵儿,草叶在夜色中发亮。上帝,我想,时间过得真快,昨天的操场还覆盖着积雪,今天雪就化了。

厨房传来叽叽喳喳的聊天声。似乎她们白天是去地里收语词了,晚上回来,要把收到的语词,像倒谷子一样倒在桌上。每五六个词中我能听明白一个。洗涤!碗盘在她们手中相互碰撞,她们洗着数不清的容器、锅子与盘子。洗涤,水从龙头里喷涌而出,洗涤,她们浸泡、冲淋,水花四溅,洗涤,我不知道现在几点,洗涤,我不记得自己来自何处,洗涤,一阵甜蜜的麻木席卷了我,洗涤……

突然间,克罗地亚小村贝拉克的圣母雪地教堂,仿佛远天边的一颗流星,仿佛旧梦里的一个消息,浮现在我的眼前,木纹斑驳的巴洛克祭坛上,一百个木雕天使,一齐垂着头,一百颗头聚在一起,仿佛一串葡萄,每一颗葡萄上都挂着一个诡异的笑容。本堂神父说,教堂长期处在与蛀虫的斗争中。我点点头,我觉得我能听到那些蛀虫。

千百只蛀虫藏在木质中涌动,天使辗转、呼吸、搏动、开裂……木工不眠不休地工作着,活动天使的小翅膀,复制备用天使,转动她们明亮的神色眼珠,在她们周身涂抹防护涂料和椰油。他们敲击、洗涤、轻叩、洗涤、活动他们的手、洗涤,他们用小小的木铲把食物投进她们永远张开着的天使的嘴里,他们用手指碾碎食物,舔舐手指,咂巴嘴唇……

我猛然拉开房门,看到三人坐在桌边,在顶灯的照射下一动不动。她们惊恐地面面相觑。我就那样站着,屏住呼吸,厨房中充满了刀一样锋利的寂静。

接着,仿佛在一场慢速电影中那样,乌玛起身,提起印花法兰绒睡袍的下摆,露出了她纤细、几乎像男孩一样的大腿,也露出了她密匝匝、油亮亮的黑色羽毛。那羽毛就像鸟羽一样。她将手指弯成镊子的形状,慢慢拔下一根递给我,仿佛要与我和解。

"谢谢。"我傻乎乎地说。我的脸红了,我接过羽毛,不知如何是好。

她像一只挨了打的动物一样看着我,垂下她的目光,微微低下头,仿佛在等待一场痛骂,放下了睡袍。

我糊里糊涂地回到房间,仿佛刚刚做了一场沉重的噩梦。我轻轻带上门。乌玛的羽毛闪着蓝光,我把它放在桌上,倒进床垫。从床的位置,我看着窗户。操场上,两个荧光黄的小点正在互相追逐着,仿佛两个巨大的火星。我看着我年轻、健美的动物,我的夜跑者。我认出了他淋漓的肌肉,扎成马尾的红头发,洒满着汗水的金色大腿。我很想跑向他,跑向我夜色下的独角兽,孤独的慢跑者,但我不能,我被囚禁了,我与外界之间,隔着一道防盗窗,而厨房里有她们,三位遗忘的黑天使。我已受制于她们的力量。

我没有拉下窗帘,我和衣躺着,月光照亮了房间。我蜷缩着,木然地看着地板。突然间,我看到一团灰絮,一只绒球,仿佛小猫。我在幽暗中一动不动地看着那只刺球似的动物。我已没有力气起身把它捡起来了,已没有力气用湿布擦地。接着我在椅子下面发现了一个,在墙角边又发现了一个……我看着它们,预感这样的毛球会越看越多……而我一点力气也没有了。说到底,毛球侵略的速度,显然也是由乌玛的羽毛决定的。小猫们追逐着月色,月色散发着幽暗的荧光。人们说,那是因为月色里有星尘。这么一想,我浑身发冷……

天堂的外婆

我第一次去看外婆时,不足七岁。后来我每年暑假都去看她,就这样,几年过去了。我对她的记忆,卷成了细细的一卷,对她我只能记得几件事。

她不高。一对又大又沉的胸,挂在一个又小又圆的身体上,窄肩,突肚。一头灰色的小卷发,环绕一张宽阔的脸,上面有一对亚洲人特有的高颧骨。她有一对绿眼睛,有一点吊梢,像重病或苍老的人那样,她总有些心不在焉。在她的脸上,微笑似乎变成了一种固定的表情:她总是泛滥成灾地微笑着,不辞辛劳,毫无原因。

我不喜欢她。也许我不喜欢的,是她那没有理由的微笑,是她无时无刻不体现出来的友善,是她点头称是时她灰色小卷发颤动的样子。我感到她脸上总是挂着微笑,是为了向人们道歉,好像她的存在是不应该的:她用微笑去讨好别人,仿佛她需要为自己的存在向每个人做出解释。

我圆滚滚的黑海的外婆……我第一次去看她的时候,她紧紧抱住我,我陷入她硕大的胸部之间。有一瞬间,我觉得自己会窒息的，我呼吸着她身上干燥的气息。她总是那样抱我，总是抱得很用力。同时用胖乎乎的手拍着我的背，而我则迫不及待要逃离她的怀抱。

后来她带我去洗了我的第一次土耳其浴。我记得她苍老、布满皱纹、而且在当时的我看来过于庞大、过于白皙的身体。她用一个小桶往我身上倒水，用一只粗糙的手套搓我的皮肤。我觉得很痛，但一声不吭，不知为什么，我感到极其耻辱。我不喜欢她碰我（她是你外婆，母亲说，快，去亲亲她，抱抱她，给她你的手……）对她我有一种说不清楚但异常强烈的生理排异。

我第一次去看她时，她的脸伴着一大盘又干又脆的小蛋糕一齐出现。因为我们要来，因为十年后她终于要再一次见到自己已经变成另一国公民的女儿，因为自己的外孙女要第一次来看她，她做的蛋糕堆成了一座山。今天我每每回忆那些蛋糕，仍无法不一并想起她皮肤的颜色、干燥质感与剥落的死皮。

我记得她坐的样子。她喜欢坐在一个小板凳上，两腿微微分开。她把手搁在肚子上，像抱孩子一样抱着它，拇指打着圈，好像在打毛线……

她喜欢用粗毛线打毛衣，通常不打袖子。她手动得飞快，两肘向外飞着。于是，平生第一次，有人送了我一个超大的娃娃。我和母亲离开时（外婆和母亲谁都不知道什么时候或是否还会再见面），她跟在我们后面跑到火车站，一边跑，一边还在打毛线！她的两肘向外飞着，好像两只翅膀，棒针在她手里闪闪发光，在我的记忆中，她的形象变成了一只笨拙沉重、怎么也飞不起来的鸟。今天，我的想象力还给这幅画面里的棒针加上了阳光的返照，给她的发卷加上了装饰，把她的头发变成了光环。她就那样跑着，打着毛线，左右点着头，好像在跟谁说话，同时，脸上挂着微笑……

就在火车即将启动的前一刻，她踮起脚尖，往我手里塞了一双刚打完的羊毛小拖鞋，给我的娃娃穿。就好像送站的一路上，她把自己的怕、自己阔别十年后想问（却没有问或不知如何问）女儿的问题，全都打进了这双拖鞋里。

外婆一生中打了很多羊毛背心，那种穿了背不冷的东西。"这样的背心她用不了一小时就打完了，"母亲说，"没完没了地打。"她说这句话时，仿佛在说什么颠扑不破的真理。到今天我的衣橱里还有一件外婆打的背心。"留着吧，"母亲说，"我们也只有这一点念想了。"确实。除了那件小背心和几张照片，外婆没有留下任何曾经存在过的证据。

她不打毛线时，就去打扫房间。我记得她用肉乎乎的手臂拍着数不清的软垫，把灰尘从里面打出来。我记得她身陷晒干后如云一般纯白的床单，跟它们说话，好像它们是活物,闻它们的味道,把它们叠起来,在上面洒水,把它们熨平……

她不打扫房间时,就去做饭。"外婆一生喂饱了很多人,特别是战争期间。"母亲说。我发现,就连母亲也不太记得外婆了,她的记忆也褪色了,每次说起外婆,她都像是要给故事里的每一个词打上封印,用坚定的语气,弥补记忆的虚幻。外婆的饭菜只剩下名字,我的舌头在滚动这些名字时感到快乐,但它不再记得它们的味道。

Banici, mekici, djidjipapa(这最后一个名字是我家生造的,多年以后我发现,它所指代的,其实就是普通的法式吐司),各式各样的果酱:玫瑰酱、西瓜核桃酱、樱桃酱、葡萄酱、乌梅酱(每一罐里都要放一颗剥了衣的杏仁!)、小甜梨酱……瓶瓶罐罐摆在外婆幽暗的食柜里,盖子上落一层浮灰,瓶身闪着荧光,好像有魔力。

外婆天赋的至高点(对我来说亦是儿童剧场般的存在)表现在她对banici面皮的制作技巧上。每次要做banici时,都得搬出大圆桌。我就站在圆桌边,惊讶不已地看着一个个其貌不扬的小面团在外婆技艺精湛的手里变成一张张又大又薄仿佛降落伞一样的面皮。

我记得她总是带我去附近的一个烘培坊(那里有一口真正的炉膛!)。她把准备烤的东西摆在宽大的锡盘里。然后,小个子、大肚子的她,会把锡盘像阳伞一样顶在头上。锡盘好像飘在空中,看起来飞得比她走得还快,她就在后面撵飞盘,而我则在最后跟跟跄跄地小跑。然后我们这个二人军团,会排在一个很长很长的队伍里。队伍里都是像我们一样托着托盘的人。外婆会跟他们聊天,骄傲地跟他们吹嘘我,人们听了就点头微笑。我听着周围的声音,看着人们的手势(很快学到不意味着是,而是其实是不),闻着不认识的气味(火车和大海的气味),探索着陌生的味道(钵扎,哈尔瓦酥糖)……"我们住在土耳其区。"她说。当时我不知道这句话是什么意思。

回到父母家,其他小女孩会嘲笑我,叫我保加利亚妞(保加利亚妞!保加利亚妞!),就像她们在街上嘲笑吉卜赛人那样(吉卜赛佬!吉卜赛佬!)。她们说这两种称谓时,语气是一样的语气,意思也是一样的意思:外地人,跟她们不一样的外地人。

我还不满七岁时,曾见过一个跟我一样大的保加利亚妞。我觉得她是从另一个星球落下来的。她头上扎了一个硕大无朋的蝴蝶结(保加利亚语叫 pandelka,是我学会的第一个保加利亚词),像一只非常大的蜜蜂,而不是一个人类小女孩。接着,我在潜意识中不自觉地总结道:我跟她不一样,我不是保加利亚妞,但我也不属于这片街区。

我还不满七岁时就接触了一些地理知识,虽然当时的我对此还毫无概念(看,往南是土耳其,对岸是俄罗斯,往北是罗马尼亚)。我总是把罗马(看,这些是罗马尼亚废墟)与罗马尼亚(美丽的罗马公主就是从这块岩石上跳进黑海的!)搞混。

我还不满七岁时,就知道了什么是真,什么是假,并认定了假的要比真的好。在外婆的床上,我曾见过此生最瑰丽的风景:一个刺绣软垫,软垫华美的墨绿色叶片下,挂着一串又一串的草莓。我常趴在外婆的床上,观赏这个由丝线创造的世界,一看就是半天。

我还不满七岁时,就听过斯大林,看过叫作斯大林的巨型雕像。有人还送给我一本绘本,讲一个伟大的青年如何高举自己燃烧的心脏,在暗无天日的森林中为别人照亮了前进的道路。这位青年名叫丹科,创造这位青年的人,名叫马克西姆·高尔基。

我还不满七岁时,就像盲人一样,在不知不觉中学会了东欧的盲文,并在以后的日子里,每每准确无误地运用它。我认识它的东方、它的西方、它的北方和它的南方,一经学会了那些伤感的名字,我闭着眼、只靠触摸,也能知道自己是身处布达佩斯还是索菲亚、莫斯科还是华沙。

外婆死时年纪还不大。"她的心脏罢工了。"母亲说。别的人都死于中风,可一旦提起外婆的死,母亲总要搬出这个老派的说法,她是把这句话专门保留给外婆了,虽然她自己还不自知。

我不知道外婆确切是怎么死的。在我的想象中，小悠悠、圆滚滚的她，坐在小板凳上，双手抱着肚子，好像那是她所有的一切。她死得很孤独，这一点我是明确的。就像她活着时一样。她用不断的哺育、编织、打扫与微笑——这些是她唯一知道怎么做的事——来温暖在她周围越积越多的严霜。一个女儿英年早逝，另一个远走他乡。在她死后不过几年，总是沉默又不苟言笑的外公，像她抛撒下的一个孩子，没有人记得，也跟着她去了。他生命中的隐情仿佛一袭长袍拖拽在他身后，无足轻重，无人问津。

有一年，瓦尔纳市政建设部门叫人把公墓挖了一遍，要在那里造一栋酒店。"现在连坟都找不着了。"母亲说。

我不喜欢外婆。就像每个孩子都会无缘无故不喜欢（或喜欢）一样。我后来也没能与她亲近起来。就好像作为成年人的我，因为还记得那种孩子气的不喜欢，而决定要充满孩子气地把它坚持下来。

此刻当我书写这几行字时，我感到自己胸部的重量，我的脸上泛滥着毫无理由的微笑。我发现有时我心里会突然涌上一阵隐约的悸动。接着，仿佛中邪一样，我会跑到附近的商店，买面粉、白糖、鸡蛋、牛奶、核桃、巧克力……好像被催了眠似的，拼命做蛋糕，一边做，一边脸上还挂着笑容。蛋糕烤完后，我总是警醒到：烤得实在太多了。于是我开上车，把一篮篮、一盘盘的蛋糕给朋友们送去。"我也不知道我是怎么了，就是觉得你可能现在想吃点甜的？"我微笑着说。我的朋友都已经习惯了我这样定时发作一次，唯一困扰他们的，我想，是我搞蛋糕突袭的频次有点高。

我想我之所以会这样，而且越来越频繁地这样，是因为我的外婆，这个我从来没有喜欢过的人，这个喂饱了许多人的人，她的灵魂住进了我的身体，这导致了我每月一次不得不遵循她的习惯行事。

我与天堂并没有联系，但出于某种原因，我总是把外婆想象成一个大胸部、白卷发的天使。她在我头顶的天堂里，拿出天堂的软垫，用肉乎乎的手臂和有力气的手，从软垫里拍出天堂的灰。厨房中，她边喘粗气，边拉扯云一样的面团，做出 gurabiji 和 banici，喂饱天堂的人们。而当所有的人都吃饱了、喝足了，她就在一片小板凳形状的云朵上坐下来，膝盖微张，拿起棒针，用雾霭给每个人打一件背心。打背心时，她点着头，微笑着，好像在跟谁说话。有时候，她会抖一抖头上的小发卷。那就是天上下霜的时候，至少，我喜欢这样想。

白色的耗子，保佑您屋子……

抱歉，我在此不能使用她们的真名：她们是美满和谐的一对，就像梳齿一样嵌合得天衣无缝。所以就让我随便选两个名字吧。她们一个叫维达，一个叫珍妮特……

维达遇见珍妮特时，已经是个成熟的女人；她在美国一所高校任语言学教授，已离异，儿子已成年，她本人已拿到美国公民身份，收入殷实。珍妮特遇见维达时，也是个成熟的女人，她是心理学家，研究自杀心理与自杀行为，已离异，女儿已成年，她本身就是美国人。

两人相遇时，珍妮特用自己碧蓝如洗的眼睛看了一眼维达，很快垂下目光。她垂头看着放在腿上的双手，羞赧得仿佛正在绞动一条不存在的手帕，那是她随身带着用来擦眼泪的。而维达投给珍妮特的一瞥，既明确又锐利，仿佛罗盘的指针，指点着生活的方向。从那一刻起，从那次相见开始，维达就担起了男人的角色，而珍妮特则像一直以来一样，继续做着女人。

我第一次遇见她们时，两人都快六十岁了。维达又健壮又高大，留着短发，嗓音低沉，几乎像男性的嗓音。她说英文时有很浓重的口音，暴露出她的斯拉夫血统。她不苟言笑，穿着一身灰，别了一枚很大的塑料米奇胸针：这是唯一打破她整个调性的细节。善意的旁观者多半会将之归咎于一次小小的搭配失误，而不会觉得这是德高望重的语言学教授有意的选择。

珍妮特是个非常高的女人，比维达还高，她非常丰满，皮肤柔软白皙，棕色的头发如丝一般，在脑后扎成一个小小的发髻。拥有这样丰满、柔软、沉重的肉体的珍妮特，绞动那块不存在的手帕（那是她随身带着用来擦眼泪的）时，给人一种静谧、雍容，而又木讷的感觉。

这第一次也是最后一次短暂的会面后，我从她们的朋友那里得知了一件事。原来，珍妮特经常对维达不忠（原谅我用这样过时的词汇，但我是故意的，因为它用在这里是合适的），而且出轨对象都是男人。当我遇见她们时，两人都已经有了孙辈。维达的儿子结婚很久了，珍妮特的女儿结婚也有了一段日子，珍妮特有一个外孙，维达的是个孙女。

总之，两人都是有孙辈的人了，但珍妮特还继续以相同的木讷而经久不衰的热情，欺骗着维达。这件事所有的人都知道，所有的人也都有份。因为珍妮特经常需要共犯来帮她圆谎。至少她乐于让别人这么觉得。

她在各种场合欺骗维达：座谈会、讲座、学术交流，例行会议，出差公干……可以说随时随地。珍妮特欺骗维达，却总故意留下一点小痕迹，制造一点小错误，因为这恰恰是维达最擅长发掘的。然后坚持回到维达身边，就像一条训练有素的牧羊犬，两人耗费大量时间，整夜整夜地相互指摘，哭泣，和好，发誓忠诚……

而那个著名的爱丁堡自闭症专家大卫·比尔斯，那个伯克利比萨店经理托尼·波那契，那个写了恐惧症专著的布达佩斯教授贾诺斯·扎博，那个慕尼黑侍者汉斯·波波里奇，那个阿姆斯特丹帕金森专家埃里克·范·奥斯塔耶恩，那个马赛洗车店老板保罗·拉米歇，那个圣地亚哥按摩师阿尔芒多·佩里达，他们究竟在胖大柔软的珍妮特身上看到了什么？这件事，就留给他们自己去玩味吧。

如果不是因为我认识的一个人最近告诉我她去美国时探望了嗓音低沉的维达和用情不专的珍妮特，而她们的房子简直匪夷所思，我也许已经把她们忘了。房子经过了精心布置，她说，相当骇人听闻，就像一个供奉米奇的神龛。从床罩、枕头、床单、窗帘、毛巾、厨房布品、地垫、玻璃杯、洗脸池，到扶手椅、台灯、衣架、靠垫、塑料玩具、钥匙钩、徽章——铺天盖地的米奇。就连拖鞋也是，两人的拖鞋都是米奇的头和耳朵！就连电话和维达的腕表也是，每一个整点，腕表上都会显示米奇的形象，维达买来寄给朋友的明信片也是米奇……两人的印信也一样，设计、图案也都是米奇。话说回来，这也不难，美国的幸福产业给了维达丰富的选择。

我猜四十年前维达离乡来到美国寻找自己的天使，并找到了米奇！珍妮特看起来极像一只软绵绵胖乎乎的大型儿童玩具，所散发出的气质也如玩具一样，没有主张，没有所谓，于是自然就变成了维达的米奇，维达的天使。而其他的一切，比如那所匪夷所思的房子，只是上演她内心深处幸福梦的庸俗背景。

我不想（此刻我的指尖正摆弄着维达给我的请柬，请柬的左上角印着那位迪士尼的旷世英雄）粗暴地践踏这个图腾，说米奇只是，比如说……一只老鼠。而老鼠，谁还没见过老鼠呢……诚然有些文化将老鼠作为男性生殖器的隐喻，但即便如此，老鼠依然不是什么了不起的角色。

也许，说珍妮特与维达就像梳齿一样嵌合得天衣无缝就够了。斯拉夫的维达在美国的纯真传说（一只老鼠！）身上找到了幸福，并在珍妮特身上看到了相似的东西。斯拉夫的病毒持续不断地感染着这位美国人：珍妮特睁着一双如洗的蓝眼睛，绞动手里不存在的手帕，折起又打开，打开又合上，同时，发了疯似的背叛着维达。

如今的维达和珍妮特正在一起变老。出于某种原因，我相信胖乎乎的珍妮特应该会比维达先死。也许因为她们初识时珍妮特垂下的眼帘和静置于膝头的双手，和维达如罗盘指针般明确而锐利的眼神。珍妮特会死于心脏病，病情明确而锐利，就像罗盘的指针。

而维达，虽然不知道什么时候能用上，但还是预先定做了两口大理石骨灰罐，每口上都有一个不同寻常、像纹章一般的浮雕：一个张着两只小翅膀的米奇。观看者可能会疑惑，弄不清罐上的装饰究竟是蝙蝠，还是天使。

维达会让珍妮特——这位自己的真爱——化成灰，然后她自己也会化成灰。在这之前，维达会从珍妮特——这位研究自杀心理与自杀行为的专家——那里诱得一条专家建议：如何才能最无痛苦又最有把握地自杀。有一天，维达会吞下剂量精确、效果可靠的药片，将十几只米奇中的一个抱在胸前，沉沉睡去。

但在她永眠之前，她将忆起自己斯拉夫的童年，忆起上村里赶集时看到的一个吉卜赛人，那个吉卜赛人喊道：白色的耗子，保佑您屋子……她将沉入永睡，而在她面前的最后一帧画面上，将有一只老鼠的爪子，抓着一张写有她未来的纸片，这未来已圆满走到终点，此时预言是荒诞的……而预言本身又很准确。

最后我只想补充一件事：据 J. 施瓦利和 A. 盖博朗的《符号字典》载，许多西非部落会用老鼠来进行占卜。

班巴拉族人更是将它用到了割礼中。族中女性被割下的部分会拿去给老鼠吃，他们相信，其日后第一个孩子的性别，将与吃掉它的老鼠的性别一致。

Gute Nacht[①],克里斯塔

克里斯塔是我在美国某个偏远小镇逗留数月期间遇见的。

命运通过一位初出茅庐的新手房东萨丽(一个寻求政治避难的乌干达人)将我们安排在了同一套房子里,确切地说是同一个厨房里。萨丽——这位在自己心中的世界版图上将柏林与萨格勒布捏成了一个点的女人——给我们分配了汤锅、炒锅、盘子、刀叉和杯子,用这些物件正式确立了我与克里斯塔暂时的社团关系。

今后的数月,厨房将是我们共同的领土,我们暂时的家园,我们将共同乘坐这艘帆船,漂渡过去、现在与将来。萨丽对地理潦草的把握将决定期间有谁会加入我们。

我们在厨房中辗转,被逼仄的空间所囚禁,打开冰箱,在她的长凳上挤坐,双肘支在桌上,聊天、吃喝,望着窗周围一圈密密麻麻挂满了的独头蒜、洋葱、半干的茄

---

① 德语,意为:晚安。

子、红辣椒、番茄、玻璃罐,以及透过这片亦生亦死的静物画可以看到的那片毫无个性的美国风景。

我搬进去时,还来不及开行李,克里斯塔就出现在我房间门口,要我去厨房吃午饭。她人有点晃,像玛琳·黛德丽托着烟嘴一样托着她的烟,用浓郁的德国口音解释道:"我做了三十个船员的饭!"①

在那两个半月期间,克里斯塔为我们俩和入住的所有人烧饭,她哭泣,酗酒,跳过一次镇上的污泥河,两次差点儿引起火灾(因为抽着香烟睡着了),三次疯狂地坠入爱河。②

在那两个半月厨房的交集中,我知道了克里斯塔的两个噩梦。两个噩梦被一个死结打在一起,一个无可破解,另一个,至少在我想来,是可以破解的。第一个噩梦,也

---

① 克里斯塔不懂外语。我们说话用英文,这个语言她说得很差,全世界她只懂她的母语德国话,然而,虽然她说不好其他任何语言,却总是能用它们令自己的意思得到清晰的表达。——原注
② 分别是爱尔兰人、保加利亚人和中国台湾人。爱尔兰人拒绝继续二人的关系,因为每次与克里斯塔同床,从来都是因为二人豪饮致醉。保加利亚人也离开了克里斯塔,为的是一个美国女人,我们都记得这个女人,因为万圣节晚她钻进保加利亚人房间时,曾穿成一只红毛猩猩(那只猪,为一只红毛猩猩离开我!)。她与台湾人的爱情是柏拉图式的,纯粹为了他的美貌,她对他一往情深,直到他瓷娃娃般的中国太太出现。"那个东方美人!"克里斯塔回忆道。——原注

就是无可破解的那个,叫柏林墙①,另一个噩梦,也就是可破解的那个,叫家,这个噩梦并不时髦,但同样叫人痛苦。克里斯塔就围着这两个梦,将自己的生活像卷线一样牢牢地卷成一团。

我知道拿别人的故事作为谈资不厚道,用厨房中的闲谈来书写人物小传不啻于对倾吐者的侮辱(顺带一提,克里斯塔聊自己生活的频次跟聊做饭的一样②)。然而,虽然大多数人的生活就像一场梦——他们孜孜不倦地书写着,

---

① 我曾分别从两边看过柏林墙。我偶遇的一对从克罗地亚去德国打工的夫妇,过分热情,一定要做我的向导,不顾我的反对,把我从西柏林拖到了东柏林。我记得自己,在一个礼拜天,痛苦难耐地沿着东柏林半空的灰色大路走了好几个小时。然后这对过于热情的克罗地亚夫妇还请我去莫斯科餐馆吃了一顿大餐(这是丈夫唯一付得起钱,从而觉得自己"是个男人"的地方),通过努力,我们终于从头盘到火焰香蕉,吃完了一道又一道的菜,与此同时,丈夫用他新买的摄像机拍下了全过程,包括最后火焰香蕉上的火焰。那以后仅仅过了两小时,我们回到他们位于西柏林的小公寓,又在电视机上将用餐的过程回顾了一遍。他们的公寓就像贼喜鹊的窝,到处是伤感的标志,这些标志在不久后,会在他们与生俱来的祖国土地上重新崛起,在一堵墙倒下时,为另一堵墙的树立添砖加瓦,这一次,墙的两边会是塞尔维亚与克罗地亚。克里斯塔从波兰写来的信,恰好就是在那时寄到的。——原注

② 克里斯塔喜欢做饭,而且经常做饭。她做饭时就会喝酒。切一片洋葱,喝一杯酒,切一把荷兰芹,喝一杯酒,切一块肉,喝一杯酒……她在酒杯上奏响内心的节奏,总是烧到一半就要歇一会儿,因为喝多了。

每次她真的都会烧出三十人份的饭菜。她做饭的习惯是在渔船上学的,其后再也没改过,烧饭与饮酒同时进行的做法,显然符合某种只有她才知道(或根本不知道)的内在原因。——原注

却仿佛总有人跟在身后，将他们写下的一切抹去——却还有绝少数人，会利用最普通的日常来书写他们的自传。克里斯塔本人就是这样一部活生生的传记。

克里斯塔生在东柏林，幼年失去了双亲（她的父亲死于自杀），进入儿童之家。后被一户好人家收养，但很快跑了出来，被另一个儿童之家收留。后来她报名上了大学，被一个四处游荡的冰岛人看上，与他结婚去了冰岛，在一艘渔船上为三十个船员烧饭，在鱼厂里杀鱼，生了两个孩子，但她很快又从这个家里跑了，这一次是与她众多情人中的第一个跑去了意大利，在那里爱了两年，逛了两年后，情人回到冰岛，克里斯塔回到德国，这次她去了西柏林（因为已被东柏林永久性地驱逐了），她在那里写诗，尝试自杀，并屡次失败，酗酒，受苦，像她曾想回到东柏林时一样，满怀希望回到冰岛，继而又放弃，发展出一种美狄亚情结（她在冰岛的两个孩子都与父亲一起在冰岛生活）。她东南西北到处周游，疯狂而徒劳地寻找着故乡的替代品，她去过很多地方，去过中国，去过巴西，去过美国，去过罗马尼亚，最后一处去过很多次，给那里的德国人送去衣服和罐头食品。

在柏林时，她每天要去柏林墙好几次，爬到瞭望台上，像鸟一样蹲着，久久望着墙的另一边。她抗议、容留逃犯、向东德难民提供食物、憎恶俄国人、为整个东欧操心、为罗马尼亚人操心、为波兰人操心、为匈牙利人操心、为保加利亚人操心、为捷克人操心、再次豪饮、抗议、憎恨、在瞭望台上对着东柏林挥舞她结实有力的拳头（在芬兰鱼厂磨炼的结果），去别处旅行后坐飞机降落东柏林，在那里的机场哭泣，痛骂面无表情的东德海关，控诉他们夺走了她的故乡。

她租的公寓离柏林墙越来越近。与克罗伊茨贝格区的土耳其人、希腊人和南斯拉夫人在一起，她才最能感到家乡的温暖，而她的家乡，她第一千次哭着说道，无疑是东德，永远是东德。

她从美国给波兰建筑工人雅内克写信，他是逃犯，比她小二十岁，曾与她一起生活。她给他写信，从瓶中豪饮伏特加，哭泣，经常给他打电话，狂热地听着话筒中汩汩流出的波兰语，虽然根本听不懂，再用德语狂热地回答根本不懂德语的对方。

在厨房里，在这艘我们共同乘坐、只能看见毫无个性的美国风景的船上，被自己的两个噩梦越缠越紧的克里斯塔，终于决定要让自己从可破解的那个噩梦中挣脱出来，为此，她开始梦想在亚得里亚海边为自己建造一个家。

我们是在厨房分别的，我们从这艘无处可去的船上下来，各自登程，心里都以为再也不会见到彼此。

两年后，某亚得里亚海岛又传来克里斯塔的消息，她终于在那里为自己建造了一个家。在一个介于东欧和西欧之间的国家（离开被东欧侵噬的西欧城市，进入被西欧围绕的东欧创伤）为自己选择了一个海岛（离开孤岛西柏林，去往另一座岛），安顿下来。

有一年夏天，我去看她，被她住的地方惊呆了，那里丝毫不像一个达尔马提亚小镇。她家地处偏远，环境丑陋，一棵树也没有，尽是灰不溜秋的石块，其间立着不忍直视、仿佛不属于地球建筑的破屋。尽管如此，正是在这里，她建造了一个家，放进了她的书，把厨房布置得像一个船上的小卖部，在瓦罐里种上了德国带来的小蓝花。

克里斯塔把我留在这里度夏，说自己受不了暑热，就去格但斯克找新情人避暑了。这个情人也是波兰人，在格但斯克船厂做工，可以说是一个新的雅内克（这些信息她当然也是在厨房里告诉我的）。我在那鸟不拉屎的小村里待了几天，① 有一天，天色突变，风起云涌，大雨倾盆，我突然想到这个达尔马提亚小村落一定很像冰岛，虽然我从

---

① 我从当地人口中得知，就像地中海人喜欢怪人一样，他们也很喜欢她。不过他们没有按照过去的做法那样去骚扰她。她周遭像有个结界，当地人看到她都一反常态地退缩了。他们都知道她总是在风雨最狂暴、人们都待在家时走出家门，大家都出门时，她又会躲在家里。她在的时候只出了一件丑事。当地有个女人袭击了克里斯塔，说她偷她丈夫。"荒谬，"克里斯塔说，"我不过是在跟那个蠢货喝酒罢了……"——原注

没去过冰岛。

离开小岛时,我又以为我们再也不会相见了。柏林墙倒下时我想到了她。然后又忘记了她。

很久以后,我收到一封从波兰某村寄来的信。克里斯塔叫人在那里造了一座小小的木房子,房子有一个花园。我想象房子一定是由不多不少正好三十个建筑工人建成的。克里斯塔给三十个建筑工人做饭,就像她曾给三十个船员做饭一样。我想象那房子一定也会轻轻摇晃。克里斯塔安安稳稳地睡在她的房子里,好像一个人,获得了进入天堂的永久门票。在波兰村庄的上方,在克里斯塔木屋的上方,一轮清朗的明月照耀着。克里斯塔在睡梦中做饭。克里斯塔在睡梦中杀鱼。她在睡梦中造房子。在她的睡梦中,一切都轻轻摇晃着。

Gute Nacht, Christa. Schöne gute Nacht ...[①] 以前她给过我一本德文课本,上面这样写道。这本课本曾属于雅内克,我是说第一个雅内克——在 Christa 下面,他画了一条线,旁边画了一颗爱心——他还没学完第一课,就跑了。很久以后,他在一张明信片上告诉克里斯塔,他去了加拿大,还找到一份木匠的工作。明信片上,有一片平淡无奇的加拿大风景。

---

① 德语,意为:晚安,克里斯塔,睡个好觉……

"想想看,"克里斯塔写道,"我连柏林墙已经倒了都不知道!我一心都扑在造房子上了,而且这边的消息也很闭塞,没有报纸,也看不见人……"①

在闭塞的波兰村庄的上方,在克里斯塔木屋的上方,一轮清朗的明月照耀着。克里斯塔睡着有一会儿了,她在梦中孜孜不倦地说着自己曾经拒绝学习的语言:冰岛语、波兰语、克罗地亚语……自从柏林墙倒下后,克里斯塔就开始说这些语言了。Gute Nacht, Christa. Schöne gute Nacht. Schlaf mit den Engelchen ein ...②

附 记

也许克里斯塔的故事最能体现记忆的不可捉摸性,最能体现我们虽然不知为了什么,却还要孜孜不倦地保存偶得的故事、偶得的照片与偶得的物件的这一过程。我们在神秘的生命版图上走得越远,越会发现这些被我们保存下的偶得物件,是可以(但不必)在日后显现出某种与我们

---

① 我相信克里斯塔恰好是在柏林墙倒下的那一天搬进新房子的。在这点上,绝不会有别的可能。

有个年轻的德国导演,拍了一个纪录片,有关一个东德少女,她因为出车祸而昏迷了一段时间,醒来后失去了整整一年的记忆:1989年,柏林墙倒下的那一年。——原注
② 德语,意为:晚安,克里斯塔。睡个好觉。愿天使与你共眠……

自身的逻辑关联性的。偶得之物似乎是受我们自身磁场所吸引，才出现在我们身边的：比如，我们也许突然在自己的东西中发现了一枚钉子和一根绳子，但想不起来它们是怎么来到自己手上的。对它们最后也最无趣的解释永远都是：钉子是用来钉在墙上的，而绳子可以用来吊死自己。

至于克里斯塔的故事为何进入我的磁场，当时我还不知道。几年后——就在我写这个附记的此刻——在偶然的机会下，我发现了个中原因。我身处柏林，为两个噩梦所追逐，围绕这两个梦，我将自己的生活像卷线一样牢牢地卷成了一团。一个噩梦的名字叫家，那是我已经失去的，另一个噩梦的名字叫墙，那是在我刚失去的家园内新立的。在柏林时我常假想自己登上不存在的瞭望台，向着南方轻轻挥一挥我的拳头。噩梦中，我常看见自己不停造一幢房子，但每一造成就遭到摧毁。我随身带着克里斯塔送给第一个雅内克的德语课本。我的德语没有长进。在我柏林的临时居所中，我常念着 Gute Nacht 来哄自己入睡，也轻轻念出最后关于天使的部分。至目前为止，这些是我唯一会说的德语。

里斯本之夜

我第一次去里斯本前与这座城市唯一的联系是一本雷马克很久以前写的小说的标题，《里斯本之夜》。小说讲述一个早已被人遗忘的年代，那时活人没有价值，而有效的通行证却代表了一切。我是在西柏林给我的签证续签并去葡萄牙驻西柏林领事馆一处小小的办事处办理葡萄牙签证时，从小说里看到这句话的，当时我的手上，就拿着这本雷马克的小说。在我的护照中，点缀着许多许多的签证，而葡萄牙的这一张看起来，充满了别样的朝气与希望。

我去里斯本时行李带了很多，或者从另一个角度说，我去里斯本时其实已经什么都没有了。我失去了故乡，还没有习于这种失去，也还没有接受故土依旧、却面目迥然的事实。一年间，我失去了家人、朋友、工作，失去了在短期内回国的可能，后来又完全失去了回去的兴趣。这是一个很长的故事，按下不表。总之，四十五岁的我，孑然独立于世，手上只有一个包，里面装着一些要紧东西，好像世界是一个防空洞，而我正在这里避难。过去我常与国人同胞一起在空袭警报响起时躲进防空洞避难,因此对它还记忆犹新。根据心境的不同,我有时嫌我的东西太多,有时又因它太少而感到惭愧。我常努力对比整体状况来看待自己的得失,这样多少可以帮助自己释怀。

因为,欧洲像我这样国破家亡的人其实很多,我走到哪里,都能遇到来自故土的同胞:波斯尼亚人,克罗地亚人,塞尔维亚人……我们的际遇各不相同,但归根结底为着同一件事。实际上,是我自己亲手毁了我自己的家。是我自己没把战争与独裁是亲手足当回事儿(而雷马克却知道得很清楚)。是的,我写过一些本不该写的东西。必须承认的是,我那样做或许有逞强斗胜的成分,但更多是因为我无法苟同一个集体的谎言。在我这把年纪上,谎言只能出现在文学与艺术中,只在作为一种文艺手法,才可被接受,才是合理的。

而且,我也像数不清的同胞一样,害怕那种除了一本派不上大用场的护照外,没有什么可依靠的未来。如果我曾犯下重罪,也许一本护照对我也算是恩赐,可我不过是个作家。尽管如此,面对命运,我并没有太激动。我的书在外国市场上逐渐有了译本。也因此,我被邀请到了葡萄牙,去参加一个为期两天的文学聚会。

因为喜欢里斯本的浪漫,我请主办方在会议开始前几天就在那里的便宜小旅店中为我订一间房。后来我发现,这房订得也不便宜。主办方没有（按照我的预想）去订小巧、浪漫、古早味的pensão①，而是订了一个半新不旧、毫无个性的酒店，各方面都与东欧酒店相差无几。前台区、酒吧区与走廊上都深深沁入了陈年的烟味。我是周五傍晚到的，文学聚会要到下一周的周三才开始。体贴的主办方在酒店前台给我留了个信封，里面装着我的车马费。卡斯蒂略大道上空无人迹，一个多风、扬尘、潮闷闷的黄昏即将降临。

第二天早晨，我有一种感觉，好像看什么面前都挡着一块肮脏油腻的玻璃。虽然在遇见的第一个书报摊买了旅游手册和地图，但也几乎没有翻开。我由城市动物的直觉领着，果然走到了自己想去的地方——水边，塔古斯河畔，这是一条我曾以为是海的河。我在一个咖啡馆里坐了很久，喝咖啡，看从船上下来的人。

接着我开始散步，走到一处人生嘈杂、巷道狭窄的地方。人们就站在街上说话，争吵，相互叫喊、聊天，在他们焦黑的棚屋前搭起临时的小摊，贩售蔬菜、鱼肉和葡萄酒。摊位四周，飞舞着苍蝇，流窜着猫狗，逡巡着过路的游客、当地的居民与疯子。那是阿尔法玛。热闹嘤嘤嗡嗡

---

① 葡萄牙语，意为：客栈。

地从四面八方向我袭来，成群的苍蝇与闷热的雾霾令我晕眩。我觉得自己好像身处地中海的心脏，心脏连着大西洋海岸，而我正在它的一个心室中晕头转向、气喘吁吁地逆行。

我乘电车爬到山顶的圣乔治堡，电车上有很多人都挂在车外，好像一串串葡萄。从城堡看去，市景壮阔，看起来像一颗熟透了的甜瓜。就连阡陌纵横着上千只飞燕的天空，看起来都是黄色的。

我循记忆穿过罗西乌广场回到酒店。在昏黄的雾霭中，我觉得自己好像不停地看到有人在卖彩票。也许卖彩票的人真的很多……回到酒店房间，我很快睡着了，睡得深沉，睡得酣畅淋漓。

傍晚，我爬到里斯本上城，想找一家旅游手册上推荐的那种便宜小馆子吃饭。我在一个个饭馆前停下来，假装研究门口的菜单。一时不能自已，感到一阵突如其来的心慌，就在我一动不动地站在一家饭馆门口，仿佛脚下生了根一样时，我注意到一个青年的脸。他也站在街上，靠着隔壁咖啡馆门边的墙壁，周围有许多跟他一样无所事事的青年。他微笑着说了句什么，虽然我离他非常近，但他看来特别遥远，仿佛老照片上一张模糊的脸。我又六神无主地向前走去，并不是很清楚自己究竟要去什么地方。

他在巷尾等我。而且似乎怕我从他身边走过去，立即用英语问我是否愿意与他去喝一杯咖啡,他知道一个地方,就在附近。"现在逛上城还太早,这里的生活是从午夜开始的。"他说。

我们坐在一个广场上的露天咖啡座里。他问我从哪里来。我简短地做了回答。其实对这个问题,我过去总会掰开揉碎了讲,还要加上很多注脚。

"啊哈……Vo-lim-te[①]……?"他用询问的语气说,然后补充道,"是一个你们国家的女人教我的。"

这个人让我想起我国那群被称为海鸥的青年,六十年代的亚得里亚海边,他们用分属十国语言的五十几个词汇,娱乐了第一批去那儿度假的外国女孩。他的嗓音很特别,悦耳,沉郁。他为自己英文说得不好而道歉,虽然他说的句子都很简单,也都能达意。他从钱包里拿出一张金发女孩的照片,女孩很漂亮。

"她曾是我的未婚妻,是挪威人……"他解释说。又告诉我,他的父母现居波尔图,在那里有房子,他只身在里斯本,才刚来了几个月,虽然,他是在这里出生的,他曾周游世界,在巴西生活的时间最长,在德国也待过,当然,还去过挪威,他的公寓就在附近,是租的,他准备在这里安顿下来,他的工作是为礼品店做珠宝,而里斯本无

---

① 克罗地亚语,意为:我爱你。

疑是世界上最好的地方。

年轻人单纯的身世感动了我。他眉目清秀忧郁，嘴唇丰满，有一双大大的杏眼，眸色幽深，黑发闪闪发亮，低低地梳着一条马尾，体格还是少年的样子。

"费尔南多·佩索阿，我们的诗人……"青年不无骄傲地说，指着一尊诗人的铜坐像。

潮闷、黏腻的黄昏正降临在残破楼宇周边的广场上。

"你要我带你逛逛上城吗？"青年悦耳地问道。

我们向街中走去时，我发现自己难以跟上他轻快的脚步。我停下片刻，想喘口气。此时，青年拐上前方一条狭窄的巷道，消失了。继而又探出头来，对我友好地招招手，说："你在哪儿？来这里，走这边近……"

然后他伸出手来。我犹豫片刻，握住了那只手。

其他的事，我全记不清了。那天晚上的记忆仿佛一场不连贯的噩梦，一次令人晕眩的午夜疾驰。我记得一个同性恋，记得一个酒吧，一条强壮的裸露的手臂，支在一些小玻璃杯中间，法朵的乐声仿佛晚露，附着在酒客的身上，有一个喝醉的荷兰人，一个长得像灵缇的波兰裔葡萄牙人或葡萄牙裔波兰人，我的同伴往他的手里塞了一点钱，就得到了一小包大麻膏，接着又出现了一个逃亡此处的英国人，他有一个朋友，是当地的娼妓。我记得我的同伴只用一只手就驾轻就熟地卷起了一支大麻……我记得一个年轻女人拥抱亲吻他时,我心中涌起的嫉妒,记得他在我身上越来越频繁的抚摸,记得落在我脖子上越来越温柔的吻,记得他劝我趁着还不迟(是什么事要迟了?)应该去叫一辆出租车,记得自由大道上炽热、激烈的肢体纠缠,记得过往车辆不断投在我们身上的灯光,记得他的吻,热烈、湿润、柔情万种。我记得前台向我们投来的黠笑,记得夜半醒来眼前几乎如珍珠般散发着荧光的男人的脊骨,记得他少年般窄小的臀,他散开的柔亮的头发。我记得自己映照在卫生间镜中,记得自己乍见之下倒抽了一口凉气,我真的老了,我想到。这个想法令我心痛。我绝望地回到床上。我记得自己在黑暗中伸出的笨重的手,因为胆怯而不敢碰他,早晨他与夜晚同样热烈地拥抱了我,我记得他的腰背特别挺拔,他穿上一件蓝黑格子衬衣,在门口驻足片刻,仿佛在期待什么……

"今天晚上我再来。"他头也不回地说。

他走后,我又在闷热中昏昏沉沉、半睡半醒睡了好久,最后终于爬了起来。我想到应该检查一下放在客房保险箱里的钱和我包里的皮夹。每样东西都在。是的,我真的是老了,比我以为的更老了。

整个下午我窝在昏暗的房间里看巴西肥皂剧,虽然一个字也听不懂,但我还是哭了。

我的男孩没有来。他的名字叫安东尼奥。

第二天,为了自我惩罚,我开始实地游览里斯本。我乘古城缆车上到圣塔胡斯塔,透过卡尔莫修道院年久失修的穹顶,对着发黄的蓝天看了很久,又去贝伦逛了哲罗姆派修道院,再取道反方向去看了古伯金汉博物馆,在每一个地方寻找安东尼奥清秀、忧郁的脸。

时近傍晚,我回到房间,提醒自己要清醒,用一条不存在的绳索将自己拴牢,不去上城。就这样到了很晚我才出门,一直在街上游荡到午夜,不停与乞丐、瘾君子和流浪汉打照面。我裹着黏腻、馨甜的风,沿自由大道向上走回酒店。一时间觉得自己仿佛低俗言情小说中的女主角。折磨我的是情欲,是再见的渴望……我在嘴里品尝着一颗其滋味我早已遗忘的糖果:那是羞耻的滋味,是高热的滋味,是内心的挣扎与无助的臣服的滋味。回到酒店,我用询问的眼神看了看前台,希望他能拦住我,捎给我一个口信。前台的黠笑一直送我上了电梯。

周二那天,我从凯什索德烈火车站坐车去埃什托里尔和卡斯凯什。我亦步亦趋地跟随旅游手册,好像观光客的驯顺可以压抑我再见到他的渴望。傍晚,我挣脱隐形的绳索,直奔上城。整个古城随我激动的脉搏跳动着。我在狭窄的巷道中穿行，驻足于每一家光线幽暗的酒馆前。许多酒馆中都有当地人在看电视、打扑克、喝葡萄酒。其中有一个吧台前点了一盏昏暗的灯，坐着一排老妇，墙上挂了一幅巨型油画，画上是一个年轻美貌的女人。我被这幅画吸引住了，很快一个干瘪的老妇发现了我的凝视，仿佛噩梦中的幽灵，走到门前，看了看墙上的画，叹一口气，点了点头，指指一个胖墩墩的老妇，后者正在心不在焉地看电视。她就是画上的女孩。老妇演出的这场伤感的默剧，给予了我人生易逝的简短教训，她仿佛人生飞船中领座的空乘，在为我指明方向的同时，深深划伤了我，带给我一种隐隐的惘然。

一阵恼人的潮闷的风，更加剧了我的烦闷。我受比莉·荷莉戴的吸引，拐进一家酒馆，在吧台前坐下，点了一杯波尔多。比莉充满魔性的声音在烟雾缭绕的酒馆中袅袅绕梁。因为欲望，因为口中的波尔多，我感到意志薄弱。在另一个有许多黑人男性扭着屁股激烈起舞的酒吧里，我喝下了当晚的第二杯波尔多……而在第三个酒吧里，我在法朵的魔力中坐成了雕塑，固执地等待着安东尼奥那清秀而忧郁的脸……

当时我并不知道，原来我不仅仅是在寻找安东尼奥，更是在寻找这个故事真正的结局。就在心灰意冷，认为自己再也见不到他了时，安东尼奥出现了，他坐到我的桌前,好像这是我们约好的,亲了亲我的脸,然后用他沉郁的声音说:"我们走……"

即使是在最好的小说里,情爱描写也时刻处在沦为床戏的危险中。爱情戏的好坏似乎与作者的描写功力无关,而仅仅取决于清洁剂本身。问题是我这个故事没有什么情节。从一开始,我就像踏进捕鼠夹一样,踩进了色情片赤裸裸的程式陷阱。

安东尼奥叹了口气,我们点起了事后烟。安东尼奥吹出一股烟,皱起了眉头。

"有什么问题?"

他用一对微微上挑的杏眼看着我,苦涩地说:"我们不对等,这就是问题。"

"你说的不对等是……指什么?"我谨慎小心地问,当时我已经确信,他说的一定是我们的年龄。

"我是个有麻烦的人……"但安东尼奥却简短地答道。

一开始,这个有麻烦的人还不肯深聊,但很快就打开了心扉,我为了捋顺来龙去脉,很是下了一番工夫。他的故事东拉西扯,大起大落,时而语焉不详,时而曲折离奇,几乎具备了谎言所有的特点。他说,他有笔房租第二天必须付,否则房东就要扣押他的财物,包括他干活用的宝石和工具。这笔房租总数还不小,里斯本没有一个人会借给他这么多钱。他也不能去找父母,因为他们已经不想与他再有瓜葛。他还说,他父亲以前是法西斯主义者,萨拉查倒台后逃跑了(去了巴西?还是德国?)……感谢上帝他逃跑了,这个该死的酒鬼,他以前经常虐待他和母亲。当然,他母亲也有她的不是。其实她早就不想跟父亲在一起,正等着他能离开,让自己透口气。

"回到家,看到烟灰缸里插满了烟头的样子,真是太叫人心痛了。我母亲是不吸烟的。"他悲伤地说。

他又说,他把自己在德国挣下的房子留给了他的妻子,也不知是德国人还是挪威人。因为他捉到她跟别的男人睡觉,觉得恶心至极,摔门而去,从此再也没有回过家。从那一刻起,他的生活就每况愈下。

为了更好地表现每况愈下,安东尼奥竖起大拇指,向下指着。

骗子在行骗时,如果使用的是外语,会产生意想不到的效果。安东尼奥说出的句子全都很简单,没有任何情绪词汇的装饰。如果他撒谎时说的是葡萄牙语,或许败露得会非常明显。但他磕磕绊绊地说着英文,就给人以一种真话的错觉。不过,从另一方面看,他的谎话背后,一定也藏着一个真相,虽然这个真相我无从了解,于是我调出几天前的一个下午,在这间房间里边哭边看的巴西肥皂剧里的一些情节,用来更好地想象他真实的困境。虽然葡萄牙不是巴西，生活也不是肥皂剧，但一切都似乎融合得恰到好处，我安慰道："世事是难料的，安东尼奥，此刻我们或许输了，但这不代表下一刻我们不会赢……"

最神奇的事是，当我在黑暗中说出这句俗不可耐的废话时，我不仅信了，还几乎被自己感动了。

安东尼奥将我拥在怀中，哀然叹息，我们热烈长吻。这段关于人生每况愈下的小插曲，丝毫没有让我们的情欲减退。而是恰恰相反。

早晨，安东尼奥动作麻利地穿上衣服，正准备朝门口走去，突然高举双臂，在我身边的床上坐下，双手托住他好看的头。

"我该怎么办呢？"他用绝望的语气说。

我们又一起把整件事捋了一遍。问朋友借行吗？他没有朋友。他在里斯本才待了几个月，还来不及交到朋友。兄弟呢？亲戚总有吧？他有兄弟，但与他们不睦。他们是不会借钱给他的。他们从来都恨他。通融几天行吗？绝对不可能，他的房东已经搬出警察来威胁他，他会坐牢的……去赚钱呢？这笔钱短期内是绝对赚不来的。当然，有那么一个来钱的办法，有几个同性恋邀他去酒吧跳脱衣舞，他以前喝多了以后出于好玩跳过一次，跳得很开心，他对同性恋毫不反感，虽然他自己是直男，问题是，就算去跳脱衣舞,那钱也不会立即到手……他看不到出路了。肯定是要坐牢了。以牢狱之灾作为每况愈下的结局,也是很自然的……

安东尼奥的话让我的心都碎了。突然间——不知是因为早晨人的情感容易脆弱,晚上我又没有睡好,还是因为栖息在我床上的这份绝望充满了诱惑——我自己也开始自怨自艾起来。我泣不成声地告诉他,我的国家发生了一场战争,我不知道能去哪儿,能做什么,我在这个世界上孤身一人,不知道明天会怎么样,我累了,不想再强颜欢笑,我没有人保护,也没有家……这些话都是实情,虽然我并不愿意把它表述成这样,因为我觉得自己不是会说这种话的人。我的事实在太像肥皂剧了,安东尼奥无法看到这些话语所隐含的事实,当然只能把它们当作一席谎言。

但这番话真正想要隐藏的事实却是:实际上我已经打定主意要拯救安东尼奥,无论他口中的困境是真是假;我的这番突如其来的倾吐,其实只是为了延宕时间。

安东尼奥什么也没说,只是同情地抱住我。我深深地扎进他的怀中,痛哭流涕。我已经很久没有那样哭了,因为没有什么机会。一手抱着我的安东尼奥,用另外一只手迅速褪下衣裤,用他的嘴唇吻去我越来越咸涩、越来越炽热的泪水。一时间,我觉得我们是这个世上唯二的两个人。他与我,我们的伤痛是相同的。接下来,安东尼奥母亲房中插满烟头的烟灰缸突然浮现在我眼前,虽然她不吸烟;再接下来,我忘却一切,倾身坠入……

后来,依然昏沉的我,从他的怀抱中挣脱出来,走到保险箱前,拿出装着车马费的信封。

"拿着吧。"我说。

他早就知道我会松口。我是怎么知道的呢?我是从他收钱的姿势上看出来的。他仿佛一个有钱人,进城办事丢了钱包和支票夹,现在不过是物归原主。安东尼奥对我甜甜地笑着,说一定会在周日以前把钱还给我。他还记得我离开的日期是周日。

走到门口,他又停下来。他的腰背异常挺拔,穿着黑蓝格子衬衣。他停下来的样子,看起来好像在期待着什么。

"我晚上再来。"他头也不回地说。

我知道他不会再来了,这就是故事真正的结尾。他带上门的那一刻,我突然想到,安东尼奥可能是我此生第一个花钱买来的情人。上城那位干瘪的老妇,像人生旅途的乘务,又像人生交通的督查,又浮现在我面前……

下午,我在酒店与主办方吃了一顿工作餐。终于与自己的同类一起,站在了坚实的土地上。我欣喜地发现,自己好像已经把安东尼奥忘了。席间我们热烈地聊着天,聊书、聊葡萄牙文学、聊会议议题和与会人员。刚到机场并入住了同一家酒店的P.也来了。我们安排了翌日早晨来接我们的出租车,主办方的人就离开了。

"你好吗?"沉默片刻后,P.凝视着我的脸问。

"生活总是在尽其所能地模仿小说,因此好的小说大可不必贴近生活。"伊扎克·巴别尔曾写道。

当然,P.也在主办方邀请之列,事先我是知道的。我在名单上看到了他的名字。且曾暗暗希望他在看到我的名字后能够主动退出……是的,生活确实在努力模仿小说的情节,因为坐在我对面的,是我曾经的恋人,是我一生的所爱,是我曾不惜为之或与之共同赴死的男人。在我面前,在离我咫尺之遥的地方坐着的,是我多年的噩梦,是一场干扰了我太久的爱情高热,是我的软肋,是我从未痊愈的伤口……

那一刻我对他真是恨之入骨。"我很好,"我微笑着说,"特别好,当然。"然后,不知怎么的,我又提议说如果他没有什么安排的话,晚上我愿意带他去上城转转。

他当然什么安排也没有。

我认识一个人,曾跟我说起过他的爱情故事。他十七岁时爱上了一个同龄的女孩。两人在一起三年,后来分手了。她结了婚。自此之后两人再不相见。一年年过去了,他一直没有结婚,经常想着她。后来有一天,他听说她守寡了。听说后的第二天,他就在街上遇见了她,并发现她原来一直就住在自己隔壁的街区。她的女儿已成年。他们又恋爱了,爱得与过去一样深,至少他是这么说的。最初的日子既甜蜜又充满了烦恼,她总是怪他记错了事,把与其他女人做过的事情,算在了她头上。

"不是这样的!"她哭着说。"你说的事可能确实发生过,但不是跟我!"

他向她保证,确实是这样,自己没记错,真正的问题是:她忘了。

除了这个小小的龃龉之外,一切都没有变。手还是记忆中的手。只有气味是不同的。曾经的她闻起来是一个少女,如今,她已经是个成熟的女人了。

我常想象我们的会面。我曾想过,设若有天再见,我们之间会说些什么,做些什么是否能不尴尬……

此刻,我们正坐在餐馆中研究着各自要点的菜,好像这是世界上最自然不过的场景,店名也颇为讽刺,叫Primavera[①]。我们谁也不敢牵扯过去的事……整个过程中,我都在揣测P.是否还记得,能记得多少,与我的记忆又

---

① 葡萄牙语,意为:春。

相差几何。而他就像猜到了我的心思,表现得滴水不漏,不肯露一点破绽让我重提旧事。他早已带上自己的一半从我身边离去,如今再见,丝毫无意再与我那一半破镜重圆,即便只是片刻。

事实上,P.甚至连普通的日常话题也避而不谈。他不问我的近况,在哪儿生活,从事什么工作。他不问我的祖国,不问那里的战争,也不问战争期间所发生的一切——虽然所发生的事有很多。

P.把时间花在谈他最近写的小说上,以此在自己周遭筑起壁垒——用这个词来形容是恰当的。小说很无聊,此时聊它就更显得它无聊。我一边听着他说话,一边怀疑自己是不是听错了。整个过程都像一场扭曲丑陋的噩梦。在这个梦里,P.乘降落伞从远天空降里斯本某餐馆,一边对着虾子大快朵颐,汩汩灌着葡萄酒,一边上气不接下气地讲着自己的小说。

我想P.一定是把自己的小说当成了卫生棉条一类的东西(对我是有好处的!),首先小说这个话题足够中性,但对他来说又只对亲密之人谈及,而他正在与我谈。种种迹象表明,P.认为对女性叙述自己的小说,能构成一种间接的性吸引,这样的做法与他的年龄也较为相称,而且不会令他陷入任何责任之中。

"该死的男版山鲁佐德!"我暗骂。P.的策略不仅阻止了我打开记忆匣子的计划,也打消了我这样做的想法。

"你的心呢,P.?"我绝望地腹诽着。我想着P.如何残酷地剥夺了我回忆往事潸然泪下的权利。这无疑是一场凶杀。这同时也是P.的自杀。

仿佛是为了把爱情的口香糖再嚼一会儿,为了检验它是否还延展,还有没有味道,为了嗅一嗅对方的过去,再多索取一点,压榨一点,消耗一点,摇摇对方的保险箱,拿走最后一枚硬币补偿自己……我们回到酒店,上了同一张床,就好像这是不可避免的事。就好像我们必须嗅一嗅对方的气味,看看多年后的变化,我们闻起来是香还是臭,我们的唇是否还能彼此亲吻,性器是否还为彼此湿润……我们出于放纵而上床,出于贪婪而上床,出于我们有这个权利而上床,里面或许也有一丝柔情、半刻虔诚和一点纪念的意味。我们出于恨意上床,出于好奇上床,为了让对方臣服,为了再一次征服,为了再输一次,为了看看还剩下什么,为了不伤害彼此,也为了伤害彼此……

两具身体缓慢地动作,不时停下来,疑惑自己究竟在做什么。我为P.奉上与过去一样的喘息,并不指望能真正达到些什么。我从他体内缴获了我应得的尊重,惩罚他,也惩罚自己……

然后一切就结束了。我的记忆,我曾珍藏在想象与现实的抽屉中的一半，突然间意义尽失，变成了一捆过期的笔记。

第二天早上醒来，我感激地发现他已经不在了。我想我与之共眠的是一具尸体，我与它之间不再有什么剩下的东西，不再有痛楚，唯剩一点恶心，也很快就过去了……

感谢主办方，我们的会议是在里斯本外面举办的。我们谈论了过渡时期文化的改变、民族文化的式微、作家的角色，以及近来热门的知识分子的责任。到了周六下午，我们与主办方告别，回到里斯本。我与P.返程的时间相近，都在第二天早晨。我再次提议一起去上城吃饭，这次席间还有一些法国同事。

哪儿都没有安东尼奥的影子。只有一个卖玫瑰花的人，沿半明半暗的巷道走来，他穿着一件晚礼服，戴着一副白手套，油亮的黑发低低梳成马尾。他仿佛没有重量，在夜色下分开空气，与花篮一起飘然前行。P.给我买了一枝玫瑰。当时我深深地觉得，递给我花的卖花人好像是个残疾。

早晨，距离去机场还有几小时的时间，我告诉P.我要去散步。一开始他提出跟我一起去，后来突然改变了主意，说自己还是更愿意在酒店大堂坐一坐。

我朝罗西乌广场的方向走去,路面闪闪发光,这几天一直在刮的风,终于停了。我本来准备去买一盘法朵磁带留作纪念,却在人行道的咖啡座上看到了我一直在找的人。他一个人坐着,面前摆着一杯咖啡。看见我时,他微笑,招手,起身,亲了亲我的脸,我打消了买纪念品的念头,与他一起沿着自由大道慢慢走回我住的酒店,就像爱情片的大结局一样。

一路上,安东尼奥告诉我,他已经付清了房租,一切都很顺利,他母亲准备来看他,他父亲也给他打电话了,说来说去,大家到底还是一家人,他的兄弟刚有了孩子,准备请他做孩子的教父……安东尼奥这个故事的天主教式大团圆结局令我兴味索然。他也没有再提还钱的事。

"你会忘记我的,对吗?"他发现我没在听他的故事,突然甜甜地说。

烈日下,我注意到他大大的杏眼周围有两条细细的眼线,他的牙齿也因为吸烟而略显焦黄……我心中突然涌上一阵悔意,也许那是一种怜悯。我把脸贴在他的脸上,我们就这样脸贴脸地站了一会儿。在我们之间,已经没有什么需要再说的话了。

当安东尼奥与我拥抱着站在一起时,我突然看见P. 就站在马路对面。看起来好像也看到了我们,但他马上转移了视线，假装什么也没看到。

那一刻，我突然觉得，在里斯本，生活似乎想讲一个什么故事，至于这个故事是好是坏，就轮不到我来置评了。我的过去从马路对面经过，正如从会自己讲故事的生活中路过，假装没有看到我。我思索生活何以选择里斯本把我们联系在一起，这个地方对我们来说是偶然的（对我与P.来说都是，对安东尼奥来说，谁知道呢，也许亦是）。从这个方面来看，生活真的有在努力超越作家。

我又想，我第一天在闷热的雾霾中所看见的那个满街是彩票的里斯本，也许就是真正的里斯本。平淡的不凡之处，在于它稳定可测。而生活是难以预料的，此刻的输家，也许是彼刻的赢家。在里斯本，我其实买到了一张彩票，虽然还不知道结果如何。

我还想到，安东尼奥这位业余创作者，将我们之间简单的床戏，处理成了一个故事，我不知道它是否算一个爱情故事，但至少其中不乏温柔与激情的意味。而与此同时，P.作为职业作家，却将我们伟大热烈、旷日持久的爱情故事，缩略成了一场可怜的、磕磕绊绊的床戏。当然，这里面也有我的错。

我熟知的P.疏远了。我一无所知的安东尼奥却突然离我很近。此外，我甚至觉得我们是一样的，难道我们不都是以风一般的速度抛着小球在街上兜售彩票的人吗？我们运用的技巧都是以假乱真,我们制造的东西都是在下一刻即将成为泡影的幻觉。唯一的区别是,安东尼奥更精于此道。这在我们探讨文学的语境中,也可以这样说:安东尼奥是一个更好的作家。他更用心,也更无惧风险。因此他获得了报偿。虽然很不幸,世事不公,我能获得的报偿,似乎总比他能获得的更优厚。我给了他我的车马费,而这是他应得的。因为他叙述的技巧,因为他弄假成真的功力。是的,安东尼奥是我的亲人,在迥异的表面之下,我们有着相同的内核:我们都是世界的弃儿。

"不,我不会忘记你……"我轻轻地说。

"你去哪儿了?"P.闷闷不乐地问,没有看着我。

从语气听来,我刚才的观察应该不错:他确实出现在了马路对面,确实看到了我们,还转过了头。这一刻,是我们见面后第一次显得亲密,这语气是他的第一个破绽。

"我去散步了呀……"这谎言是我对这份亲密的回馈,是我伸出的手,是一次和解的邀请。

"我们该走了……"他忿忿地说,仿佛要为刚才的破绽道歉。

P.在出租车内陷入沉默,而我则心不在焉地与过于健谈的司机搭着话。他用他客籍劳工口音的德语向我陈述了他关于工作与秩序至上的世界观,说如果没有繁殖得像兔子一样快的百万安哥拉黑人，如果没有吉卜赛人、罗马尼亚人、俄罗斯人、波兰人和南斯拉夫人这些一身好吃懒做臭毛病的东欧人渣，如果没有这些人跑来小偷小摸、大吃葡萄牙面包，本来，这里的生活是可以很宜人的……

在闷热、肮脏的出租车里，我想象着时空如何在这一刻凝聚，想象在这位司机大放厥词而 P. 坚持一言不发的同时，某中子星的碎片正向海王星飞奔，我在萨格勒布的母亲正在看墨西哥连续剧；也许就在这一秒，萨拉热窝的汉娜正冒着被狙击枪击中的危险过马路，柏林的卡斯米尔正在克罗伊茨贝格闲逛，张望香气浓郁的土耳其小店……

我突然想明白了，我在里斯本买的彩票，其实中了一个罕见的大奖：我一时间悟到，自己其实什么也没失去，因此也便无需悔恨，事物就像我们自身，总是存在于某处，一时分散，一时聚合，一切都于某处妥善地保存，一切也都于某处联系在一起……在这闷热、肮脏的出租车里，突然间，我的心里小声地奏起了一首生命的赞歌……

画面在我的脑中一帧帧闪现，突然间，我看见了安东尼奥裸露的背，背停滞片刻，仿佛在期待什么。我看到自己从后面向他走去，用舌尖轻舔左右肩胛骨上散发着珍珠光泽的两条伤疤。我看到自己用同情的唾液湿润着那两个直到最近为止，还长有翅膀的地方……

我和 P. 到机场后很快分开了，虽然距离他和我登机都还有一段时间。P. 处在一种我非常熟悉的紧张状态，那是对出关和入关的神经性恐惧。他在某柜台前反复要求工作人员再次检查自己的葡萄牙签证，我默默走开了……

"签证还有效，而且您马上就要离开葡萄牙了，不是吗？"工作人员无助地重申着。

出关前，我再次回头，P. 还在柜台前，焦虑地挥舞着自己的护照。从这个距离上，我第一次发现他老了，他的头发灰白了，脸上也因为内心的疯狂而印上了黑暗的色彩。

我没有挥手，即使挥手，他也不会注意到。再说文学聚会的机会以后还会有的，至少文学聚会这东西，人们还会办下去，我这样想着，离开了。

第五章

Was ist Kunst ?[1]

---

[1] 德语,意为:什么是艺术?

53. 柏林动物园，住着活海象的水池畔，有一个不同寻常的展览。一个玻璃箱里陈列着从1961年8月21日逝世的海象罗兰腹中找到的所有物品，具体如下：

> 一枚粉红色打火机；四根雪糕棍（木制）；一枚贵宾狗形金属胸针；一只啤酒起子；一只女式手镯（大概是银的）；一根发卡；一支木头铅笔；一把儿童塑料水枪；一把塑料刀；一副墨镜；一条小项链；一根弹簧（小）；一个橡皮圈；一顶降落伞（儿童玩具）；一条长约十八英寸的铁链；四根钉子（大）；一辆绿色塑料小汽车；一把金属梳子；一枚塑料徽章；一个小玩偶；一只啤酒罐（皮尔森牌，半品脱）；一盒火柴；一只婴儿鞋；一个指南针；一把小小的汽车钥匙；四枚硬币；一把木柄刀；一只婴儿安抚奶嘴；一串钥匙（五把）；一只挂锁；一个塑料小针线包。

游客在这不同寻常的展品前看得出了神,几乎忘了害怕,也无法抗拒这样一种诗意的想法:随着时间的推移,这些物品之间产生了某种微妙而隐秘的联系。

54. 理查德①的工作室就像海象的胃。到处是各种尺寸与功用的老旧容器:几个锡罐;三本泛黑的书,像是日志;一个地球仪;四十把没有腿的椅子;一堆烧坏的灯泡;一只车胎(大的,里面还有一个小的);一把虫吃鼠咬的木梯;一柄磨损严重的铁锹,上面安了一把优雅的银制酱汁勺;一个绿色的葡萄酒瓶,粘在玻璃窗上;一面圆镜,用绳子吊在天花板上,镜中倒映着一个线团;几个鸟窝;几座没有指针的街钟;几块路牌;一张塑料桌布,印着茂密的常春藤;一堆图案与尺寸各异的碎瓷片;一个写着火焰之翼的纸板箱;空玻璃罐;弹簧;钉子;工具……

55. 魔鬼山是柏林最大的山,高 115 米,山体绿草如茵,覆盖着柏林在"二战"后清理出的 2600 万立方米碎石瓦砾。魔鬼山、岛民山、碉堡山,柏林这三座人造山容纳了总共一亿吨的城市废料。

---

① Richard Wentworth,英国艺术家。理查德与他自身如有雷同,纯属有意,也纯属巧合。——原注

魔鬼山就像一头吞噬了太多东西的海象。而躺在动物园灰色混凝土池畔的海象，看起来也像一堆混凝土，一座人造的山。

56．理查德车里的状况与他的工作室一模一样。东西堆得到处都是：锤子、钉子、旧盒子、大箱子。理查德开车很紧张，经常一个急刹车令所有东西都疯了似的东倒西歪，简直要冲出车外。理查德的前车厢里贴满了写着德语单词的小纸片，定冠词 der、die 和 das 下都狠狠地画着下划线。理查德就是这样学习德语的。

"Was ist Kunst，理查德？"我从面前的挡风玻璃上揭下一张写着 die Kunst 的纸条。

57．那张印满茂密常春藤的塑料桌布是理查德在一个土耳其小店里买的。他用很多很多小房子和小孩的模型在地上摆了个小村子，然后把这张常春藤桌布盖在了村子上，桌布上剪了几个开口，几个小屋顶小烟囱就从这里冒了出来。

"这是什么？"我问理查德。

"我不知道，我喜欢塑料的质感。"他说。

58．施恩豪瑟大道上，最古老的犹太公墓长满了茂密的常春藤。这种墨绿色的植物,魔鬼般的攀爬者,缠住树木,绕上雕塑,爬过破裂或倒伏的墓碑,覆盖小径,攀上周遭房屋的围墙。

墓碑的破裂是纳粹所为。许多坟墓一直敞开着。有些还曾被犹太人用作临时避难所,在被捉进集中营以前。

周遭房屋窗子里的人们过着平凡的生活。生者与死者、过去与现在都生活在一起,不可分割。

59. 柏林所有事物之间有着最丰富的关联。柏林就是魔鬼山,是一头海象,吞下了太多难以消化的东西。这就是为什么人走在柏林街头时必须特别小心,否则走着走着就可能踩到了别人的屋顶。沥青只是覆盖在骸骨上的一层薄薄的壳。黄色的星星、黑色的万字符、红色的刀斧……在行人脚下噼啪作响,像是一群蟑螂。

60. 大约三十年前,忒勒玛科斯——不是奥林匹斯山上的那个天神,而是山下村子里一个同名的凡人——来到柏林。他是一位无信仰人士,凭一把巴拉玛琴在柏林各酒馆卖艺,换点烟酒钱。

在 Terzo Mondo[①] 酒馆中,忒勒玛科斯兴奋地告诉我,

---

① 意大利语,意为:第三世界。

世界是一个整体，所有的事物都是彼此相连的。比如，1989年11月，忒勒玛科斯做了一个不同寻常的梦：他看见了两把交叉的斧头，而他自己，忒勒玛科斯，正在磨这两把斧头。

"这东西本身，我是指斧头，对我来说并不陌生。我小时候还曾以替人劈柴为生。"忒勒玛科斯说。

就在第二天，柏林墙倒下了。忒勒玛科斯的第一反应是，是自己的梦导致了柏林墙的倒塌。四年来，他一直在努力召回那个梦，想在梦中把那两把斧头分开。

"你们国家的战争，恐怕是我挑起的。"他对我说。

61．"Was ist Kunst？"我问一个同事。

"艺术是为捍卫世界的整体性及事物间的隐秘联系而做出的努力……只有真正的艺术，才能在我妻子小拇指的指甲与神户大地震之间建立起隐秘的联系。"我的同事说道。

62．理查德办了一个名为没有地图的旅行的展览。在挑高很高的展厅里，他立了很多细长的耙子，每根耙子上都顶着一个大瓷盘，盘口朝上，抵在天花板上。参观者就戴着安全帽，在耙子林间小心穿行，以免碰到耙子，把盘子撞下来。

"我懂了,这是一片魔法森林,盘子就是树冠,树冠托着天。"我说。

"你为什么会觉得这是一片魔法森林?"理查德问。

"因为你必须要小心呀。人在魔法森林里,总是要特别小心的……"

63. "施罗德先生!Was ist Kunst?"我问我们的邮递员。

"这个词本身就是答案。"施罗德先生说着,用铅笔在信封上画了一个箭头,坚决地指向右上角的邮票,接着把信递给了我。

64. 理查德之所以将盘子抵在天花板上,下面用细长的耙子支住,是希望通过这一行为:

(1)加深渴望的程度(人们在展馆中走来走去的时候会不自觉地仰起他们的脖子,看着天花板;这个肢体动作本身,以及它所带来的视角变化,都会提醒人们注意其他世界的存在);

(2)提高愉悦的水平(人只有在做愚蠢或出格的事情时才会感到愉悦);

(3)打破维度监狱的墙壁(我们都被关在监狱中,因为我们都被关在自己体内,习惯了既有的形式与维度);

（4）再次运用他最爱的垂直（垂直象征着延伸、突破、力争上游……）。

我跟着理查德重复我喜欢的一些词：快乐、愉悦、扩展、抵达……

"渴望……"理查德说，想着天花板上的盘子……

"对，渴望……"我说。

65．理查德在柏林跳蚤市场一逛就是几个小时。他那些瓷盘就是在这里买下，拖回工作室的。躲在洞穴里，理查德细细检视着他的珍宝。所有的盘子都不一样，它们的气味不同，个性也不同。有些盘子深，有些盘子浅，有些盘子大，有些盘子小，有的做这个用，有的做那个用，有的残破，有的完整，有的富贵，有的穷酸，有的便宜，有的昂贵。就像人一样。

理查德相信，自己这是在拯救盘子，免得它们被毁掉。理查德热爱家庭生活，因此他也为盘子们编织了一个家庭。"我在组建一个家庭。"他说。

每一个盘子都有它自己的生平故事。有的是法国来的，有的是德国来的，盘底印着一个小万字符，有意大利的（上面有英国的风景！），有土耳其的，有德国美占区的，还有东德的……

"它们曾经那么寂寞，而现在，有了其他盘子的陪伴，我想它们都很高兴……"

理查德花了好几天,仔仔细细地洗干净了这些盘子。就连那些用不上的,他不喜欢的,也都洗掉了……

"这就像是在清洗你自己的身体……清洗是一种私密的检查。你会在皮肤上发现痣、小伤疤,还有各种过去从没注意到的痕迹。清洗从跳蚤市场买来的盘子无异于一种半宗教性的仪式。在清洗的过程中,你会跟它们逐渐亲密起来……每个盘子独有的形象都是在这种观看中逐渐建立起来的。它们盛满了各种料理,它们之间充满交谈。我能听见。比如,土耳其盘子与法国盘子之间就经常发生碰撞……"理查德这样谈到自己的盘子。

"这么说来,器物与人类似乎没有区别……"我说。

"的确如此。我在跳蚤市场找到一本'一战'期间违禁摄影集,里面有很多尸体,码得整整齐齐。德国人那堆跟法国人那堆隔得很开……这本集子我就不给你看了。"

66. "马拉电车已经消失,有轨电车很快也将绝迹,倘若日后,某个二十一世纪二十年代的作家,写他人之不写,要来讲一讲我们的年代,他就会走进技术史博物馆,看见一辆百岁高龄的老街车,发黄,粗笨,里面装着老式弧形座位;还会走进服饰博物馆,在那里刨出一套黑色底子、铜扣闪亮的售票员制服。然后,他就可以回去编写他的柏林昔日街景了。每样东西，每一个无足轻重的细节，都突然变得有价值、有意义：售票员的票夹，窗户上方张贴的广告，还有车厢特有的颠簸，我们的重孙辈或许只能通过想象来体会了——一切都会因为年代久远而变得高贵而合理。

我想，文学创作的意义就有赖于此：描绘出普普通通的东西映照在仁慈的未来之镜中的样子；发现身边事物只有在遥远的将来才能为我们的后人所分辨和欣赏的那种芬芳的柔情，到了那时，我们平淡而琐碎的日常本身都已变得精美而令人怀念。弗拉基米尔·纳博科夫在《柏林向导》中这样写道。

67．理查德一共在柏林街头找到四十四把没人要的椅子，并为它们办了一个展。

"它们都太累了。我希望每个人都能认识到，它们不是椅子，而是曾是椅子的东西。记忆其实是一种爱的行动。"理查德说。

68．佐兰说："这个故事发生在波斯尼亚，我们亲戚家。"孩子们放学回来，说他们在学校学了太阳系。

"那是一个冬天。我在一张纸上画出太阳系。我一直对太阳系和南斯拉夫社会主义联邦共和国的各共和国、地区及其主要城市很熟。我喜欢教书。当时爷爷也在,就坐在厨房里,已经有一百岁了,他说:'这些事我在奥匈帝国军中也学过,什么地球是圆的,会转,但那时他们说这只是一个假说。'

"厨房里洋溢着牛奶味。

"也是在那个厨房里,还有一台电视机。在那个波斯尼亚的小村,在我们亲戚的家里,电视机是这样看的:七点半,吃完晚饭,开机,看到八点半,大家睡觉。没有人在乎电视机里在放什么,也无所谓开机时节目是不是早已开始,关机时是不是还没结束。大家只是准时坐到电视机前,看着电视机里的面孔,讨论他们长得像谁……

看看这个人,上帝保佑,他的鼻子长得跟我们邮递员的一模一样……"

69. 艺术家西蒙·阿蒂做了一个名叫《投影再现》的装置作品,旨在将过去生活的片段,植入当下的视界。幻灯片将谷仓区的街景投在墙上,那里曾是柏林著名的犹太人聚居区。在当下的影像之上,西蒙·阿蒂又投射了过去同一地点的灰白照片。

参观者会慢慢发现,自己正在从一个观察者,变成这样一幅场景的偷窥者和见证者:奥拉宁堡大街一幢废弃大楼空荡荡的窗子后面,过往突然复活。过去的生活渗入并侵蚀着现下的表面，如同一块湿痕——这种全息效果令参观者的内心充满了不安的痛楚。突然之间，遗忘仿佛只是记忆的另一种形式，而记忆也不过是另一种遗忘罢了。

70．"Was ist Kunst？"在楼梯上遇到我的中国邻居时，我问他。

"我不知道，"他说，"虽然我会说英语，但就连我自己说的英语，有时候我都不能理解，更别说理解你说的英语了。"

"哦——"我说。

"不过你也别担心。反正我现在连自己说的汉语都听不懂了。"我的中国邻居无奈地说着，继续往楼上走去。

71．理查德的装置艺术就像马戏团，所不同的是，其中表演的不是动物与人，而是器物。理查德自己就像一个驯兽师或杂耍艺人，训练那些沉重的器物一一变得轻盈。

比如，在确认了丹麦旗杆底座与丹麦椅子腿的尺寸一样之后，理查德将一条椅子腿安在了哥本哈根一座建筑楼顶的旗杆上。于是，人们便可以看到一把丹麦椅子，而不是丹麦国旗，在空中飘扬。

理查德训练笨重的桌子用独腿站立。理查德在巨型金属板间放入脆弱的灯泡，教它们切勿将灯泡压碎。理查德把玻璃瓶放在最不该放的地方，随时可能掉下来摔碎。理查德训练拐杖去做本职工作之外的事。他把一块玻璃垂直粘在墙面上，教一支拐杖站在玻璃板的边缘。拐杖没有掉下来。理查德还会在很重的容器一侧底下垫个玻璃杯，教它们倾至极限却不倒下。理查德用锡片做成小房子，然后命令它们屋顶朝下挂在空中。理查德喜欢瓷盘，总是把它们摆在最高的地方，用最细的棍子撑住，看它能坚持多久，会不会摔下来。理查德的盘子从没摔下来过。

理查德喜欢表现互不相容的事物之间的爱，把八竿子打不着的东西结合在一起，比如在一只套着最为精细的麻布枕套的软枕上放一把粗陋的建筑铁锹，比如在柔软的波斯地毯下铺一层粗硬的铁丝网，他还经常用温软的丝绸摩挲冰冷的锡器……

"真希望我也能做到这样……"我说。

"我不知道用文字该怎么做。"理查德说。

72. 理查德就像野狗，整天在柏林街头嗅来嗅去。

"柏林的街上到处都是信息。柏林是世上最迷人的垃圾堆。柏林是世界的垃圾之都。每一个角落都能闻到腐烂的气味。在这里，全球消化过程之恐怖与痛苦显露无遗。至于跳蚤市场……可以说，在我见过的所有敞开的消化道中，柏林跳蚤市场的形象是最迷人，也最吓人的……"

73. "Was ist Kunst？" 我问西塞尔。

"我不知道……艺术行动总是对世界的某种改变。"西塞尔说。

74. 理查德旅行从来不带地图。他收集锡罐，然后嵌入大张的锡皮。这些锡皮看起来就像是一张张星图。其中一个装置被他命名为《世界的汤》，因为里面所有的罐头都是汤罐头。我把俄罗斯极简主义作家列瓦送给我的一个苏联炼乳罐头转送了理查德。

除了罐头，理查德还收集旧灯泡。

"不知道为什么，我完全无力抗拒灯泡的吸引。而且，灯泡这种器物其实很聪明。"他说。

"难道还有笨的器物吗？"

"当然。"理查德说。

理查德把他的灯泡放在网笼里，放在普通的购物网兜里，放在篮筐里。日光的照射下，圆圆的灯泡在网中挤来挤去，组成各种形状，仿佛神秘的天外来客……

"它们简直就是许多个奥黛丽·赫本，又纤巧，又脆弱……"我说。

75. 斯涅扎娜说："冬天晚上，我父亲总喜欢打开通往门廊的门,看着外面楼角上照亮院子的灯泡。他在等雪。

"如果我们有人走过去,他就会饱含深意地转过身,好像是为了给自己久久站在寒冷中找一个合理的解释,说一句要出雪了或者雪还没出。

"哥哥、母亲和我也经常站在敞开的门边,跟他一起等第一片雪花从灯泡的光晕中落下。我们会高兴地大喊:出雪了!出雪了!

"后来我发现,根本没有出雪这种说法,是我父亲自己造的。但由于我不知道该用什么词来形容第一片雪花落下来,接下来会有一场雪这件事,所以一直到今天,看着窗外的冬夜时,我还是会经常说:出雪了……"

76. "Was ist Kunst?"我问我的邻居布丽吉特。

"我不知道。我总是在诗里写一些无关紧要的东西,这样就可以不去写最重要的东西,就像我总是画一些无关紧要的东西,这样就可以不去画最重要的东西一样。"布丽吉特说。

77. 理查德说:"柏林的悲伤来自沥青。"理查德说:"这个世界充满了混乱的风险。"理查德说:"我能看到的只是世界上的一些事件。"理查德说:"我已经和器物结婚了。"理查德说:"我在器物中发现韵律,并为它们寻找各自的亲人。"理查德说:"我喜欢检测器物与维度,它们的容量与潜力。"理查德说:"我喜欢把一件器物放在另一件器物的上面,也喜欢把一件器物放在另一件器物的里面。"理查德说:"柏林是一座被切成了碎块的城市。"理查德还说:"我正在与这座城市恋爱。"

78. 理查德做了一本书,里面有117张柏林的照片,叫作《柏林地标》。书的第一页是一张柏林锁眼的照片(柏林的锁眼很特别,看起来就像小钩子!),最后一页上是破裂的沥青。理查德相信,柏林的沥青非常与众不同。

"全世界的沥青都没有柏林这么容易开裂的。"他说。

理查德总是带着他的照相机。理查德觉得整个城市,和它的每个细节,都无时无刻不在对他讲述自己的故事。

"我只有专注于碎片,偷偷拍上一张照片……才能摆脱这种感觉。"理查德说。

理查德的照片是35毫米的思想,是带框的思想,这种谦称是为了说明:思想是没有边界的。

79. "柏林就是魔鬼山,"我说,"覆盖在冷漠之草下的癫狂。柏林就像一块海绵,已经吸饱了癫狂的水分。也许这就是为什么,整座城市都这样灰暗,这样压抑。然而癫狂就像湿痕一样,是很难掩藏的。它总会从某个地方渗出来……在路人身上，在戴着老式礼帽和舞会手套的老妇人身上，她们早已忘记年龄与时间为何物……在漫步在爱因斯坦咖啡馆花园的那只兔子身上；多年以来，兔子在两堵墙的夹缝中生存繁衍，总共有上千只，它便是其中之一，某一天突然消失了，不知去了哪里……在卡迪威百货的顶楼，越过你点的鲜虾鸡尾酒和香槟，以及巨大的玻璃穹顶，可以看见维滕贝格广场上的一块路牌，上面刻着许许多多德国集中营的名字，作为一种警示。到处都是湿痕。这就是为什么，这里路上的沥青都那么容易开裂。"我对理查德说。

80. 在一个意大利餐馆中，一个深色皮肤的意大利侍者来到我桌前，将账单递给我。

"不劳您说德语……"他用带有浓浓波斯尼亚口音的克罗地亚语打断了我。

"你是哪里人？"我立即会意，问这位同胞。

"伊朗。"他说。

"怎么会呢……我没明白……"

"我在萨拉热窝上过学……"

"哦？！"

"不过，嘘——我在这里都假装自己是意大利人。"

他将我送到门口。

"Ciao.①"他眨眨眼,说道。

"Ciao."我也不无困惑地眨了眨眼。

81. 魔鬼山上的魔鬼用它们看不见的手指,熟练地把时间、地点和人都打乱重组,像洗牌一样。我曾认识的人,我现在认识的人,我尚未认识的人,都像流星,像另一世的幻影,像梦魇中的鬼脸一般,在柏林的街头一闪而逝,在我体内,在过去、现在与未来中相遇又交错。

以下,是迄今为止在柏林出现过的人:来自莫斯科的A.,来自伦敦的M.,来自阿姆斯特丹的D.,来自伦敦的I.,来自萨拉热窝的A.,来自巴黎的R.,来自萨格勒布的D.,来自马瑙斯的M.,来自伦敦的D.,来自贝尔格莱德的J.,来自波士顿的D.,来自维也纳的H.……

82. "但要问我在柏林碰到的最奇怪的事,那就不得不说哈登贝格太太了。哈登贝格太太是我的第一位德语老师。有时她会请我们去她家玩。有一回,我不小心看到了她的卧室。墙上有一块很大的板。板上固定着很多鸟的图片,我想是从《国家地理》一类的杂志上剪下来的,剪得十分仔细。这并不奇怪,奇怪的是,每一只鸟的头都被剪

---

① 意大利语,此处意为:再见。

了下来。鸟头的位置都贴上了男人的照片,是宝丽来相机拍的那种大头照。我觉得这些都是她的情人。"社会学家兹拉托米尔说。

83. 我与理查德坐在普伦茨劳大道天文馆巨大的穹顶之下,把脚搁在面前的空座上。一场星雨从天而降。小小的人造星星不断从我们上空滑落,我轻轻地问他:"艺术是什么,理查德?"

"我不知道。一种必然与控制重力有关,但又不是飞翔的行动。"理查德说。

84. 我的桌上有张泛黄的照片。三个不知名的女人在洗澡。对这张照片我了解的不多,只知道它摄于本世纪初,地点是帕克拉河。那是一条非常小的小河,就在我出生与成长的小镇不远处。

这张照片我一直带在身边,就像一张符,虽然它的实际意味对我来说并不明确。它暗哑发黄的画面仿佛有催眠的力量,令我着迷。有时我会久久地望着它,什么也不想。有时则把全副精神投入河中三个女人的倒影里,投入她们正对我的脸庞。我沉浸其中,仿佛要解开一个谜团,找出一条裂缝,一条隐藏的通道,顺着它可以滑入另一个空间,另一个时间。我对比了她们手臂的姿势:都弯折起来，好像一双翅膀。明镜般的水面暴露出她们的泳衣试图掩藏的东西：水中浮现着裸露乳房的清晰倒影。画面的右下角漂着四只葫芦，以前的人把它当作游泳圈。女人们站在齐腰深的水中，周遭浮动着一种梦境般的迷雾，锁住了光线。她们似乎在期待着什么。不知为何，我很确定她们在等的绝不是照相机的快门声。

85. 鸟禽馆鹦鹉区有各种各样的大型鹦鹉，就是没有游客。玻璃房的人工照明下，只有我坐在长凳上，面前是世界上最大的鹦鹉，紫蓝金刚鹦鹉。华丽的铃兰色巨鸟与我沉默对视。我平静地咀嚼着面包：手指弯成螯状，把面包一小片一小片地掰下来，送进嘴里。蓝色鹦鹉注视着我，仿佛着了魔。

第六章

合 照

我摆弄着一件毫无价值的纪念品，那是我们唯一的合照。照片左起（是左起吗？）第一个应该是黑眼睛的奴莎，然后是宽脸庞的多蒂，她的眼神总是很锐利，接着是伊凡娜，她的脸上带着如水的微笑，再是古铜色的阿尔玛，再是严谨、可靠的玎卡，最后是我，人们都说我有一张娃娃脸，有一具我丰满的祖先通过嗜权如命的基因传给我的身体。尼娜和汉娜不在照片里，那晚她们没有来……

我将另一张照片放在我们空白的合照边，这张照片我虽不了解，但总带在身边。它摄于本世纪之初，已经泛黄，它仿佛一盏守在模糊的玻璃窗后的灯，又好像一个神秘的手势，鼓励我去复原那张空白的合照。召唤回忆这类亲密的仪式，如果没有法器，是很难践行的，尤其当回忆只对回忆的持有者有意义的时候。

我们空白的合照是几年前一起吃饭时拍的，我想要记住那次晚餐。但也完全有可能，这张照片从来也没有被拍下来过，也许根本就是我的杜撰，也许那白色相纸上所投射的脸都是我的想象,也许我所记录下的一切,都从未发生过。

因为在我手中的,说到底,也不过是一张空白的相纸罢了……

I

"于是,事情就这样决定了,年轻人阿尔弗雷德被带进来,

他纤弱精致,淡蓝色的肩膀后扑扇着一对翅膀,

翅膀上,点缀着涟漪般玫瑰色的光,仿佛两只在天堂嬉戏的白鸽。"

——伊扎克·巴别尔

我们由奶酪舒芙蕾开始……

我们的第一道菜,奶酪舒芙蕾,是阿尔玛带来的。

"嗯……真棒呀……"多蒂响亮地咂了咂嘴。

"简直是神迹呐……"伊凡娜说。

"完全没有塌啊……"玎卡说。

"我做的总是塌……"奴莎说。

"噢,算了吧……你做的怎么总是塌……"阿尔玛说。

"你做的肯定也不会塌。"我说,伸手去拿第二块。

我真的是这样想的。因为奴莎这个人,是个完美主义者。有一回,她甚至为我们办了一次粉红晚餐。每样东西,从盘子、蜡烛到餐巾甚至所有食物,都是赤褐色调的。我到现在还记得,前菜有红鱼子酱和玫瑰虾,主菜是迷迭香和牛奶做的三文鱼,甜点是淡橘色焦糖布丁……最后还有珊瑚色的桃仁小糖球,每一颗都是奴莎自己搓的,还配了一支进口粉红葡萄酒。

诚然，我们每个人都有各自擅长的领域。奴莎擅长轻食，玎卡则恰恰相反。去玎卡家吃饭是正儿八经的吃饭。玎卡会给我们上 kulen，一种热香肠，还会上一种小号的香肠，我们戏称是 kulen 的小妹妹（出于姐妹情谊，我们特别喜欢这些小妹妹），玎卡会拿出她自己做的脆烤猪皮和手工香肠、火腿、胡椒白奶酪，还有重磅斯拉沃尼亚系的甜点，这种甜点深得甜点精髓，面粉放得很少，但加入了大量鸡蛋、核桃和罂粟籽。

每次去贝尔格莱德，伊凡娜都会带当地的特产乡村奶酪和 kajmak[①] 回来。我们就就着伊凡娜自己烤的热面包全吃完。

汉娜从萨拉热窝来看我们时，总会带一大盒眼花缭乱的土耳其甜品。汉娜的盒子里有 baklava（千层酥）和玫瑰花瓣做的升级版 baklava，有裹着糖浆蜂蜜柠檬汁的 urmašice（土耳其油粿），还有将前述一切解构重组的 kadaif，在酥脆的底坯上，铺满各种甜馅料，还裱上了甜甜的裱花。

阿尔玛是我们公推的面食女王，而我做的东西里最受姑娘们欢迎的，大概就只是色拉。

只有尼娜不喜欢做饭。她对生活不可缺少的烹饪丝毫

---

① 一种用水牛奶做成的奶油。

不感兴趣。她自己吃得很少,很多东西不吃,就像一只猫。

我们还有一道大师级的甜品,多蒂偶尔会做,全世界独一无二,我们称为多蒂的篮子。首先要用面坯做出篮子(多蒂会直接用手捏,而不用模具),烤熟后静置一到两天,让它们休息。然后在篮子里填上特制巧克力酱,再在中心放上一颗红得发黑的酸樱桃。就是这颗樱桃,这颗跳动在酥脆面点篮和甜蜜巧克力之中的苦涩的心,总是令我们沉醉到发狂……

中年是一场与胆固醇的战役

我们的晚餐由奶酪舒芙蕾开始,过渡并停留在杏仁粒淋橘酱烤鸡上,最后以多蒂的篮子结束。用完甜点我们转移到玎卡的客厅中,一个个像半死不活的锦鲤般四下里瘫倒。

"女孩们,我们来摆牌阵吧?"阿尔玛懒洋洋地说。

谁也没有动一动。

"我们可以来反思一下,我们为什么越吃越多……"伊凡娜叹了口气说,语气中半带责备。

是的,随着时间的推移,我们的聚会越来越像胡吃海塞的饕餮大会。虽说越吃越多,但我们也确实在越来越频繁地节食。同时,我们都越来越热衷于探讨各种可能的节食法以及它们在理论上的可行性,但对实践它们却没有太大的兴趣。我们对一经获得，概不退换的脂肪细胞了若指掌，深知以大米为主的饮食、以香蕉牛奶为主的饮食、根据月相调节的饮食分别有什么好处，也明白只吃肉或只喝蔬果汁的危害。当然，我们中也不是每个人都对这个话题感兴趣。阿尔玛、尼娜和奴莎就对这些事一无所知，也许这是因为她们身上好像还都没有长什么脂肪细胞。

"女孩们，我觉得，我们都快到与胆固醇作战的年龄了……"

我们自称女孩，其实我们早都不是那个年纪了。多蒂说得没错，我们的确该认真考虑与胆固醇作战的事了。更直白地说就是：我们的确已届中年了。

中年的我们，每一天都在与日常的失调战斗，无论怎样努力，战役都愈演愈烈。我们的白天好像变短了……从隐喻层面上说，中年好像一艘漏水的船，我们忙于阻塞漏洞，谁也不去想这艘船有一天是要沉的。相反，我们都乐观地相信，我们通过努力不仅可以让船看起来焕然一新，而且能让它真的成为一条新船。我们的中年就像日常不断遭到的恐怖袭击，天天有一堆事等我们去处理：电视机又坏了，洗衣机又不转了，孩子马上要考试，丈夫坐骨神经痛，你自己要准备会议文稿，文稿的一半已被电脑侵吞，而你母亲要你带她去水疗……中年的我们还在告诉自己，一切尚能接受，虽然偶然会在这里看到一条皱纹，那里看到一条褶子,虽然上楼时喘气的声音比以前粗了一点,衣服的尺寸比以前大了一点,但还没大到加大,还没那么难为情,所以,一切尚能接受,还在可控范围。不要紧,虽然有点焦虑,有点不详的预感,虽然脸上有时也有恐惧像老鼠的影子一般滑过,但总体而言一切尚能接受,还在可控范围。没关系,虽然有各种东西要粘,要缝,要补,要擦,要修,要堵,要上光,要兼顾,但除此之外其他的一切,感谢上帝,多少可以说泰然无事……

"说真的,同学们,我们来摆牌阵吧,不然我要睡着了……"奴莎说,打起了哈欠。以前我们都没发现,原来奴莎也会一连打好几个哈欠。

我们曾是大学女孩

我们都曾在大学工作。玎卡、阿尔玛、多蒂和我就职于萨格勒布大学,伊凡娜来自贝尔格莱德一所文学学院,曾到美国去读了个硕士学位,汉娜在萨拉热窝教书,尼娜则是某省大专院校的老师。

我不记得我们的"姐妹社团"是什么时候开始的了,也许是二十年前念研究生时。我们每两到三个月聚一次,有时聚得更勤。我们像青蛙蜕皮一样蜕下一切:密友、丈夫、情人、家庭生活、孩子。我们轻装上阵,卸下一切包袄，以自己最好的样子，出现在彼此面前。我们像洗桑拿一样享受那些夜晚，用自己蒸腾出的热量来温暖自己。我们说很多话，像生日派对上的孩子一样笑闹得满脸通红，我们串闲话，交换琐碎的事，零星的想法，聊电影、聊书、聊话剧、聊时尚。我们分享生活信息，所以我们的发型师、美容师、形体老师和裁缝都是同一批人……

我们每个人都有一个特定的对象，在她的身上，我们看到我们的理想中的自己。但这个对象是不固定的，会像洗牌一样换来换去。一开始，多蒂最喜欢的是奴莎，因为奴莎与她恰为互补，尼娜似乎只跟阿尔玛交心，汉娜与尼娜的联系比较多，阿尔玛与伊凡娜跟玎卡比较要好，而我最喜欢的是伊凡娜……

我们之间唯独不聊政治。多蒂自己有一段由来已久的政治故事。阿尔玛对政治完全不关心。奴莎对旧帝国有一种朦胧的、因此也便十分美好的怀旧之情。这种怀旧之情的根源，也许是奴莎外公外婆的浪漫故事。他们在大革命后从俄国出逃，途径萨格勒布，决定留下。玎卡认为议政是傻子才做的事。事实上，我们所有人多多少少都认同这一点：像政治这样枯燥无趣的活动，当然肯定是傻子……和男人才会做的。

"快点啦，玎卡，把牌找出来，我们来摆牌阵吧……"阿尔玛说。

"摆牌阵干吗,反正我都已经知道了……"奴莎有点情绪地说。她心情不好倒不是因为生活,更多是因为吃多了。

我们走在地表之上十厘米处

在我们生活的小镇上,家宅都很小,天花板都很低;人们生死都在同一个家里,都像蝾螈一样,喜静不喜动;家家都把自家的历史,像廉价纪念品一样保存起来,也像清理廉价纪念品一样,为它们除尘,连过时的旗帜也不肯扔掉,因为谁也不知道,也许什么时候它们又会有用……我们生活周遭的人有着非常简单非常明确的基因信息:生存。在我们生活的小镇里,人们走起路来永远有点溜着墙根(看起东西来永远有点斜着眼睛,就像兔子一样),他们的脸颊永远警惕着,因为他们永远不知道耳光会从哪一个方向扇过来。在我们生活的小镇里,人们侍养仇恨就像侍养家中的假花(丑陋,积灰,常青)。在我们生活的小镇里,到处是阴暗的角落,生命如草芥,因而消耗得很快;恨意从不曾彻底消解,爱意则总是波澜不惊;这里的窗帘永远是拉上的(这样我们的邻居就无法偷看我们晚餐吃了什么),这里的窗帘同时又总是留着一条缝(这样我们就可以偷看到邻居的餐桌)。在我们生活的小镇上,生命不过是一份又一份的个人材料,而生命中的重大事件,不过是材料中的一个无足轻重的亮点。

也许这就是为什么,我们都走在地表之上十厘米处。在我们那里,这句话将两种人区分开来:当大部分人都努力脚踏实地的时候,我们则坚持为这十厘米的权利奋斗着。许多年里,文学对我们的这种脚不沾尘起到了很大的帮助。后来我们则纷纷落回了地面。因为如你所知,所有妄图征服地心引力的人,都终究是要失败的。

"好吧,同学们,既然大家都不摆牌阵,那我就要回去了……"多蒂说。

我们摆了牌阵

我们之所以要摆牌阵,似乎也是出于对抗日常地心引力的目的。塔罗牌是一部关乎生活、生存障碍及最终奖励的童话,一本鲜艳的成人绘本,其乐趣并非源于同一个故事的反复重述,而是各种可能的大量组合。在这个意义上,塔罗牌也是一种文学,在这种文学中,文本的力量取决于解牌人的功力与聆听者的想象。

摆牌阵的惯例最先是玎卡兴起的(名字则是我们自己取的),我们都觉得延续下去挺不错。汉娜来萨格勒布玩时,还会带来一种新的维度:咖啡渣算命。汉娜还会看手相（不过我们觉得看手相是严肃的事，因此不拿它玩乐），她还懂一些东方的茶叶算命（我们很想试一试，但我们不喝茶），她还会撒豆算命（这个就比较有……偏方之嫌了）。

要说谁真的相信有灵异世界，那其实只有多蒂一人。但由于我们对这个话题都感兴趣，阿尔玛有段时间去看过精神分析师，奴莎参加过灵修，学过脉轮、曼陀罗，后来又都不玩了。至于伊凡娜，连圣诞老人她都归于灵异范畴，她觉得圣诞老人很有意思，这主要因为它总是给人们带去欢乐。

我们觉得星座比较俗，所以我们不聊星座。

有一段时间我曾迷恋过俄罗斯先锋派作家多伊夫伯·列文。这个人在二十世纪三十年代像他的很多同代人一样被时代吞没了，他的小说《忒奥克里托斯历险记》也失传了。列文同代人中活下来的人都能证实这本书的存在。所以，我在疯迷列文的那段时间里，曾游说我的这些女同学们去研究研究招魂术，理由是这对我的学术论文有好处。

"想一想，如果我们能与曼德尔施塔姆、皮利尼亚克、布尔加科夫这些人取得联系，将会学到多少！？"

结果令我大失所望，姑娘们都充满厌恶地驳回了这一提议，好像我要她们去研究的不是招魂，而是

haruspication，一种用刚屠宰的动物身上取来的新鲜肝脏进行占卜的方法。

只有对塔罗牌，我们是一致、全心拥护的，就连新纪元运动光临我镇这样闭塞的小地方时所带来的一些新式灵异占卜法，也没能撼动它的位置。

在我们之中，摆牌阵的人永远是玎卡，阿尔玛会帮她一起解牌，我们其他人只负责听。玎卡的牌阵永远是凯尔特式的。连她给我们每人发的宫廷卡，几年来都从未变过。唯一改变的是我们向命运提出的问题，以及我们对摆牌阵的热情。

一开始有很长一段时间，我们对摆牌阵很有热情，当时我们感兴趣的问题有很多，关于爱情，关于生命，关于死亡，或者诚实地说，就只是关于爱情。后来有过一段时期，我们的问题转向了是否能拿到博士学位（看看我博士能不能顺利毕业！）再后来，问题开始涉及家庭生活、孩子及现实性问题……此后又有一段时间，突然间我们都没有了问题，那是一段想象力匮乏的时期，可能我们匮乏的是恐惧，谁知道呢，但是为了牌阵能继续摆下去，我们就杜撰一些问题出来。只有伊凡娜永远在问同一个问题——她能不能有孩子——由于她总是诚心在问，我们也都试图保持各自的热情。多蒂也有一个长期在问的问题——她能不能拿到护照——后来，不知是纸牌还是当局屈服了，她拿到了护照。

随着时间的推移，我们越来越潦草。玎卡不再用心解牌了。摆牌的目的不再是算命，而仅仅成了娱乐。当权杖牌出现时，她会说："纸牌说得很明白了。你们很快都会有艳遇了……"

这都是因为那个阶段……那个与胆固醇作战的阶段。在那以前，我们对现实充满期待，总是很容易就能把纸牌上的图案、色彩与符号与现实联系在一起。而现在，那个现实已经干涸了，也许它从来就是干涸的，只不过现在的我们已经丧失了为它注入水分的想象力……随着时间的推移，我们知道了生活的套路，它总是给出最廉价的解决方案，而我们自己也已无力再用内心的光和热去照亮纸牌上的图片与文字。除此，我们也更喜欢去相信表面之下的意味，从黑暗的、逆向的角度去解牌，而不再相信它光明的一面了……

　　　　　　"咚咚咚！""谁呀？"
　　　　　　"天堂来的天使！"

"怎么说？我们是摆牌阵呢，还是回家……？"阿尔玛最后拍板问道。

"我们先算谁？"玎卡机械地问，拿起纸牌。

"我没什么好问的,结果总是一样……"奴莎推却说。

就在玎卡洗完牌,正在切牌的瞬间,突然停电了。

"见鬼!……"玎卡生气地说。

"不会又限制用电了吧?"伊凡娜低声说。

玎卡找出蜡烛点燃,回到牌垛前。她重新将牌洗过。

"那么,谁第一个来?"

"我来……"伊凡娜提议。

这时候,就在玎卡将牌垛切成两半,将上一半与下一半对调时,房间里突然刮起一阵穿堂风,吹走了她手里的牌。纸牌在房间里飞舞。

"真是活见鬼……!"玎卡尖叫道。

然后整个房间都沐浴在了一种仙境般的蓝光里。

"耶——稣——啊!"多蒂喊道,打了个喷嚏。

一个美貌的年轻人站在门口。

看到他,我们都忘了呼吸。从我的眼角看出去,我发现我们所有人,就像士兵一样,整齐划一地在同一时刻做了一些小动作,这些小动作暴露了我们即时当下不自知的一些心理活动。奴莎微微眯起了自己美丽的黑眼睛,阿尔玛的脸上露出迷人的微笑,多蒂捋了捋头发,伊凡娜直起肩膀,我收起肚子,玎卡双唇微启地看着年轻人。

"你是谁?"她结结巴巴地问。

年轻人颤抖了一下。

"你怎么进来的?"玎卡气都喘不过来了。

"呃……从门……"对方用沉静的男高音喃喃地说,听起来十分诱人。

"你从哪里来?"

年轻人指着天花板。

"从伊凡切斯家来的?"

年轻人摇摇头。

"从图尔科维奇家来的?"

年轻人使劲摇摇头。

"楼上没有别的人家了……"玎卡转向我们说。

"茨尼达尔西奇……"年轻人喃喃说道,又指了指天花板。

"这个人是从天上掉下来的……"阿尔玛说,突然忍俊不禁地笑起来。

年轻人点点头,甜甜地笑了。

此时,多蒂又响亮地打了个喷嚏。

"还真是啊?"奴莎不以为然。

我们被访客捉弄了

我们问出了访客的名字,阿尔弗雷德。他是个天使,原本下界是为了阻止一场车祸的,有位波兹卡·茨尼达尔西奇要在马克西米尔路上开车撞上一辆卡车。任务失败了,但马克西米尔路就在不远的拐角处,意外发生后他在绝望之余看见某窗后面还亮着灯,那是街上唯一一盏灯,突然他决定来看看,所以就来了……

虽然故事过于魔幻,但我们的访客毕竟是个美貌的年轻人,有着栗色的小卷发,大大的杏仁眼,丰满的嘴唇,唇色如新鲜树莓般鲜艳欲滴。他穿着一件淡蓝的T恤,及膝的短裤,蓝色的跑鞋,兜里塞着他的手套,膝肘上都绑着皮护具,手里还突兀地拿着……一块滑板。乍一看他与同龄人类没有什么区别,似乎就是一个普通的青年,半夜出来在空旷的镇广场上练滑板。唯一不同的是他的胸口别的徽章。一块是南斯拉夫国徽,一块是铁托像,一块是南斯拉夫国旗,还有一块是锤子和镰刀。这种徽章现在连党代表出席庆功会或纪念会这样正式的场合时都不戴了。

"嗯……所以你是一个天使?"玎卡说完,闭口不言,好像再也找不出话来问了。

年轻人礼貌地点点头。

"那你的翅膀呢?"奴莎挪揄地问。我们都看着她,都对她的口吻有些意见。

"在玄关……"年轻人的回答很简洁。他消失片刻,回来时,手里提着一个小包,看起来像一把便宜的折叠伞。年轻人撑开翅膀,翅膀白得耀眼,轻若无物,也许帝王孔雀的尾羽与它不无相似之处,但也只能描摹其万一。

"你有翅膀为什么还要滑板?"奴莎依然不服气,继续用揶揄的口气问。

"啊——嚏!"多蒂又打了个喷嚏。

年轻人收起翅膀,放回玄关。

显然,多蒂也想加入对话。她谨慎小心地从衬衣里拖出一条链子,链子上有一枚小小的十字架。她又捋了捋头发,要年轻人尝尝她的巧克力篮子。

"别审问啦!这个年轻人肯定饿了……来……随便吃一点吧……"

年轻人似乎没有注意到多蒂露出来的小十字架,倒是被小篮子吸引过去了。

"嗯……阿尔弗雷德从来……从来没下过天界……"年轻人喃喃地、满足地说,伸手又去拿第二个篮子。

"他是天使才怪呢!你看他的吃相……"玎卡悄悄对阿尔玛说。此时,年轻人已经在伸手拿第五个篮子。

"你为什么总是用第三人称称呼自己……?"奴莎又插进来问。

"阿尔弗雷德不知道……什么叫第三人称……"年轻人谦逊地回答,拿起了第七个篮子。

"那你至少知道你 T 恤上的徽章是什么意思吧?"奴莎像警方的调查员一样逼问着。

"阿尔弗雷德有备而来……"年轻人说。

"这个人在捉弄我们……"玎卡悄悄对阿尔玛说。

"也可能他就是……傻……"阿尔玛悄悄对玎卡说。

阿尔弗雷德不是冒牌货

与此同时,我们似乎都在搜肠刮肚地回忆我们关于天使的一般印象。但我们的阿尔弗雷德实在与扬·范艾克、梅姆林、波蒂西尼、多雷、佩鲁吉诺、勃鲁盖尔、布雷克、达·芬奇、拉斐尔、丢勒所画的天使大相径庭……除了一对不无可疑的翅膀外,阿尔弗雷德没有任何可以拿来证明自己是天使的东西。

"那你能站在针尖上吗[①]?"奴莎又突然发难。这一次我们都点头赞许,觉得这个问题提得很好。

"阿尔弗雷德不是冒牌货……"年轻人平静地回答。

伊凡娜决定亲自验证一下,她走去厨房,拿来一罐面粉,将面粉倒在地上。

"来,"她不由分说地说,"走上去……"

"什么……?"

---

① 一个非常著名的归谬论证,它所挑战的对象是中世纪经院哲学,尤其是经院哲学中对天使等级的论述。最先的问题形式是:"问,多少天使能够在一根针尖上跳舞?"

"走到面粉上去……"

阿尔弗雷德走了一步,两步……

"看!真的没有脚印!"伊凡娜尖叫道。"这就是证据。他果然不是人,所以不会留下痕迹。"她得意地说。

"嗯……但如果他能给我们看点神迹,变个戏法什么的,就更好了……"阿尔玛轻声说,依然心存疑窦。

天使不会用

于是,阿尔玛准备自己来仲裁天使的真假,她严厉地问道:"你有肚脐眼吗?"

"肚脐眼……?"

阿尔弗雷德撩起 T 恤,扯下裤腰。他没有肚脐眼,但是,由于裤腰也被扯了下来,他的小分身也就裸露在了空气中。

"哦——!"我们异口同声地惊叹道。多蒂又打了个喷嚏。我们都凑了上去,着魔似的凝视着阿尔弗雷德的分身。这可能是他身上最不似人间的东西了。自不必说,我们这些地球人自然谁都不曾见过这样的:它像一支玉杵,搁在散发着珍珠光泽的绒毛里,像蜂鸟一样微微震动着,散发着神奇的蓝光。

"我的……天呐……"阿尔玛失神地说。

"阿尔弗雷德有时候自己也很惊讶……"阿尔弗雷德低头看着下面说。

"那你知道这个怎么……用吗?"玎卡问。

"阿尔弗雷德不知道……这个怎么用……"阿尔弗雷德说,穿上了裤子。

我们都入定一般地站着,突然都感到精疲力竭,也许这种精疲力竭源自于一种失落感,虽然我们也都说不出究竟丢了什么。如果不是阿尔弗雷德突然看到了纸牌,谁也不知道我们还要这样站多久。"阿尔弗雷德会摆牌阵。"阿尔弗雷德甜甜地说。

天使摆牌阵

阿尔弗雷德捡起纸牌洗了洗,然后,不像玎卡平时那样把牌摆在地上,阿尔弗雷德将牌往空中一丢,纸牌一张张地自己排起队来。

"啊——!"我们都大声惊呼。

卡片在空中直立着,好像被粘了一块竖直放置到玻璃板上,或是一张看不见的幕布上。我们眼看着纸牌变得透明,两面透光,好像一整块蔚为壮观的钢化玻璃窗。阿尔弗雷德调整着塔罗牌的位置,仿佛他的手里有一只看不见的鼠标。

"嗯……嗯嗯……嗯……"阿尔弗雷德喃喃自语。

"怎么样？牌怎么说……？"我们都紧张得不敢出声。

阿尔弗雷德并不理会我们，继续看着悬在空中的纸牌，顾自说着什么，时而叹息，时而啜泣，时而像土著人般呃巴着嘴。他仿佛一下子碾碎了数千只签饼，现在要把里面的签条拿出来读一样，开始向周遭抛洒语词。

他制造的声场仿佛一场催眠。我们感到自己一下子听到了人间所有的声音，丛林的声音，沙漠的声音，海洋的声音，星辰的声音。由于所有的声音都混在了一起，能够分辨出来的就只有只言片语。这些只言片语中，有世界文学经典中的名句（其中有很多本身就很像是签饼里开出来的签语），也有《圣经》这类典籍中的句子（看哪，我站在门外叩门。若有听见我声音就开门的，我要进到他那里去，我与他，他与我一同坐席），也有先知、佛家、道家的箴言。阿尔弗雷德引用犹太教的《塔木德》与伊斯兰教的《古兰经》，又加入一些新纪元运动关于生命真谛的名言。社会主义口号（不劳动者不得食）里混着西藏神秘咒语。当我们在这无始无终的经文的洪流中，突然听到漆黑的通道中亮起闪闪的五角星，我们终于醒悟到阿尔弗雷德说的有备而来是怎么回事……

阿尔弗雷德对我们下了咒语。我们失去对时间的感觉，被他天使的呢喃攫住了心神。阿尔弗雷德像魔术师从礼帽中变出丝绸手帕一样源源不断地变出语词，像暗黑说唱乐手般掌握着每一句话的节奏，不时穿插猴子、飞禽、海豚等动物的声音……

"……有耳之人且听，是非无常，左右无定，无耳者无明，如猪狗、巫蛊、淫媒、凶手、鹰犬，不见居高者落魄，仰首者问鼎。故汝之所见，当悉数录下，防假变作真，真变作假，伟大反为渺小，渺小反成伟大，有耳之人且听，须防以丑为美、以美为丑之行，待他日，龙吟虎啸，尸骨还魂，父辈索债……他们都来采樱桃，他们不把我来叫，独自一人多寂寥，独自一人多渺小……"

"姑娘们，他在背约万·约万诺维奇·兹马伊！"多蒂打断了阿尔弗雷德的吟诵。她说的没错，那最后四联的确是兹马伊的《采樱桃的人》。这位天使竟在萨格勒布市中心援引一首塞尔维亚儿歌，多蒂简直忍无可忍。

阿尔弗雷德难为情地脸红了，纸牌消失在空中，又整整齐齐地在玎卡脚边堆成了一垛。

"你看你呀！你干吗打断他！他本来一直都在努力传达给我们信息……"伊凡娜喊道，几乎要哭了。

"可是他已经啰嗦很久了啊。"奴莎不满地说。

"上帝，你们怎么突然都变得这么蠢了？他引用兹马伊又有什么呢？你们难道看不出他一直在传达对我们大家都很重要的事吗……"伊凡娜怒火中烧地说。

我们从没见过伊凡娜的情绪如此激动。她的泪水已经盈满了眼眶。

"他不是偶然来的!他不是无缘无故就从天上掉下来的呀……"她说。

"好,可能我们真的做了蠢事吧。"多蒂以重归于好的语气说,接着像母鸡啄米一样,迅速吻了吻胸前的十字架。

阿尔弗雷德选了伊凡娜

就在这时候,一件意想不到的事发生了,虽然整个晚上其实都很意想不到。阿尔弗雷德走到伊凡娜跟前,将自己的额头温柔地贴在她的额头上,好像要在上面盖一个天使的图章。他一边如此,一边用双手捧住伊凡娜的脸,闭上眼睛,好像在读取她的意识,他又缓缓地用自己的额头轻擦伊凡娜的额头,从右往左,从左往右。伊凡娜也闭上自己的眼睛。两人温柔相对,俯仰摇摆。我们看着他们,都忘了合上嘴巴,两人看起来俨然在跳某种不属于人间的舞。我们都嫉妒伊凡娜。多蒂红着脸低下了头,玎卡不敢直视,阿尔玛咬着指甲,奴莎勉强地保持着她标志性的脆弱的微笑。

阿尔弗雷德又发出他解牌时那种含混的呢喃,听来叫人脸红心跳。

"嗯……"阿尔弗雷德低吟着。

接着,他贴着的额头慢慢离开伊凡娜,他的双眼直视着伊凡娜的双眼。伊凡娜笑了,笑容如水般洋溢开去。她甚至动了动身子,好像出于感激行了个屈膝礼。

"现在,阿尔弗雷德得走了……"阿尔弗雷德认真地说。

"可你才刚来呀……!"多蒂真的气坏了。

合 照

阿尔弗雷德要走时,我和大家一样,也感到一阵难过。然后我突然想到在来玎卡家的路上,我正好去取了送修的相机,就提议大家合影留念。我们让阿尔弗雷德坐在当中,奴莎、多蒂、伊凡娜、阿尔玛、玎卡花团锦簇地站在周围……我把相机调到自动对焦,按下拍摄键,也加入到照片里。相机发出滋滋声,咔嚓一声,闪光灯亮起,阿尔弗雷德点点头,又说:"现在,阿尔弗雷德得走了……"

我们站在那里,像酒店员工欢送贵宾一样,满面笑容地送着阿尔弗雷德。

"嘿,别忘了你的翅膀……!"多蒂说。

然后,仿佛突然想起了什么似的,阿尔弗雷德从翅膀上扯下几根羽毛。

"阿尔弗雷德谢谢大家……"他甜甜地说,微微俯首,给每人发了一根羽毛。奴莎有,伊凡娜有,阿尔玛有,玎卡有,多蒂也有。大家拿到羽毛后,也都纷纷微微鞠躬。

然后,阿尔弗雷德举起一根手指,像指挥家举起了指挥棒,突然间,我们都飘了起来,离地足有一尺,头几乎碰到了天花板。

"耶稣基督……"多蒂轻声惊叹。

阿尔弗雷德迷人地耸了耸肩,好像道歉似的说:"小公寓,天花板低……"

"是你要看戏法的,现在看到了吧……"玎卡抱怨说。

"只要他别忘了把我们放下就行……"多蒂轻声说,紧紧握着她的十字架。

"我倒挺喜欢待在空中……"阿尔玛说。

"这是不是说明你更轻了……?"奴莎问,必须承认,这也是我的第一个想法。

伊凡娜凝视着天花板,仿佛已经来到了第七层天堂。

然后阿尔弗雷德把我们轻轻地放下,微微一笑,戴上手套,举起手,在头上挥了挥……就消失了!一切发生得这么快,仿佛《星际迷航》(人物只要说一声转移我或者传送就会突然消失),我们连惊讶都来不及。阿尔弗雷德走后,星尘还在空中飘了一会儿。我们屏住呼吸。似乎直到这一刻我们才真正相信,刚才来的那位确实是天使……

当最后一粒星尘消失不见时,我们都同时打了个哈欠。看到彼此张大嘴巴的样子，我们都笑了。然后阿尔玛看了看表，说她得回家了，伊凡娜已经拿起了包，奴莎正在门口穿鞋，多蒂的手已经抓在了门把上。

"嘿，你们急什么……"

然而我话未说完，女孩们都已在忙着离开了，玎卡也没有要留我们的意思。我们几乎像阿尔弗雷德消失时一样迅速地散了。在发生了这么多事以后，此时的现象才是最古怪的。我们竟都没有留下来聊一聊发生了什么……

一支轻若遗忘的羽毛

玎卡关灯睡觉前，突然在桌上看见一支奇怪的白羽毛。她微笑着，好像那是一只萤火虫，小心翼翼地把它放在手心，带到卧室，又小心翼翼放在床头柜上。黑暗中，羽毛好像在发光，她想着羽毛居然会发光，觉得很有趣，就睡着了。

奴莎回到家，直接走到儿童房。她轻轻推开一扇门，又吱呀一声推开另一扇门……儿子们都睡着，睡得舒展而深沉。空气中弥漫着雄性幼兽健康的气息。

奴莎走上露台。她嗅了嗅温暖的空气，在夜色下俯视自己的这片产业。谁也别想夺走这一切，她突然这样想，继而因为自己竟然这样想而打了个冷战……

奴莎进屋拿烟。她回到露台,点起一支烟,在烟盒的塑料外包里看到一支小小的羽毛,卡在盒子和包装中间。她将羽毛拿出来,伸直纤细的长手臂,细细地看它。在墨绿色的夜里,羽毛似乎在散发一种不属于人间的光泽。

"好奇怪啊……"奴莎自言自语,又将羽毛插回到塑料外包与烟盒之间,就上床睡觉去了。

伊凡娜回到家,手里拿着一支小小的羽毛,发现丈夫穿着睡衣睡裤,坐在桌前,丝毫没有注意到通往露台的敞开的门里,不时有飞蛾像风一样扑进来。他在看电视,读报纸,吃三明治。

"怎么样?"他问,眼睛不离开报纸。

"老样子,好玩。"伊凡娜说。

丈夫一边嚼着三明治,一边望向电视。

"你要我烧点东西给你吃吗?"她问。

"不用,谢谢。"他说,又把目光收回报纸。

伊凡娜走进厨房,给自己倒了杯矿泉水。

"你要一点吗?"

"什么?"

"水。"

"不用,谢谢。"丈夫说。

伊凡娜端着杯子走回来，在桌前坐下。通往露台的门敞开着，蛾子疯了一样满屋子乱飞。丈夫在读报。伊凡娜伸出手，用羽毛挠了挠丈夫的鼻子。

"嘿！"丈夫恼了，挥挥手，好像在赶一只苍蝇。

伊凡娜定定地看着丈夫，然后——连她自己也不知为什么——突然把羽毛塞进嘴里，用舌头把它卷了起来，像一只蜗牛。羽毛的尾端从她的唇间露出来，闪着荧光……

她的丈夫惊恐万状地瞥了伊凡娜一眼，用手捂住嘴巴，冲进卫生间。与此同时，伊凡娜平静地端起水杯，以不同寻常的优雅，缓缓将杯中的水喝尽。

阿尔玛回到家时，她的丈夫已经睡着了。阿尔玛坐下来，看到了报纸，翻开的刹那打了个喷嚏。她伸手到包里拿纸巾，带出一支神奇的羽毛。阿尔玛先擦了擦鼻子，再捡起羽毛，奇怪它怎么会落进自己的包里。

接着，阿尔玛带着羽毛脱衣上了床。月光从敞开的窗户照进来，丈夫温暖的身体在身边沉静地呼吸着。阿尔玛拿着羽毛，在丈夫身上勾勒着，满意地发现它依然年轻，依然光滑，她拿羽毛在他的乳晕上打圈，在乳头上轻轻地挠着，接着又向肚脐眼划去，又一直向下……在那里，丈夫的分身已经非常配合地迫不及待起来……

多蒂到家时已经非常晚了,但她还不困。母亲睡在客厅里,丈夫睡一间房,女儿睡一间房,于是多蒂走进卫生间,那是家里唯一她不会打扰到别人的地方……

她在马桶上坐下,正不知在想些什么时,丈夫冲了进来。他看见多蒂坐在马桶上,手里把玩着一小支奇怪的羽毛。在卫生间昏暗的照明中,多蒂看到自己的丈夫——一个昏沉沉、汗津津的男人,穿着一件汗衫,一条短裤。这次照面仿佛一次新发现,仿佛对整个神经系统的冲击,仿佛直到多年以后的此刻,他们两人才第一次相见。多蒂笑得上气不接下气,笑出了眼泪。她在马桶上坐了很久,手里拿着羽毛,几乎要笑到噎住……

我傍晚到家,偶尔想起去窗台给花浇水……突然一种强烈不可抑制的绝望剧痛般贯穿我的全身。我和衣躺下,拉过床罩盖上,看着窗台上花草的轮廓,像一只石化了的蝙蝠一般,一动不动地睡着了。我梦见自己不想醒来。

早晨我给她们一一去电

早晨,阿尔玛在床边的地板上找到一支漂亮的小羽毛。她把它捡起来,一边奇怪它是从哪儿来的,一边将它放进了一口乌木盒里。

早晨，奴莎在烟盒外包里意外发现一支羽毛。她将它卷起来，放进胸前的项坠里。

喝咖啡时，多蒂突然注意到冰箱上面，母亲插的一瓶孔雀翎里面，混着一支可爱的白羽毛。她拿下羽毛，自己也不知道为什么，掀起墙上的木十字架，将羽毛粘在了后面的墙上。

"这样就好多啦。"她满意地说。

早晨，玎卡在床头柜上意外发现一支白羽毛。她拿起来，放进她最近出版的《隐喻史》中，插在104页与105页之间。

醒来后，伊凡娜感到渴极了。半睡半醒间，她走到冰箱前，拿出一升装牛奶一饮而尽。她没有注意到丈夫正要出门上班。后者见妻子睡眼惺忪地喝下了整整一盒牛奶，吓得脸色惨白，走时摔上了门。

早晨，我给她们一一去电。她们都不记得天使的事了。

"吃一点维生素B6，多喝橙汁。可以解宿醉。"阿尔玛建议。

接着我出门去最近的照相馆冲照片。路上，我买了一份报纸。回到家后翻看后，果然看到一个叫B.Ž的人，在马克西米尔路上开车与卡车相撞，享年三十一岁。我们访客所说的波兹卡·茨尼达尔西奇并非子虚乌有。而B.Ž与自己的守护天使，也真的没有缘分。这么说，阿尔弗雷德是交通警察了,他就是通俗画里那些最平凡的守护天使,总是追着开车马虎、不会游泳却偏要下水、自寻短见、走路不看路的糊涂蛋。

我冲到电话前,想告诉大家我发现了B.Ž的事,但决定还是不必了。然后我又想到可以打电话给尼娜和汉娜,告诉她们昨晚的事。最后却只是采纳了阿尔玛的建议,拿了一片维生素B6,用一杯橙汁送了下去……

现在一切都清楚了,何以前一夜我们匆忙分开而没有就我们的访客做出讨论。因为没有什么好说的,因为大家把一切都忘了。天使消失的刹那,就抹去了他来过的痕迹。然而我也在那里,我也亲眼看见了他!天使为何不用他遗忘的羽毛也碰一碰我,这依然是个迷。

II

年轻人微笑着,举起戴着黄手套的手,在头上挥了挥,突然消失了。保安嗅了嗅空气。空气中有烧焦的羽毛的气味。

——丹尼尔·哈尔姆斯,《令看守惊讶的年轻人》

我认识一个贝尔格莱德心理学家,战争伊始,因为觉得时局百态令人作呕,忍无可忍之下带着丈夫和孩子一起离开贝尔格莱德移民了。在欧洲兜了一圈后,她去了美国,停在了缅因州一个森林环抱的小镇上,在那里的精神诊疗所找了份工作。这个人流亡期间带的东西很少,但就在这不多的一些东西里,却有一本据说是出于职业需要而保存了多年的日记,日记里记的是她的梦。

如今,在冰天雪地的缅因州,在这个她说要度完余生的地方,她读自己的日记。她说,每天与真正的精神病相对,这反而令她感到安慰。

"我发现自己其实多年来一直在梦到战乱,以前还不知道为什么会做这种梦。我梦到过的事情全都发生了。"她告诉我。

所以究竟是她梦见了战乱,而后战争才发生,还是战争已在未来发生,而后她才梦见了战乱呢?

有些人很喜欢做梦，他们做起梦来都不是做自己的梦，而是代表大家做梦。人们会不会集体做梦呢？"会的，"人们说，"这就是我们做了整整一千年的梦。我们的梦想实现了。"也许他们就是大家公认的解梦人，只有他有办法向人们显示他们做了一千年的梦究竟是什么。但实际上，梦与现实的边界究竟在哪里呢？

也许梦与现实之间并不存在边界，也许两个世界都是真实的，唯一的不同是，梦中的现实要更魅惑，更危险，因为它更真实，而这又恰恰因为它尚未实现？历史学家阿米阿努斯·马尔切利努斯在他的 *Res Gestae* 中，写到一个叫马尔居利亚斯的人，据说他被叫作司梦，专门到处打探、审问、偷听大家都做了什么梦——然后告诉皇帝。许多人因此丧命。司梦的消息传开了：谁也不肯承认自己睡过觉，更别说做过梦了。聪明人都后悔自己没能生在阿特拉斯山下，传说在那里，人们从来不做梦。

司掌战争的人，司掌梦的人……解梦、算命与占卜的魅力，并不在梦的文本本身，而在于对文本的解释。在这个意义上，任何文本，即使是一份奶酪舒芙蕾的制作方法，都可以被当作一种现在对未来的预言，并在未来成为对既成事实的预言。占卜师与领导人、帝王与密探、政客与精神分析师都深明此理,故此,这些人之间其实是有很密切的联系的。

阿尔弗雷德却不在此列。后来我才醒悟到,他对塔罗牌的解读,并不在他说出的文本内容里,而在他呈现文本的方式中。他夜访后不久,周遭一切都陷入了喧嚣(一如他解牌时那番名言与俗谚的大杂烩!),变成了一场词不达意的声音与怒火。

我们那个有访客降临的聚会,其实是我们最后的一次聚会,但当时我们并不知道。那以后,梦中的现实在我们眼前缓缓拉开序幕。

在此我不想再用语言重述这场可怕的现实,不想再重现它局部的世界末日的样子,亦无意再用现实的画面对阿尔弗雷德签饼中的签语做出什么证明。我所说的这番现实,迄今依然在有据可循。一个人去南欧看看解体后的国家,或看看1991年至1995的电视节目、报纸与照片,自会明白。

我说那个现实迄今依然有据可循,是因为很快它也会被青草覆盖。瓦砾上会盖起新屋,一切死的都会被新的掩埋,很快消失为一个梦、一个故事、一个占卜师的预言。存在与梦境之间将再次建起严格的边界。诚然,会有过来人，会有目击者，他们不会承认这样的边界，他们用自己噩梦中的经历来证明事情真的发生过，但没有人会再听他们说的话，然后久而久之，这些人也会被青草覆盖。

战争开始之前，我曾梦过一个至今还记得的梦。我在萨格勒布的家里，门铃响了。我打开门，人像河水般流进来：女人、孩子、男人、老人……他们进来时默不作声地进来，各自在四下里安顿好，有的睡在我床上，有的坐在书桌前，有的走进厨房，有的打开冰箱，有的在我的浴室里洗澡，整个过程中没有一个说话的人……天知道他们究竟有多少人，又是怎么挤进我这么小的公寓中的。这是我家！我喊道，你们怎么敢就这样进来，我抗议道，我要打电话给警察了，我威胁道。大家都不来注意我。我好像是透明的，他们听不到我的声音。

后来我在电视上看到过相似的人流，再后来我流浪世界时，也遇见过与梦中相同或相似的人。这也就是说我已经不在萨格勒布的家里住了。我在萨格勒布的家也不再是我的家了。如今我所有的东西就只剩下一个行李箱了……

我说我所有的东西就只剩下一个行李箱了，并不是对流亡的隐喻。我真的只有一个行李箱，它是我唯一真正拥有的东西。就连护照上积累的印戳都不足以说服我这些旅行是真实的。是的，箱子是我唯一的锚点。其他一切都是梦，或者，也许连我也是一个梦，我是别人梦出来的。不管是不是，都不重要了。我的行李箱里装着一些毫无意义的东西。包括一张泛黄的老照片和一张过曝的空白照片。

那是我们唯一的合照。照片上一片空白。照片左起（是左起吗？）第一个应该是黑眼睛的奴莎，然后是宽脸庞的多蒂，她的眼神总是很锐利，接着是伊凡娜，她的脸上带着如水的微笑，再是古铜色的阿尔玛，再是严谨、可靠的玎卡，最后是我，人们都说我有一张娃娃脸，有一具我丰满的祖先通过嗜权如命的基因传给我的身体。尼娜和汉娜不在照片里，那天晚上她们没有来……

我将另一张泛黄的照片放在我们空白的照片边上。这张摄于本世纪之初的老照片仿佛一盏守在模糊窗玻璃之后的灯，又好像一个神秘的手势，鼓励我去复原那张空白的合照……

此时我想到，真是不可思议啊，在这么多年的交往后，我对她们的了解，竟然这样少……经过一番努力，我在相纸上描绘出她们的样子，奴莎的脸只是一片糊涂，旁边的只是一个姿势，再边上只是一个脸的轮廓，第四个位置只是笑容，第五人有着整具身体，但已与我记忆中的截然不同……

III

空气中有烧焦的羽毛的气味……

奴莎，权杖女王

1990年，当山雨欲来，但还没有多少人觉得可能演变为战争时，奴莎曾说过一句当时听来不切实际的话："我觉得每一家都应该出一个人去保卫祖国。"

1991年秋，第一批被送上前线的人中，就有她十八岁的儿子。

我们第一次去奴莎家时，那孩子才刚出生……

可爱的奴莎……奴莎是我们中最漂亮也最有女人味的，在这方面谁也比不上她。她高挑，骨骼精致，非常苗条，举手沉静，投足轻盈。她有白皙的皮肤和乌黑的眼珠，面容上总是染着一层淡淡的轻愁。微笑就踟蹰在她唇边，随时准备模模糊糊地浮现出来。这表情看起来，好像她正要去揶揄谁，又像是她自己刚刚受了唐突。

很长一段时间里，奴莎身上都带着婴儿与婴儿皂的香味。第一个后她又有了第二个儿子。

奴莎搬新家时我们也都去了。房子在山上，露台俯瞰一片绿坡。整个山坡都是奴莎的。山脚下有一棵刚种下的小树，看得我们有些感动。它似乎在英勇保卫着奴莎，不让她受恶灵的侵蚀，似乎在祝愿她一生和谐美满，并写完关于俄国符号主义的博士生论文。因为有了小树的加持，那天我们没有摆牌阵。

奴莎通过关系把儿子从前线调回来送进一所大学。然而，他很快就自己回到前线去了。人们说这是对战争上了瘾。世界上有很多东西叫人成瘾……据说她的父母先后死了。丈夫也越来越不肯回家。白皙的奴莎脸色越来越黑。

那片绿坡简直变成了树林。一开始，奴莎还会听取一位景观园艺师的建议。世界上有景观园艺师这个职业我们还是从她那里知道的。但现在，据说奴莎沉迷于种树，经常把树种拖回家种起来。她知道什么树长得最快，于是就只种那些树。人们还说，奴莎已经把树种到了露台边……

顺便说一句，我打听过了：世上长得最快的树是白桦。

阿尔玛，星币女王

阿尔玛经常翻到好牌。可能因为阿尔玛对待人生也是如此，所有人生大事对她来说都是竞技游戏，她要做的就是赢，就是保持领先。

新时代降临伊始，她准备指认父亲，一个已故的旧党将军，为杀人凶手，好像已经感觉到正确的一方很快就会变成错误的一方，而错误的一方很快就要变得正确了。

"他不是凶手又是什么？"她带着坚定的信念这样说，得以独善其身。

有一回，我在柏林买了一份克罗地亚报纸，看到她的名字。报上有一个请愿书，倡议归还居民购买国有住房的权利。我知道她不会轻易就放弃市中心的那套将军府。再说她凭什么放弃？阿尔玛很清楚，革命从来不是为了正义而发生的，革命的发生是为了房子，为了效益，为了地皮，为了领土……父亲获得那套海边的房子，是因为效忠了某个理想；在新的历史时期，还会有新的杀人凶手，以忠于新的理想之名，搬进那套房子。

"男人不懂怜悯……"有一回她说。

其实她心里知道，没有人懂得怜悯，因此她严阵以待。她申领了两本护照，在家附近的街区又买了一套房子，从西城搬到更安全、更欧化的城区。她把儿子远远送到另一个欧洲国家，好让他没有被禁足的后顾之忧。她把一切都安排好，不给偶发事件留下任何余地。就好像她是我们中唯一明白自己在与虎同眠的人……

诚然，她对许多事也不无厌恶。她的邻居出门度假，有前线归来的克罗地亚士兵携家带眷占住进来，邻居回来后只能流落街头。这件事叫她义愤填膺，久久不能平息。搬进来的那户人，那群新的革命者，连衣服都不让邻居回去拿，更不用说别的东西。动物性是人类的第一天性，其余一切不过是有条件时的良心发现。那些不多的理想、教义，别管是什么，是什么都不重要，不过都是些包装，不过是为了将人的粪便包起来，别让臭气熏到了天。这也就是为什么，有脑的人都懂得见风行船，在黑暗时期变得铁石心肠，成为一种新的人类品种：胸襟缩小、眼眶增大。

诚然，她对许多事也不无厌恶，但她无意成为英雄。何况她比任何人都明白英雄的下场。短短几年前，她才刚去父亲出生的小村，在一所以父亲姓氏命名的学校里，参加了父亲雕像的剪彩。她本不必去，但还是去了。不过几年后的现在，雕像很可能已被推倒，学校的名字（那也是她的姓氏啊！）也换了。

阿尔玛的美独树一帜。她有雌雄同体的中性味道，古铜色的短发又柔又亮，颧骨线条分明，嘴唇宽厚，笑容开朗。她出门总是穿戴得非常整齐。随着时间的推移，古铜的发色变深了，变成一种更美的栗色。她身边总有两个男人，一个是她的丈夫，一个是她的情人。她坚持认为，对女性性爱与情感世界来说，三角关系是最自然的关系。这与她早年就知道男人不懂怜悯而且看了《祖与占》不无关系。她平均每七年更换一个情人，丈夫则经年不变。所有阿尔玛的情人至今还都单身。

她从不屈服于人。据她说自己祖上是亚得里亚海盗，祖先留下的基因不许她向任何人屈服。她要像军人一样生活，定期做形体训练，定期做美容，定期做心理治疗，定期去看牙、美发，每个冬天她都去滑雪，每个夏天都要去海滩，每一季度去的里雅斯特给衣橱换季。阿玛尼，莫斯奇诺，米拉舍恩，费拉加莫，克里斯奇……高雅富贵的阿尔玛只穿最贵的丝绸长筒袜，只戴货真价实的珠宝。

阿尔玛明白，只有对自己的心严加管控，她才能够享用到某些特权。她文论写得越来越精彩，却鲜有人知。但她不在意。她已经放下芥蒂，接受了学院、学术、文学、文化领域的高位永远属于男人的现实——无论在战争时期还是和平时期都一样。

在日本度过的一年里，她还联系了位于北海道的斯拉夫语学院，多亏有阿尔玛，八竿子打不着的克罗地亚人与日本人，竟被她的文学学术项目联系到了一起。

我想象在日本，有这样一位充满绅士风度的大岛博士，身量矮小，专门研究俄国诗化散文，被阿尔玛迷得神魂颠倒。携带海盗基因的高挑白种女人，大刀阔斧地粉碎了他瓷器般脆弱的心脏。在1994年、1995年、1996年、1997年、1998年、1999年、2000年乃至更长的时间里，大岛博士都深深地迷恋着阿尔玛。

尼娜,星币侍从

尼娜在一个亚得里亚滨海小镇教俄国文学。小镇靠山,山上住着塞尔维亚人,山下海边住着克罗地亚人。1991年,她的一些学生拥进山里,回到自己人身边。后来对小镇的轰炸也有这些学生的参与,这一点不无可能。而尼娜,她不喜欢谈这些事。

某种意义上,我觉得尼娜彻底将生活搬进文学里了。她沉浸在别雷、布尔加科夫、普拉东诺夫的海洋里,完全不想靠岸。我还在萨格勒布时,她给我打过几次电话……

"你听到了吗……?"她会突然说到一半停下来。

话筒中,我能清清楚楚地听到枪炮声。

"他们又在打了。好像今天的指标还没完成。"她平静地说,仿佛只是在聊天气,只是在说下雨。

"那是你的学生在向你开枪……"我会开玩笑说。

尼娜轻轻地笑了,笑声喑哑,像一个老人。

"那些开枪的都是些傻子,不是我的学生。"

"你干吗不走?"

"我干吗走?"她总是以决绝的语气结束这个话题。

尼娜本来大可以回萨格勒布。她的父母都在这里。我怎么也不明白她为什么要待在那个小镇里,与她刚融入不久的镇民们一起面对战争的命运。好几个月里,她住的地方没有灯,没有水,也没有暖气。而她非但不离开——这个矫健纤细、轻盈柔软、绿眼睛、猫脸型、永远绑着一个发髻、永远穿着黑衣服的尼娜——还养了一只猫。

"贝西摩特比中央供暖还暖和。"她说。

那些个月里,尼娜通过卫生间与世界取得联系。她将电话机带进卫生间,那是她家里唯一安全的地方,然后裹上睡袋,躺进浴缸。她在浴缸边放了一张小桌子,在上面准备好烟缸、香烟和酒,然后轮流给每个人打电话,阿尔玛、多蒂、奴莎……

我永远都不会知道她为什么坚持待在一个不属于自己的小镇上,待在自己学生的射程内。她的学生有些已经入伍,有些加入的是我们的军队,有些加入的是他们的军队,大部分人因为战争而停止了学习……我只能认为尼娜是为了遵从生活的安排,因为生活将她带到了那里……而贝西摩特也习惯了她的陪伴,她的邻居,乃至于其他一些人,都需要她的帮助……

久而久之,她就像一株植物一样,长在了浴缸里,长在了过去只在小说里读过的战争的日常里,并最终长在了她的自由里。她终于不用再对别人解释自己为什么喝酒了。她们说她越喝越多。她们还说,当禁足令放宽后,她曾来过萨格勒布,参加一个斯拉夫主义者集会。大家都觉得非常尴尬。阿尔玛、玎卡和多蒂,她们自然都站在了她这一边，对此谁也无法否认，但她们也都不约而同地在心里将她除名了，她不再属于她们的小圈子，况且她本来就难以相处，让我们的外国同事看见她这个样子也着实难堪。

有时候我想应该打个电话给她。但很快又会打消这个主意。主要因为我没有她的号码。我想她应该能告诉我一些汉娜的近况。只要情况允许，尼娜是经常给萨拉热窝的汉娜打电话的。不知为何，我确信她们至今仍有联系……

汉娜，权杖侍从

波斯尼亚境内一开打，多蒂就紧张地给汉娜去了电话，欣慰地发现她还活着。但她对汉娜对政治的无知很有意见，至少多蒂自己是这样认为的。

"你怎么样？"多蒂问。

"他们在开枪……"

"谁在开枪？"

"每个人。"吓坏了的汉娜说。

"如果她还不能说出这是塞尔维亚人在开枪，那我真的看不出还有什么必要再打电话给她了。"多蒂结束了有关汉娜情况的汇报。

此后一段时间，汉娜被遗忘了。再后来，萨拉热窝的情况越来越糟，电话线被切断，进出都遭禁止。然后，某个与萨拉热窝有关联的人突然想起汉娜,说她小时候曾是共产党,另一个人点头称是,说实际上汉娜一直是伊斯兰原教旨主义者,又有人说汉娜的丈夫虽是塞尔维亚人,却不帮自己山里的同胞而替萨拉热窝打仗。于是,汉娜又复活了。更有甚者,恰恰由于她已远离了我们的生活,她的形象反而比过去更亲切了。我们似乎在利用她来修补我们之间的裂痕,好像她的名字能够打开一条通道,通往一段已不存在的共同的时光。"汉娜怎么样?""你跟汉娜联系了吗?""我们应该做点什么……"

我们确实做了点什么,虽然有时,我们对汉娜的关心与其说是为了汉娜,不如说是为了我们自己能有共同的事情可做。我们给她寄有官印的信件,寄国内外学术会议的请柬,我们请国外的同事帮忙……有一天,汉娜的妹妹来到萨格勒布,预计只待一小段时间,此前她已经同丈夫和孩子们一起在布拉格作为难民生活了一段日子。我们聊了很久,想知道如何才能帮汉娜和女儿离开萨拉热窝……

1993年2月,我收到一封汉娜的信。我没有回。当时我即将离开萨格勒布,正带着一种自杀性的高昂情绪,准备抛弃我的永久地址,奔向充满各种临时地址的未来……

我希望你能原谅我,因为这里的事,对外界的朋友,我真的有些说不清。有时我觉得自己好像丧失了口头表达能力，落于书面自然更难了。尽管如此，有时一个友善的举动却能叫人重新找回生活的动力，这多么神奇啊……比如我妹妹告诉我说，在萨格勒布，你们接待了她的事。

请替我感谢所有为我的证件奔走的人。我们，萨拉热窝人，我们每一个都像老鼠一样，掘地三尺地寻找着出去的道路，但我们同时又都知道，离开诚然能保全性命，但这性命自此将毫无意义。在发生了这么多事之后，一个萨拉热窝人一旦离开萨拉热窝，他所感到的将不是宽慰，而是羞耻。我不知如何向你解释这种错综复杂的感情，这种动物求生欲与爱国主义的混合交织，这种情感我们在书中读过，也曾以为只有书中才有……我试图说明的这件事，其实不说也罢。但既然现在我已切实考虑要离开，我想还是说一说，我想知道自己还活着。你们的邀请给了我合法离开的希望，这希望一来到心里，就由不得我不去想它了。主要是因为伊妮丝，她已经十一个月没出去过了，天天睡在食柜里，此处没有一户人家未遭到炸弹的轰炸，也没有一个地方不随时面临着被炸弹轰炸的危险……我们街道只有她一个女孩，她的五个朋友都是小男孩。他们每天一起到四楼、三楼或五楼玩两个小时，冻得像冰棍一样回来吃晚饭——幸运的话，我们六个能分食一个美军丢的救援包，但也有吃不到晚饭的时候……

要我怎样来描述这种在自己的家乡当流亡者的感受呢？去年四五月间我们还住在家里，后来不得不离开了。我的家现在成了前线。我的母亲仍然住在那里。每两个月我们与她联系一次……要我怎样来描述这种历尽千险只能走出家门五十米，而再往远去则根本不可能的生活状态呢？在这样的生活中，一个人无法打听到至亲的状况，无法再走过那座已经走过千百次的桥……唯一能做的就是小心地看看窗外，寻找生命的迹象……

我能对你说什么？在我的身后，有萨格勒布路上一个防空洞里可怕的记忆，有萨拉热窝街道上鲜血淋漓的场面，有我为许许多多朋友哀悼的日子……我们依然生活在恐惧中，我们不知道这场死亡之舞什么时候会停下来。

与此同时，我们自己也变了。我们习惯了过一天是一天的生活。觅食、寻找柴禾与水，成了我们最重要的活动。我们回到了以物易物的年代。我们已经不记得什么是土豆与洋葱，但我们学会了用奶粉做奶酪。我们用大米做肉饼，还能用大米做波斯尼亚传统馅饼。无中生有是我们用来烹饪波斯尼亚美食的秘诀。我们自己搭灶台，我们学会了劈柴烧火。我们已经砍倒了街上和公园里所有的树，我们并不为它们惋惜。我们没有电，蜡烛也早就用完了。我们自制了油灯与利用各种能源照明的灯具。我们无权抱怨时代倒退了。过去萨拉热窝曾自诩为多重文化交流的大方之地，如今我们只能说，我们生活在一个文明与之最伟大的产物即将消失的地方。

我日常的工作也许与过去毫无关系了。每周，如果有条件，我会去两次大学。我所有的书都在占领区内，即使有一天能回去，大概也都找不到了。战前我刚出过一本书，但应该连打样都没能留下。有一天我鼓起勇气进了艺术系楼，它恰恰落于前线战场上，是萨拉热窝遭毁坏最严重的地方之一，我溜进本来是我办公室的碎瓦砾堆中，找到了一个副本。对了，我现在开始写诗了，不写理论了……

好了，我已经写了很长的一封信，虽然一开始我还以为自己写不出来。我希望它没有太冗长、太词不达意。盼望听到你的消息。在这里，收信是大事。信被送到镇上各种匪夷所思的地方。邮政活动封锁了，但胆大的人、救援工作者、犹太社区的朋友和七日复临会会员还在继续送信。我们也托外国记者带信，可以说用上了一切可能的渠道……

希望我们在萨格勒布重逢。我挺想去萨格勒布，但只能是一小段时间，而且必须是在能回到萨拉热窝的前提下。一切都结束的可能还是有的，虽然还会有一段时间，生活将继续如地狱般可怕下去……因此，我想离开一小段时间对我来说是好的。向奴莎、阿尔玛、玎卡问好。爱你们的，汉娜。

1993年秋，我已经置身国外时，听说汉娜终于想办法离开了萨拉热窝，到了萨格勒布。但不知怎么的，汉娜在萨格勒布时，多蒂家太小，阿尔玛家有客人，玎卡因故无法接待，奴莎正好不在城里。而且，奴莎当时自己也有一堆麻烦事。事实上，每个人当时都各自有麻烦事……大家心里都感觉到有压力，相互通电话，都表示愿意帮忙，看在上帝的分上，她们怎么会不想帮忙呢，大家都很热忱，也都很快厌倦了各自的热忱，而且说到底，谁又关心过她们？玎卡的父亲刚刚过世，母亲正在病中，奴莎的儿子又上前线了……接着，时间也出了问题，或者，也许只是她们的时间出了问题。不知为什么大家怎么也抽不出时间去见她，于是就没有去见她，但是感谢上帝，汉娜很好，反正她也不能久待，最后办法也想到了，她借住在了她们的同事家里。这个同事大家都认识，但从来没有邀请过。谁也说不出为什么从来没有邀请过她……

我理解这个有关汉娜的故事。那几个月中所发生的一切，其实是一场对每个人、每句话的背叛……而个人的背叛，一旦躲在集体的背叛身后，就微不足道，更容易被原谅了。有人摧毁了房屋，有人杀死了住民，有人搬走了家具，有人拿走了剩下的一切，有人怀着兴趣观看这一切，有人怀着厌恶观看这一切，有人闭上了眼，有人干脆离开了……这就是整件事的全过程。

我在国外遇见过许多将去萨拉热窝的记者，也遇见过许多即将回到萨拉热窝的萨拉热窝人。我本可以给汉娜寄信，我本可以给她寄面霜、围脖、手套、钱……这并不难，但我没有这样做……我不知道自己为什么不为她做这些事，毕竟我为了一些对我来说不如她重要的人，都曾做过这些事。

我的书，我的照片和我的很多东西都已经不在我身边。我喜欢轻装前行，天性不愿为超重的行李埋单……但仍有两三样东西是我走到哪里都一直带在身边的。其中就有汉娜的信……

玎卡，宝剑女王

天知道总是为我们解牌的玎卡是否预见到了这一切。我一直觉得她对我们要比我们自己对我们更了解。虽然我也能凭记忆清清楚楚回忆起阿尔玛的活泼、奴莎的沉静和尼娜像猫一样的脸型,但想到玎卡和她的纸牌,浮现在脑际的却不是面容,而是气质。严肃、可靠、谦逊……

"那是因为我长得像土豆呀,而且我气质也像土豆!"她开玩笑说。

男人们都爱玎卡。我想他们爱的是她的独立,和她有自己的房子。玎卡是避难所,是哭泣时倚靠的肩膀,是无需承诺与永恒就能获得的干净的床。她当然不是真的像一颗土豆,但她确实是一个无意于维系任何长期关系的人。

我想玎卡或许是一个害怕正式关系的人。她的第一个丈夫四十岁不到就死了,她后来交往的一个我们不认识的恋人,据她们说骑摩托时出车祸死了。玎卡从不提这件事。也许她的这种干涩、喑哑的气质,源自她对情感的严格控制。

她长期与一个已婚男人保持着关系,对方的身材尚有着清晰的线条,有一颗又圆又亮的秃脑袋,每天给玎卡买一束花。由于这些玫瑰,我们至今还记得这个人。玎卡对他十分重要。对我们亦然。她是一个你无论遇到什么事都可以去讨主意的人,她自己有事则从不找任何人商量。故此,我们特别喜欢去玎卡家玩。不出意外的话,我想奴莎和阿尔玛至今还会去玎卡家玩。

玎卡知道时代不景气,因此总是希望把一切纳入秩序。大学是令人安心的机构，文学是令人安心的职业。我相信她什么都看在眼里，只是不说。每天都有人把在她隔壁办公的老师的名牌从门上拿走。那位有着塞尔维亚姓氏的老师到她办公室诉苦，说自己快疯了，你来，你自己看看……不必看。她当然早就看见了，她只是不说。她心里想，时局如此，确实很难捱，但她的同事一定是能捱过去的，说到底，他的不幸微不足道。如今正值战争时期，成百成百的克罗地亚士兵正因为塞尔维亚人的轰炸而丧命……接着她又想到，如果是自己的名牌被不断摘掉，自己会怎么样呢……但她立即转移注意力，去想别的事情了。

多蒂，宝剑骑士

我想多蒂可能是我们中唯一一个将自己的生活当作命运专门写给她的剧本在演绎的人。仅就我们这几个人的生活来说，真实显然并不取决于事实本身，而取决于我们对自己的想象，以及我们所持信仰的力量。从这个意义上说，多蒂是不可战胜的。

多蒂出生于斯拉沃尼亚的一个小地方。据说"二战"结束后不久，她的父亲就被乡人用草叉叉死了。因为他打仗时站错了队。多蒂将父亲彻底从自己的生平故事中抹去了,至少看起来是如此。

多蒂少女时,爱上了一个英俊的黑眼睛男孩,他后来成了她永远的也是唯一的爱。人们说他们各自的家世也都很相似。男孩的父亲同样是在"二战"后期的黑暗中被吞噬的,人们说,他父亲遇难的地方在德国。

七十年代,多蒂与丈夫来到萨格勒布,分别进修哲学与文学。多蒂的丈夫生性好斗,不知是签了一份本不该签署的声明,还是说了什么本不该出口的话,不得不出国避难。多蒂因此也成了政治流亡者。她在国外学习,为一份微薄的薪水在工厂里洗瓶子,写了许多交织着苦涩和甜蜜的爱国主义诗歌,演绎着命运写给自己的剧本,暗自觉得不无乐趣。当她的同侪在萨格勒布过着灰色的生活时,她则深深地爱着自己的丈夫,当然,更深深地爱着自己美丽、悲伤的难民故事。

多蒂对无政府主义者、恐怖分子及各种现代体制的殉道者有着共鸣,欣然将自己也看做这些媒体的反派明星中的一员。她喜欢把自己想作乌尔丽克·梅茵霍芙。不过,由于多蒂的美学标准经常发生剧烈改变,后来她又摒弃了梅茵霍芙,开始把自己和丈夫想成邦妮与克莱德,这是一对美国电影中著名的银行抢劫犯,同时也是夫妻。但在多蒂自己的电影里,她与她的克莱德并不抢银行。他们要毁掉南斯拉夫联邦,并在任务完成后牺牲,浑身打满南斯拉夫警察的子弹，嘴里喃喃念着克罗地亚共和国的名字。

多蒂除了有这许多天真的幻想外，还曾真的做过一件天真到难以理解的事。三年的流亡后，她主动咬钩，为接受南斯拉夫联邦某文学评委会授予她诗集的奖项，回到了萨格勒布。奖确实拿到了，但夫妇俩的护照也在一入境时被警察没收了。

而这，开启了多蒂人生篇章的第二阶段：殉道。

多蒂身上确实带着政治殉道者的光环，但这种在当时还很迷人的光环，却因她过于积极的个性而大打折扣。而生活这个爱开玩笑的家伙，也在不知不觉间逐渐消解了她悲剧境遇的价值。多蒂在大学找到一份工作，买了一套房，生了一个健康的女儿。就连她的克莱德也在一所中学找到了工作。但多蒂则认为，这是新体制下一切都在倒退的最强有力的证据。因为这份中学教员的工作，在她看来，是对她丈夫这个高级知识分子的极大浪费。的确，她的丈夫时不时地还会被逮捕，尤其是在铁托造访萨格勒布时，但只要他一走，警察也就因为找不到继续拘留这位好斗分子的理由而让他回家了。虽然多蒂不肯承认，但对警察这样无耻地剥夺了丈夫成为悲剧英雄的机会，她其实是有点失望的。我们理解多蒂，甚至有些嫉妒她。虽然我们都有护照，但我们没有命运写好的剧本。

多蒂的样子，令人想到某小镇大婶偶遇上帝之鞭阿提拉的产物。你第一次见到多蒂时,很难确知她究竟是马上要拿起棒针平静地打一件套头衫,还是要跳上战马去打下半壁江山。这其中自然有她眉眼比较像亚洲人的因素,但更多是因为她那头狂浪不羁的头发。它们看起来像从六十年代开始就没有被剪过,又长又黑,多蒂甩动这头黑发,就像甩动一条战鞭,当头发挂到前面时,她就像小孩一样把它吹开。

多蒂的脸很有意思。它给人一种暗自较劲的印象,总是挂着一副酒店接待员式的、混合着善意与歉意的表情,仿佛是多蒂精心安排的。多蒂总是保持着它,只在特别罕见的时刻,某些不同的表情才会因为失控而出现。这时,多蒂会毫无理由地脸红,仿佛说谎被捉了现行,然后迅速换回原来的表情,好像那是她的制服。

我们在奥帕蒂亚开会时,发现有一类人特别喜欢多蒂。当时有一个不知是从中国还是韩国来的商务旅行团,一直跟着多蒂,像被施了魔法。后来,多蒂说,这群不知是中国人还是韩国人的旅客,在她酒店的套房门口转悠了一晚上。

多蒂认为文学是观念与思想的集合,她喜欢研究各种语言之间的勾连,喜欢研究文学乌托邦。她用思考的能力,弥补自己阅读量的不足。

多蒂酷嗜写信;多蒂真正的自我也许都体现在了她

对书信的酷嗜上。她经常给我们写信、写便条，虽然我们都有电话机，虽然那天我们刚刚见面长谈过，虽然翌日我们还要再见面长谈。多蒂喜欢在书信与便条里为自己之前谈话过程中的某些无心之言而道歉。然而她的信都晦涩难懂，很难看出她究竟要说什么、那些注脚中所指的又是什么。尽管如此，多蒂的书信癖也有过一段比较光明、有建设意义的时期，那时她总是给工厂写信，一旦买到的东西不合她心意，她就写信投诉。社会主义的工厂对顾客投诉这种现象极其陌生，很快会给多蒂重发货物。因为爱写信，多蒂的电费、煤气费和电话费都降低了。我想那些被信件轰炸到喘不过气的公司，大概到最后都不得不举手投降。多蒂当然也写信给权力机关，索要自己和丈夫的护照。而只有权力机关，面对多蒂的这种书信表现主义，能够岿然不动。

我乐于想象多蒂人生的第三章是从那天晚上阿尔弗雷德出现后开始的。当然，他的出现，与她发现线人，确实发生在同一时期。多蒂发现自己家的楼里常年住着一个警方的线人，而且就住在自己隔壁，现在已经是个管道工人；整个故事并不有趣。

"偷窥的猪猡！"多蒂说，眼里闪出一种隐藏至今才爆发出来的新的光芒，显示她人生的新篇章就要开始了。我们都不太懂，何以重要的事情这么多，她却要为一个以前做过线人的管道工人大动肝火,决定将其归咎于警方长期以来对她施加的创伤。

多蒂之所以能查出这位密探的底细,是因为代替原共产政权执政的新党从旧政权手中接过了它所有成员的档案。而与此同时,多蒂的丈夫加入了新党,对它忠心耿耿,效尽犬马之力。多蒂自己也全心支持新政权。当地媒体一天到晚在宣传该党的事迹,称其实现了克罗地亚国民做了一千年的梦。这也是多蒂的梦。唯一奇怪的是,梦想成真后本该平静下来的多蒂,却燃起了另一种过去不为人知的疯狂。

啊,多蒂……后来的事,至少在我们看来,发生得太快,如今已经很难理清头绪……发现密探后,多蒂在家中书架上的斯宾格勒与康德后面发现了两枚手榴弹和一把手枪。于是我们也就都知道了——因为多蒂什么事都告诉我们——原来掌权的新党不仅给党员们提供了旧党成员的名单,还给他们提供了武器。父辈的阴灵真的来索债了,就像我们不同寻常的访客阿尔弗雷德说的那样。不过在当时,我必须说,我所认为他们真正索得的偿还,是一份每个执政党党员都能享用的三千马克的长期贷款。"我现在至少可以去给自己买个像样的祖坟了。"多蒂说……

是的,后来的多蒂变了。她又活跃起来,她的胸中又燃起了正义的火焰,她绝不轻易原谅,决不允许哪怕是一丝疑点。人们说她那几个月里一直在废寝忘食地搜集每个教职工的个人材料,在每个人的名字后面画加号与减号。我无由得知她的心意,只能猜测加号代表克罗地亚与忠诚,而减号代表非克罗地亚与不忠诚,两个减号可能是塞尔维亚与密探。她这样做是为了保卫克罗地亚人的千年梦想,为了保卫克罗地亚共和国的独立与完整,为了保卫一个她一生都在为之默默奉献与牺牲的理想。冥冥之中,她父亲,那个五十年前站错了队的人,他的阴灵一直注视着她。是的,多蒂要替父亲的惨死索偿,要替自己无父的童年索偿,要替自己失去的护照索偿,要为因此而无法去那些我们都去过的外国而索偿,要为自己也为丈夫索偿,与此同时,她也绝不放弃对自己伟大与正义的命运的信仰。

啊,多蒂……她开始越来越多地滥用我们这个词……她将自己对南斯拉夫及铁托的恨意化作了对他的复制品、铁托的将军与追随者、新克罗地亚共和国总统的爱意。仁慈的失忆症让她完全看不到二者之间有任何联系。不久后,当她看到克罗地亚军队开拔前线时,她会竖起胜利的手指,比任何其他人都更仇恨那些野蛮、好斗、嗜血、信仰东正教的塞尔维亚人。她会继续写信,以个人名义寄给许多外国的政客与公知,在他们中寻找听众,有时,她还真的能找到听众……

啊,多蒂……我想着第三章的人生,无疑是她对自己人生故事的一次捍卫。我去萨格勒布时见过她一次,在电视上。"我很高兴,我们的胜利是干净的。"她就一系列克罗地亚的伟大胜利,面对摄像机这样说。我注意到她的头发剪短了,她穿着正装,脖子上的金十字架大得突兀,闪着自以为是的光。某一刻,或许是由于电视画面突然的闪动,又或许是我的想象使然,一瞬间我突然看到了许多个多蒂的重叠,被她的自相矛盾与二元统一惊呆了……那一刻的多蒂既像由男性变装而来,又仿佛一个复仇天使,真叫我说不清是哪一个。

那次短暂的萨格勒布之行中我亲眼看到了一些早就知道的事,看到了成百上千人被赶出家门无家可归,看到那终于替人民实现了千年梦想的权力机关目无法原则、暴力执法,看到了大规模裁员,看到了贪婪、不知餍足、犯罪、发国难财的人,我得知许多村庄被烧毁,村民被驱逐……也知道了许多从前并不知道的事。比如,我得知在此期间萨格勒布有近千人自杀,大部分是克罗地亚士兵和老人,前者帮我们获得了干净的胜利,后者本来可以继续活下去,但已没有足够的养老金供他们生活……

当然,我还得知了多蒂频频获得的新的荣誉、新的功勋。由于她加入了正确的一边——因为她这个人是永远不会站错队的——自然也就成了文化政治生活中每每被人提及的标杆人物(文化与政治当然是不可分割的),成了这个协会、那个团体的会员，这本刊物、那份报纸的主编……忠贞不渝的多蒂不仅要高举自己的旗帜，还要高举丈夫不慎落马时掉落在地的旗帜：新政权将多蒂的丈夫作为外交官送到了他父亲五十年前被黑暗吞噬了的国家。他父亲的阴灵显然也降临在了他的心里，一如多蒂父亲的阴灵降临在了多蒂心里一样。他开始酗酒，开始像训练有素的警犬一样到处嗅闻，人们说后来大家都受够了他，因为怕惹上麻烦，他们把他调走了。是的，多蒂要为自己，也为丈夫正名。

有时我觉得多蒂真实的本性就隐藏在她所写的洋洋洒洒的信里，这些信息是在道歉、总是在要求……我曾听过这样一个故事：苏联时期，有个穷人经常做同一个梦，梦中斯大林叫他早上七点去他那里开会，而他却到了八点才醒，醒来后，这个穷人挖空心思，想为自己的迟到找一个借口。如今我想，或许多蒂脸上永远挂着的抱歉的表情、她对写信的酷爱、甚至她涉足文学本身，似乎都是为她迟到了一小时而找的借口。可她究竟在怕什么，又究竟在恐惧谁呢？恐怕我永远都不会知道了。

不过我知道，在画满加减号的系教员名单上，我的名字后一定有一个、甚至两个减号。多蒂的减号。而我想，曾经我在女伴圈里，是多蒂最喜欢的人。

后来我在柏林时，还有一次想起了多蒂。朋友寄来的信里夹了一张报纸上剪下来的访谈,上面有一张很大的多蒂的照片。访谈中,多蒂聊到了自己的新书,聊到了作为命运的文学,或是作为文学的命运,接着她抨击了西方后现代主义的道德沦丧,呼吁在国民生活与文化中恢复道德准则的地位——并在呼吁中,又一次驾轻就熟地使用了我们一词。"我们应该创造一个新的、道德伦理下的后现代社会。这是我们知识分子的当务之急,也是我们知识分子的责任。"她说,接着她提到了我,我的名字真的大写加粗地出现了访谈报道里。多蒂谴责我像许多后现代人一样缺乏道德底线,然后以一句模棱两可的话结束了访谈。"柏林墙虽然被推倒了,但一堵新的墙,已经在我们心中竖起。"她说。据我对多蒂的了解,这句有关柏林墙的话是对我说的。这一次,她躲在她神圣的我们身后,公开对我进行了处决。

我为照片中她的脸感到惊讶。它看起来沉静如水,波澜不惊。她显然有些发福,但照旧穿正装,丝衬衫,戴十字架。但一切终于不再冲突。她的表情与她的脸终于和谐了,是的,多蒂终于做成了真实的自己。我看着她在报上的照片,几乎感到妒忌。这是一张再也不会做噩梦的脸。多蒂不再叫人想起那个总是梦见去斯大林处开会迟到的穷人,而开始变得像梦见穷人来自己这里时迟到了的斯大林。

伊凡娜，帝王

那天晚上回到家吞下了羽毛的伊凡娜可能不知道，在许多古老的信仰中，女人在吞下苍蝇或飞蛾后会怀孕。巴尔干地区有一种飞蛾叫作女巫。许多人相信，女人摸过这种女巫，就会怀孕。至于吞羽毛会怎么样，我不知道，但那天晚上后，整整过了九个月，三十八岁的伊凡娜诞下了一个儿子。

十年前，伊凡娜在贝尔格莱德遇见并爱上了一个萨格勒布人，她出去某文学学院里的教职，抛下写了一半的博士论文，离开父母、亲友，跟着他搬到了萨格勒布。

伊凡娜有一颗宽广的心。与伊凡娜在一起的每一天，无论是去电影院看电影，还是外出购物，上咖啡馆喝咖啡，都像过节一样快乐。她就是有这种让一切热热闹闹的天赋。她嗜书如命，文学品味极其敏锐，善下棋，学语言奇快，口才超群，电脑到了她手上也服服帖帖，不得已时，甚至几天就学会了开车，虽然她其实一直有点怕车。

终于，她也想要一个孩子了。第一次怀孕后，她在床上躺了四个月，以流产告终。她怀孕的时候我们好像在露营。她会躺在客厅沙发上，把脚抬高，周围堆满书，我则根据她的指示去厨房给她拿吃的；我们吃着东西，撒着碎屑，笑闹着，有时毫无理由，一连几小时地聊这聊那……

每次伊凡娜怀孕，我都要长上好几磅肉。那几个月里——不知是因为她心里的希望，还是她的荷尔蒙使然——伊凡娜周遭的空气总是轻盈馥郁，令人沉醉，好像香槟酒。伊凡娜自己，也像香槟一样，升腾着、弥漫着幸福……

最终，伊凡娜生了一个异常俊美的男孩。突然间，生活变得醉人，充满了光明，虽然有时出门她会看到（贝尔格莱德车牌的）车上被吐满唾沫，虽然信箱里时有匿名信，上面写着：塞尔维亚娼妓，滚回家去！

伊凡娜用萨格勒布车牌换下了贝尔格莱德车牌。生活依然充满了光明，虽然去贝尔格莱德时，她的车还是会被吐满唾沫，虽然信箱里时有匿名信，上面写着：克罗地亚娼妓，滚回家去！

1991年9月，当萨格勒布人纷纷搬进地窖、防空洞躲避可能的空袭时，伊凡娜带着儿子回到了贝尔格莱德。很快，在相隔四百千米的萨格勒布与贝尔格莱德之间，所有的联系都被切断了。伊凡娜从萨拉热窝给丈夫打电话。当时人们都学会了对付体制的办法，懂得继续保持通讯应该打什么号码。伊凡娜的丈夫定期就会消失几天，不让任何人知道他的去向，坐客车经由匈牙利进入贝尔格雷德。这种客车是屡禁不止的，卫生条件也很差。伊凡娜也坐同样的客车，同样凄惨而半地下地带着孩子从贝尔格莱德溜进萨格勒布。这些时刻表与车费都由司机自己决定的客车，总是装满了不幸的人，装满了他们各自不起眼的几件东西，载着他们如幽魂般赶来赶去，不知何时才能安稳下来。塞尔维亚与克罗地亚的边哨长官阴沉着脸，对乘客极尽羞辱之能事，而匈牙利边境的匈牙利官员给乘客的护照盖章时，脸上都挂着同情的表情……

有一段时间，伊凡娜无所畏惧。唯一害怕的是她的儿子在客车里可能当着大家的面因为突然受到惊吓而哭闹。她怕自己无法控制他胡乱挣扎的小身体。然而，小孩仿佛知道她有此一怕，坐车时总是闭上眼，好像外面太亮，他要将外界隔开，或用手捂着耳朵，好像嫌外界太吵。

除了儿子，伊凡娜没有怕的事。她接受羞辱，一次次穿越国境，来回在争执不下的世界、城镇与人之间，帮助它们和解，在人们的伤口上打上绷带。她轻描淡写地掠过仇恨，仿佛掠过清水……人们说她的孩子不太正常。他降临在这样一个世界，人在他的眼前摧天毁地——城镇、人口、记忆，一切都遭破坏——他会记住这一切，当然，是以孩子自己的方式。世界对他来说仿佛一本目录，罗列着毫无关联毫无意义的数字、字母、符号、语词，当然，也许他的看法是对的……他来到这个世界上时他的母语——这个他即将要学习的语言——正被迫一分为三，孩子若无其事地迅速学会了三种相差无几的语言，自然，是用孩子自己的方式。尽管如此，他说得最好的词，全都来自一个不属于他的语言，当然也许这个世界上没有什么语言是属于他的——那些词来自英语，是伊凡娜跟他玩时教他说的。当身份一词仿佛神旨般人人称道，当人们以此圣名理所当然地杀戮时，孩子拒绝说我。他看待自己——如果我没有想错的话——就像看待别人，需要的时候，他自称以自己的名字……

孩子没有什么不正常，不正常的，是这个世界。这就是为什么，孩子自出世起就不断想要离开。伊凡娜知道离开地球是不可能的，因此她想尽办法修缮一切，磨圆它的棱角，用自己的气息温暖它，把它装饰得仿佛天使的巢穴，试图说服孩子来到世上。她开始用一种奇特的方式大笑，也许她的目的是驱散恶灵……有时她也会感到精神不支，这时她会跑进卫生间，打开所有的龙头。水声遮掩了她的哭泣。

那个独独我还记得的晚上，伊凡娜已经忘了。否则，我想她也会像我一样觉得似曾相识：有时，伊凡娜的儿子会走到她跟前，将自己的额头温柔地贴在她的额头上，好像要在上面轻轻地盖一个图章，他用胖嘟嘟的小手捧住伊凡娜的脸，左右摇摆着额头。伊凡娜沉醉在他摇摆的节奏中。他们贴着额头，闭着眼睛，摇摆着身体。看起来，俨然在跳某种不属于人间的舞蹈。孩子轻柔地呢喃着，有时含混，有时仿佛鸟鸣，有时又特别低沉……

"姆……妈妈，妈——妈……"

然后他松开小手，回到他自己的角落里，去玩别的东西了。伊凡娜冲进卫生间，打开所有的水龙头。

我，愚者

我呢？整个故事之所以存在，看来都是因为这个我将要在最后说明的原因：不知是疏忽还是出于本意，天使忽略了我，没有给我羽毛。不管原因是什么，天使在给她们羽毛的同时，也赠予她们遗忘，只把斑驳的记忆留给了我。就好像他不知道他这件事做反了：他应该把记忆留给她们，把羽毛和遗忘赠予我。这样有朝一日，我便能从这个遗忘中——踮起脚尖努力回忆——创造出现实。因为创造现实，正是真文学的本职工作。

是的，阿尔弗雷德抹去的不仅仅是我照片上的图像，还有她们的记忆。女孩们什么都不记得了。此事我只勉强对尼娜提过一次，那是在很久以后的一个夜晚。

"嗯，我不知道说什么好，你也清楚我主要研究的是恶魔的力量。"专研布尔加科夫的尼娜说，她醺醺然躺在浴缸里，裹着睡袋抱着贝西摩特取暖。

或许天使历来如此，或许无影、无形、无名的天使，就喜欢在这里那里留下零碎的印记，好有人据此来描写他们？如果是这样的话，那我们的阿尔弗雷德大概没有赶上加西亚·马尔克斯，所以才来找我。另外我还想到：俗谚有上帝转身或上帝说晚安之说，用来描述一个地方将被上帝遗忘。我想，上帝总不会派天使去一个自己即将说晚安的地方吧。

也许上帝不会，也许他就是会，谁又说得清呢……天使毕竟是成年人编造出来的东西，好让日子不要那么难捱。作家则是成年人之中尤其喜欢编造的一群人。所以我才给她们一个天使，一个让生活不要那么难捱的小东西……虽然这个东西的力量微乎其微……天使的能力，说到底，是作家的能力决定的。为以防万一，我还给她们每个人留下了一支羽毛，这样真正的天使，或许就可以在那片可怕的神圣的黑暗中，找到她们。

是的，她们的世界黯淡了，她们的心似乎也黯淡了。她们一点点被自己的房间所吞噬，她们的头渐渐像家里养的花一样低垂下来，她们沉默了，更匆忙，更忧伤，更少反抗，她们像窗帘吸收油烟一样，吸收了时间的尘埃，她们长在了自己的家里，长在自己的家具上，家庭回忆上，她们越来越多地在夜半醒来，心里闪过不详的预感，她们自我放弃了，随着时间的推移，地心引力变得越来越沉重，于是她们试图马虎一点，得过且过一点，因为日子必须得过下去，诚然，世界有许多不尽如人意的地方，但她们试图忘掉这些不愉快，也越来越善于忘掉这些不愉快，是的，她们沉默了，她们被迫噤声，新的一代来了，他们声势浩大，从十九世纪的旧仓库里搬出一切条框，一个个年轻人，成为了二十世纪末的共产政委。有时她们觉得，时光可能倒流了，只是她们没有注意到，再说，谁还能说得准什么是进步、什么是倒退呢？这个时代就像一切时代那样，也会过去，也许当它过去时，她们还会相遇在某个新的时代，而那个时代，也会同样的似曾相识。是的，世界被分裂了，世界上唯一还能确定的事情只是：每个人都变了……

每个人都变了，我也变了。我也像她们一样，变得沉默，忧伤，匆忙，不再反抗。我的生活变了：我去到别的城市、别的国家，在别的人之间生活。就连我对天气的偏好都改变了。自从阿尔弗雷德从天而降又匆匆回去后，我这个亚得里亚海的女儿，开始喜欢下雪。

下雪时，我走出室外，沉醉地望天。我像磁石一样吸引着雪花，我啜饮雪水，仿佛啜饮忘川。我感觉自己的身体——这具我丰满的祖先通过嗜权如命的基因传给我的身体——变得轻盈了。然后，突然间，我用力挥了挥手，看见雾气弥漫在上空的玻璃穹顶……羽毛落在我身上，羽毛般的风雪卷裹着我，包围着我……

第七章

Wo bin ich?[①]

[①] 德语，意为：我在哪里？

86．"柏林是一个难以形容的地方。"很久以前，维克托·什克洛夫斯基说。

"那是因为，在柏林，这里没有的东西比有的还要多。"博亚娜说。

"那是因为，柏林就是个没有的地方。"理查德说。

87．柏林是一座博物馆之城。在柏林的公交车上，你可以看到全世界最老最硬朗的老妇人。她们不会死，因为她们已经死过一次了。

"我们这里所有的人，都是博物馆中的展品……"佐兰说。

88．柏林是一个考古发现。时间一层层堆叠，伤口难以愈合，到处可见罅隙与裂缝。仿佛有一个看不见的考古家，极为困惑地把错误的标签贴得到处都是：事物的出现都很难分什么前后。

"那是因为,柏林是一座只有之前和之后的城市。"理查德说。

89. 柏林是一座博物馆之城。那里有很多博物馆:糖博物馆、发型博物馆、玩具熊博物馆与无条件投降博物馆。更确切地说,应该是:Muzey istorii bezogovorochnoy kapitulatsii fashistskoy Germanii v voyne 1941—1945。这座可能是全世界名字最长的博物馆位于卡尔斯霍斯特,1945年5月8日夜里24时,也就是9日的0时,德国在这座建筑里签署了无条件投降书。

此地位于柏林苏占区,苏联军营与士兵生活区就坐落在这里。那都是之前的事了,但现在仍有人生活在这里。据说有三万左右。透过破碎的玻璃窗,人们能够看见许多公寓依然荒废,墙纸像地衣般剥落下来。公寓楼前,摆着生锈的大集装箱。人们说,这些集装箱里装的是苏联士兵准备回国时带走的东西。家具、电视机、电冰箱等。到了晚上,小偷们就会来这里抢东西。

博物馆入口有一个小警卫室,站着一个士兵,他还是个孩子,看起来不满十八岁。他戴着一顶对他来说太大了的皮帽子,抽着烟,咧嘴笑着,露出黄黄的牙齿。他说自己是从摩尔达维亚[①]来的,刚来八个月。八月就要回国。这位士兵抽着烟,不知如何安放自己的双手,他也是博物馆的一件展品,作为一个从前的士兵,守卫着从前的军营。

小偷人如其名,只敢搞些小偷小摸,在半夜掏一掏集装箱之类的;真正的大盗正忙于打入原先禁止入内的城区。人们说,康德大道已经落入俄国黑手党的手中。

90. 博物馆中很安静,没有参观的人。透过办公室半开的门可以看见一个老妇人,正坐在椅子里打盹儿,双手抱着肚子,仿佛那是一个垫子。

博物馆前厅有一座巨型列宁像。展厅中一股霉味,这里收藏了三千多份历史资料:地图、照片、旗帜、图画、战斗场景素描、海报,以及一座巨大的柏林模型,用俄语标着每一条街道的名字,上面落满了灰尘……墙上都是咄咄逼人的西里尔字母标语:祖国在召唤、政委是所在军队的父亲与灵魂、人民群众的视死如归是胜利的保证。

老妇人醒了。她站在角落里,用手捋了捋头发,睡眼惺忪地看着我。整个博物馆都属于苏联。他们要拿它怎么办呢?我想。也许是装进集装箱运回国去吧。

---

① 即摩尔达维亚苏维埃社会主义共和国,苏联十五个加盟共和国之一,1991年宣布独立,成立今天的摩尔多瓦共和国。

91．柏林跳蚤市场里，博物馆一族的人们贩售着早已毫无用处的东西。土耳其人、波兰人、俄罗斯人、吉卜赛人、过去的美国大兵、前南斯拉夫人，卖着虫吃鼠咬的兔皮、旧奖章、蒸汽熨斗、带铅制砝码的铁秤、古老的收音机、留声机唱片……

一个戴着蓝色军盔的男人，我的一位同胞，在卖磁带。他身边的木椅上放着一个卡带机。民歌咿咿呀呀地唱着，歌声仿佛垂死的苍蝇围绕着卖磁带的人，终于断了气。

92．在有些地方，墙依然挺立，只是又薄又脆，仿佛犹太人的无酵饼。和欧罗巴中心中庭那块一样，到处都有装在玻璃展柜里的墙体碎块。来购物的人饶有兴味地在那玻璃罩前驻足，仿佛头一回见到似的。

93．我与理查德坐在普伦茨劳大道天文馆巨大的穹顶之下，把脚搁在面前的空座上。一场星雨从天而降。小小的人造星星不断从我们上空滑落，我轻轻地说："一切都混在了一起，理查德……我写一件事，其实是为了写另一件事，就像我为了记住真正发生了什么，要先回忆那些从未发生过的情节。一切都好像走错了方向……"

"继续走下去。这里是柏林,在这里,错误的方向就是正确的方向。"理查德安慰我。

94.在勃兰登堡门前,人们可以买到那个时代的纪念品:装在塑料盒装里的一小块墙、斧头和镰刀、红色的星星、苏联奖章等。兜售这些东西的小商贩不再是苏俄移民,而换成了巴基斯坦人。巴基斯坦人站在不久前还立着柏林墙的地方贩售着纪念品,这番景象象征着一个时代的结束。

一个留在柏林的俄国人给我看了几个小小的列宁像章。他朝我眨眨眼,说:"来,买一个爸爸吧……"

95."我们是布瓦尔与佩库歇的孩子,所以才搜集了这么多毫无意义的事实,而很少感到快乐……"一个同事说。

96.柏林上空有一片难以描述的苍穹。有时我会觉得,这座城市——包裹在暗蓝色的天空中,被一个展开双翼的金色女孩托起——好像是对玻璃球美学的模拟。有时,我觉得自己是在头朝下地走在一个颠倒的玻璃球里。柏林是一座云端之城,从窗玻璃中,从水面上,从人们眼中的倒影里,我都能感觉到这一点。在金色女神的吸引下，天使像扑向街灯的昆虫一般，着魔似的飞来，自上而下地建起了这座城市。

97．无条件投降博物馆的地下室有一个咖啡馆。咖啡馆里有一个柜台、几张桌子和几把椅子。柜台上有一台电视，电视后有一个窈窕的金发女招待，是俄罗斯人。一张小桌上陈列着一些俄罗斯纪念品：套娃、茶炊、木勺和一条白色山羊毛裹巾。

"比莫斯科卖得便宜。"迷人的俄国女招待用俄语说道。

我的同胞，住在附近的南斯拉夫难民都是咖啡馆的常客。这里可以喝到用格鲁吉亚产的长柄咖啡壶煮的土耳其咖啡，与我们的咖啡一模一样。电视机滚动播放着俄罗斯广告：莫斯科健身中心，英语培训……上了年纪的俄罗斯诗人贝拉·阿赫玛杜琳娜出现在屏幕中，开始推广一套英语教学卡带。贝拉的脸上带着明晃晃的投降神色。

我黑头发的同胞们，脸色阴沉、面颊凹陷，无精打采地坐在那里下棋、打扑克。

"他们每天都来，一待就是几个小时……"女招待满怀同情地叹了口气。

98．德国艺术家约亨·格尔茨花了三年时间，与自己的学生们一起，秘密建造了一座不同寻常的纪念碑。得知德国有两千一百四十六名犹太人的坟墓被毁掉后，格尔茨与学生一起偷来萨尔布吕肯主广场上的铺路石，在每块背面刻上其中一位犹太人的名字和墓穴编号，再偷偷铺回原处。于是，萨尔布吕肯主广场有了一个新名字：无形纪念碑广场。

99. 1994年夏天，随着数万滞留的苏俄士兵终于离开柏林，无条件投降博物馆也关闭了。过了不久，普伦茨劳大道75号办了一个展览，名为《俄国人在柏林》。在小小的地下室里，一个看不见的投影仪投射出柏林的建筑在苏俄占领之前和之后的样子。放映室门口挂着长长一溜控诉的纸条。纸条上列着被俄国人毁掉的每一条柏林街道的名字。我还记得无条件投降博物馆的气味，浓重、不新鲜、带着甜味。这里的气味，与那里一模一样。

100. 1922年，卡塔琳娜·科林出生于南斯拉夫小村庄塞尔维亚米莱蒂奇一个贫穷的 volksdeutscher[①] 家庭。1939年，她来到德国，在杜德施塔特镇的一家兵工厂找了份工作，与工人菲克雷特·穆里奇相遇并相恋。由于这

---

① 德语，意为：德意志裔。

份恋情当时在种族上是不可容忍的,菲克雷特被当地政府羁押入狱,卡塔琳娜被遣送回南斯拉夫。卡塔琳娜回到家乡,但很快就跑了。她回到菲克雷特身边,不久后生下一个女儿,取名艾莎。

战争接近尾声,菲克雷特与卡塔琳娜带着他们的女儿去了波斯尼亚。由于卡塔琳娜是德裔,而菲克雷特曾替侵略者干过活,两人被送进位于泽蒙的德国人集中营,却在1945年11月机缘巧合获释,来到波斯尼亚小镇布尔奇科。卡塔琳娜学会了波斯尼亚语。当地人叫她德国人凯蒂[①]。她干遍了所有最辛苦的活。又生了两个孩子。因为害怕自己最终无法与菲克雷特葬在一起,她改信了伊斯兰教,成了法蒂玛·穆里奇[②]。

如今,卡塔琳娜已经第三次回到德国,和她的菲克雷特住在东柏林一个难民heim[③]里。女儿艾莎在贝尔格莱德,一个儿子在加拿大,另一个在慕尼黑。卡塔琳娜·科林、法蒂玛·穆里奇和德国人凯蒂只有一个愿望:回到她的布尔奇科。

[①] Katica Švabica,Švabo是"二战"时期南斯拉夫人对纳粹的蔑称,取其与Šváb(蟑螂)形近之义,Švabica是Švabo的阴性形式。
[②] Fatima是伊斯兰先知穆罕默德之女,伊斯兰教五大杰出女性之一,被什叶派穆斯林尊称为圣母。
[③] 德语,意为:收容所。

德国人凯蒂的故事是从卡什米勒·R那里听来的，现原样奉上。

101．卡什米勒·R来自布尔奇科，刚毕业的法律硕士，一个难民。卡什米勒的父亲不久前被南斯拉夫祖国军杀害。女友奈尔米纳在即将被释放的前一天，于德国某医院精神科悬梁自尽。卡什米勒与母亲一起住在收容难民的heim里。

卡什米勒喜欢在柏林街头闲逛，经常去克罗伊茨贝格。芳香四溢的土耳其小店让他有身在布尔奇科的幻觉。周六与周日两天，卡什米勒喜欢光顾柏林跳蚤市场，去那里看看*我们的*人。

卡什米勒的母亲也喜欢跳蚤市场。她自己没事的时候爱钩几条垫子，星期天就搬一把椅子到费尔贝林广场坐着。在那里，她假装卖垫子，其实是在等*我们的人*过来，好聊上两句。有时他还带那些人回自己在难民之家的小房间，为他们做咖啡，烤波斯尼亚馅饼，问问他们老家在哪里，过得怎么样。

卡什米勒的母亲因为无证摆摊而被捕。卡什米勒交了罚金。他无法向德国警察解释清楚，母亲去跳蚤市场的主要目的不是卖货，而是找同乡聊天，好让自己开心一些。

"她又开始钩小垫子了……"卡什米勒说。

102. 在柏林，每个人都觉得孤独，却没有人有时间。

西塞尔来电了。

"你有时间吗？"

"没有，我没有时间。"我说。

"你在干吗？"她问。

"我在写别人的生平，然后把写着生平的小纸片粘在卵石上……"

"你用什么粘？"艺术家问。

"胶水。"

"嗯……这件作品有意思。"她说。

"这不是作品。"

"那这是什么？"

"我也不知道……"

103. 展览《记忆的艺术》上有一件展品，作者是霍斯特·霍海塞尔，名叫 Denk-Stein-Sammlung[①]。作品由卡塞尔的孩子们制作而成。每一个孩子都被请去了解一个死于集中营的犹太人的一生，将他们的故事写在纸上，折好，粘在石头上，或裹在石头外面。这些携带记忆的石

---

① 德语，意为：一个会思考的石头的集合。

头，其后被放置在了根据犹太人被运往集中营时所使用的铁轨所制造的铁轨的模型上。

104．德累斯顿银行就在我家街角，那里还有一个公交站台，和几栋居民楼。我等车的时候，为了自娱会去念列在居民楼门口的名字。没有一个德国名字，看起来都是我们的人。贝西莱维奇，哈吉塞利莫维奇，卡拉贝格，德米罗维奇……我常念出声，好记在心里，没有任何理由。

一个波斯尼亚老人常穿一双拖鞋蹲在街角德累斯顿银行的墙根下抽烟，向柏林的空中，吹出一个一个的烟圈。

105．柏林为寻求政治避难的人、流亡者、战争难民等外来人员签发居留许可的办事处设在威丁区，需要绕过一个很大的建筑工地，非常难找。人们总是很早就去办事处门口排队。办事处早上七点开门，但人们开始排队的时间要远远早于七点。门一开，申请人依次领取绿色号码，沿长廊匆匆走去，依照号码进入指定区域等候。

等候区的地板都铺着灰色油毡，墙漆成某种黄黄的颜色。除了写着 Rauchen verboten[①] 的红色标语外，墙上空无

---

① 德语，意为：禁止吸烟。

一物。与电影院相似的塑料椅面门排列着,门的上方有一个数字显示器。申请人将显示器上的数字与自己手中的数字进行对照,轮到自己时,便走进门内。门内一块玻璃板后面坐着签证官。他拿过申请人的护照。然后他起身消失在好几架文件之中。看过文件后他又给申领人一张新的号码。申领人拿着号码回到等候区,重新再等自己的号码出现在显示屏上。

号码显示的同时会伴随嘀的一声。嘀声响彻各个等候室,让人想起某个小地方没有多少人的小机场。如果某个等候室中恰好无人等候,座位就会翻回墙上,每一个座位的上方,都隐约可见一个头的印记,好像由黄土沤成的光圈。室内是霓虹灯照明,窗外是柏林早晨灰暗的天空,地上是灰色油毡,嘀声在空中此起彼伏,墙上印着头形黄色印记的空荡荡的等候室,看起来仿佛死了,非常吓人。

106. 一位现居柏林的泽尼察难民,离家时走得很急,只带了几件要紧的东西。等走到街上才想起来,应该再拿一些家人的照片,好带在身边。他回到家,但门已上锁,里面已经有别的人住了。

"我只是想拿照片……"他说。

"现在这是我们家了。"里面的人说,没有开门。

107．"难民被分为两类：有照片的难民，和，没有照片的难民。"某波斯尼亚难民说。

108．清晨在已经停下的火车中醒来，感觉到自己正面朝大海；五岁第一次知道自己有影子时走过的斯科普里杜尚桥上光溜溜的鹅卵石；与父亲去萨拉热窝边的亚赫里纳雪山滑雪；在长有茂盛地中海植物的达尔马提亚北部岛屿希尔巴岛上度过的某个五月的夜晚；马其顿普雷斯帕湖中一个用石头砸鱼的男孩；少年时在弗尔萨尔的一场为期三天的闪电般的恋爱；去里耶卡的特尔塞服兵役；萨格勒布与贝尔格莱德铁路沿线上一个名字我已经忘了的小站，站上有一个仿佛从曼佐的电影《细看列车》里直接搬出来的小候车室（以及那里稠得像油一样的寂寞）；去黑塞哥维那克尔卡河瀑布的那次郊游；波斯尼亚泽尼察市郊的一条淤泥河，我常沿着它走去以迪特里希姐妹命名的学校，我的鞋带总是松着，因为我不会系；一群斯拉沃尼亚奥西耶克市酒店套房里的蟑螂，以及开着灯睡了一夜；迪奇阿伊奇寄望踢赢英国队的1968年意大利欧洲冠军杯；从萨拉热窝乘窄轨列车去黑山的尼克希奇；人们在斯普利特码头迎接墨西哥奥运会夺金归来的德尤尔德娅·别耶多夫；波斯尼亚乐队白色纽扣在贝尔格莱德一个新体育馆举办的早期演唱会；乌纳河的源头；全国运动会上万人国歌的仪式；苏博蒂察废弃的犹太会堂；篮球明星克雷西米尔·乔西奇的每一张照片；四岁时险些淹死在瓦达河里（与死神擦身而过）；普拉一条隧道般的林荫道，以及下在林荫道上的一次夏季阵雨；格里高利主教像的脚；八月艳阳中奥赫里德街头的静谧与洒在空寂处的光影；小时候在尼克希奇附近一个村庄废弃的屋边尿尿，险些触电；作为少先队员等候迎接访问亚非拉各国归来的总统；第一把捷克产约兰纳牌电吉他；在黑塞哥维那山中搭起帐篷夜宿，慢慢从莫斯塔尔取道内雷特瓦河谷去杜布罗夫尼克；斯科普里大地震；我收到的墨西哥（也可能是委内瑞拉）救援物资里的格子衬衫；玛特克湖上，一个一边演奏某种声音刺耳的东方乐器，一边唱着歌的流浪汉：我们喝茶吃啥好，土豆面包和奶酪……

所有这些冰冷、伤感而客观的画面（或者更准确地说：这些语词描绘的画面），都来自过往生命中的前祖国，一个现已不存、也永远不可能再次联合的国家。米哈伊洛·P．在一封信中写道。

109．"我越来越认为我们只是博物馆中的展品了……"佐兰说。

110．柏林的跳蚤市场与海象罗兰吞食了太多不消化物的胃极为相似。与其长期掩盖的瓦砾即将破土而出的魔鬼山也极为相似。柏林的跳蚤市场是开放的博物馆，展览着过去与现在每一天的生活。在柏林跳蚤市场内，不同时期与不同意识形态得到和解，万字符混在红星里，每一样不超过几马克。在柏林跳蚤市场内，各种幸存下来的军装与肩章和谐地堆叠在一起，穿过他们的人很久以前已经死了。他们相互摩擦着、挤压着，飞蛾是他们唯一的敌人。

在柏林的跳蚤市场内，不拘来自何方的人都可以做生意。巴基斯坦人、土耳其人、波兰人、吉卜赛人、前南斯拉夫人、德国人、俄国人、越南人、库尔德人、乌克兰人……已逝的日常，时间的垃圾，都被他们当作纪念品，在这里贩售。这里能买到大量没人要的东西：别人家的相册，不走的表，破口的花瓶……现代商业世界有一种发明，叫奇趣蛋，一种包着巧克力壳的塑料蛋，蛋中装有小零件，可自行组装——这些塑料小零件的利润很高。

111. 在柏林跳蚤市场内，相册的售价在一到两马克之间。成堆的相册就摆在那里。有些相册的照片流到了外面，有些遭到过虫吃鼠咬，有些里面的照片已经不见了，还有一些看起来非常新。我偶尔见过一本相册，看起来曾经属于一个孤独的上了年纪的女人，从照片可以看出她曾喜欢到处旅行，拍照留念。我看着胖大衰老的她，在埃菲尔铁塔前拍的一张照。照片下面她工工整整地写道：我站在绮丽的埃菲尔铁塔前，它代表着美轮美奂的巴黎，1993年4月21日。

这是相册中最后一张照片。

112. 克里斯蒂安·马克雷在展馆四壁上钉了一圈大小相同的照片。照片都面朝下。从背面看，它们都是老照片了，有些照片上可以看到拍摄者的印章，有些上面写着致辞。泛黄的相纸上渗出斑斑锈迹。墙壁仿佛被某种奇特的植物所侵略。这些照片仅仅因为被钉在了墙上，仅仅因为岁月而看起来有些变形，看起来就突然具有了生命，一张张活了过来。

113. 土耳其小贩坐在卡车车厢里，巡视自己的疆域：一堆散乱的旧书、唱片、相册与照片……这位贩卖死灵的人静静地坐着，吸着烟。每当有人询价时，他便用手指示意：一马克、两马克、三马克……

东西比人活得要久。相册比相册的主人更长寿。旧大衣里藏着许多场漫长的生活，它曾对某个人具备某种意义，今后还会对别的人具备别的意义。灵魂就是这样迁徙的。

这里是波斯尼亚难民聚会的地方。他们追问谁从哪里来，有没有人知道这个变成了什么、那个现在又在哪里……他们交换信息。他们的聚会单位以乡镇为划分。聚会过程中,他们会买一些东西,好让在难民之家的房间看起来更有家的感觉。

每到周末,这里的古斯塔夫－马勒大街上,早已不存在的波斯尼亚国,在空中重新画出自己的版图,重新画出它的镇、它的乡、它的河与它的山。版图短暂闪耀,旋即化作泡影消失了。

114. 我在柏林跳蚤市场翻一本相册。相册的主人,我猜,也许是一位来自巴伐利亚地区的德国士兵,不过看不出他的军阶。照片里可以看到他与他的妻子,二人都穿着平常的衣服。大部分照片都是风景。有几张拍的是宁静的布拉格(战争旅游胜地),还有大量照片拍摄了同样宁静的巴伐利亚乡村。照片多摄于冬夏两季。摄影师在拍照的时候是有艺术追求的。他喜欢拍被窗户、开着的门或者隧道等东西框定下来的自然景物,且尤其喜欢表现高度的场景,比如沐浴在阳光中的雪山之巅,比如河谷与湖泊的俯瞰图。照片里没有孩子,没有父母,也没有其他人。时间从"二战"开始,至"二战"结束止。整本相册人迹匮乏,传达出一种空旷感。种种迹象表明,它的主人或许希望用沐浴在阳光下的雪山之巅这一美学的意象来总结自己的一生。

115．美国黑人简喜欢柏林，也了解所有欧洲人，她在柏林跳蚤市场买了一些旧照片，叫人整整齐齐地框裱起来，挂到墙上，现在正眉飞色舞地讲着……"这是我曾祖母，这是我曾祖父，这是我爷爷，这是奶奶，这两个是我父母，这些是我阿姨……"

"里面没有黑人。"我注意到。

"你真残忍……"简笑道，摇了摇头。她的头发梳成许许多多细细的麻花辫，看起来像某种意大利面。

116．在精神分裂的柏林，存在着两座相互冲突的城市：一个柏林想要遗忘，另一个想要铭记。法国艺术家克里斯蒂安·波尔坦斯基，在汉堡大街上做了一个代表另一个柏林的装置。装置的名字叫《消失的房子》。

汉堡大街上曾有一幢房屋，它于"二战"期间被毁。在相邻房屋的侧墙上，波尔坦斯基钉上了被毁房屋居民的名牌和职业。大部分居民是被纳粹杀死的犹太人。

克里斯蒂安·波尔坦斯基是本世纪末最伟大的档案保管员与传记编撰者，极其擅长重建无名者的一生。他的装置艺术——无数用绳子串起、装满属于无名者的照片与纪念品、好像装儿童尸体的小棺材一样大小的硬纸板箱——无异于柏林跳蚤市场归类收纳后的版本。人类垃圾通过被回收进入艺术展览,获得了一种极具讽刺意味的永恒的生命。

117."来看一看!罩衫!罩裤!长短内裤!来看一看!"一个吉卜赛女人在古斯塔夫-马勒大街上喊道。我在一大堆衣服前停下来。她仔仔细细地打量着我。

"你是我们那儿来的……?"她小心问道。

"对,我是。"我说。

"你是哪儿来的?"

"萨格勒布。"

吉卜赛人的脸上立即露出热情的笑容。

"嘿!她是克罗地亚人!"她喊道。

"克罗地亚哪里?"一个吉卜赛男人问。

"萨格勒布……"

"哦,萨格勒布啊!我们以前也去过……那里地势很平呐,你知道萨格勒布在哪里吗?"

"知道。"

"那你以前住在萨格勒布哪里?"

"市中心……"

"我们是波斯尼亚别尔吉纳来的……现在我们在这里生活……你住在哪个 heim?"男人问。

"嘿,她是我们那儿来的……"吉卜赛女人又喊住一个过路人。那人停了下来。

"你们哪里？"

"萨格勒布。"

"我是泽尼察来的……"他说。

队伍逐渐扩大。我们都意想不到地热烈起来，好像在集体参加某个小孩的生日聚会。我们聊着天，问着家长里短的问题，愉快地说着我们都知道的村镇的名字。他们都是波斯尼亚人。我是唯一的萨格勒布人。我没有告诉他们我不是难民。天上下起迷蒙的细雨。我们毫无理由地笑着，几乎像一家人，我们仔细端详彼此的脸，嗅闻彼此的气味，快乐地摇着尾巴……接着又突然涌起了伤感之情，不安地左右顿足，耸肩，点头……

吉卜赛女人摇着头叹息道："唉，愚蠢的人……唉，愚蠢的人！"

118. 德意志历史博物馆里有一个角落是专门用来陈列小东西的。那里的玻璃展箱中装着贝贝颂牌婴儿食品；色彩鲜艳的塑料购物袋（Einkaufsbeut）；用来放调味料的白色塑料筐；一件1969年东德成立二十周年时用当时的新面料聚酯纤维制成的男士礼服，上绣东德二十周年字样；一只纳尔瓦牌电灯泡；一台克梅特牌搅拌机；东柏林颁发给五好家庭的金色门牌（Goldener Hausnummer）；美国飞机残片制作的越南纪念品；少年先锋队的蓝领巾与蓝制帽；刻有 Heute keine Ware^① 的告示牌；直升机中的小沙人，一个根据动画片《小沙人》(*Sandmännchen im Helikopter*)制于1972年的玩具；一个忠实反映了东德典型的三居室格局的公寓模型（儿童房的墙上还贴了一张小小的《小姐与流浪汉》海报！）。

"萨沙小时候我给他吃的就是贝贝颂。"佐兰说。

"我们那里也有《小姐与流浪汉》……"佐兰说。

展馆的另一角展示着五十年代西德的一些小东西。一间现代厨房；可口可乐与口香糖的海报；沃立舍牌点唱机；家用鸡尾酒酒吧；一辆大众小汽车；一台飞利浦电视机；一个当时流行的刺猬梅吉公仔；1951年设计制造的一条连衣裙，上面有各航空公司与机场的名字。

"我家的厨房跟这个一模一样。"米拉说。

"我们永远不会有这样一个博物馆了。"佐兰说。

"国家都消失了怎么会有博物馆。"米拉说。

"所以其实我们都是会走路的展品……"佐兰说。

"但国家不存在就意味着集体记忆不存在。周遭事物的消失会带来我们对日常生活记忆的消失。而且，虽然这一点未得到言明，但怀念一个前祖国似乎是被禁止的。到这种禁止被取消时，人们早全都忘了……而且不会再有什

---

① 德语，意为：今日无货。

么留下来让人们去记忆。"我说。

"那大家所记得的一切,就等于从未存在过……"米拉说。

"我什么都记得。"佐兰说。

"你记得什么?"我问。

"比如加夫里洛维奇肉酱。"他说。

"我也记得一些事。"米拉说。

"你记得什么?"

"第一罐南斯拉夫洗衣粉,普拉维·拉迪昂牌的!"

"我也记得一些事。"我说。

"你记得什么?"

"第一个南斯拉夫电视剧,迈克·邦焦尔诺和凯斯勒姐妹演的《一号工作室》。"

"你们看,这就是我一直在说的,我们都是移动的博物馆呀……"佐兰说。

119. 佐兰说:"我出生在一个给机关办事员住的楼里。我们的公寓有四十二平米大,在一个半层上。怎么跟你形容半层呢?就是你站在比如 13 号和 14 号当中,然后你走几步楼梯,你就到了 15 号和 16 号门前。那里住着西莫·所罗门和亚当·斯塔尔切维奇。13 号和 14 号面朝楼后的院子,15 号和 16 号跟我们家一样朝向另一边。我们这边与朝院子那边的人区别很大……

"说起17号和18号嘛！他们也是朝院子那边的，但比我们高一层。也就是高半层意思。你明白了吗？上下两户的墙壁是有交集部分的。从我家的卫生间可以听到18号有人弹钢琴。他们家的钢琴腿，大概就在我们家马桶水箱抽绳把手的高度。

"有一回18号女人的儿子需要天鹅绒外套去参加音乐会，母亲就把我的借给了他；后来我哥需要看军事百科全书时他们却不肯借给我们……

"我到现在也不明白他们是怎么把钢琴弄上去的。走走廊肯定是不可能的，楼梯太窄了……

"我好朋友的父亲就是在那条走廊里自杀的。他在去看亲戚的路上，走到一半，从顶楼的楼梯口跳进了楼梯之间的窄缝里。那个亲戚叫拉特克维奇……

"好像有人说，那家的钢琴是从楼外吊上去的……

"拉特克维奇家的儿子跟我上的是同一个学校，但不在我们班。他学的是英语，而我学的是俄语。他住在有钢琴那户邻居的正上方，那是我们楼最高一层。他父母去上班时，他经常坐在他们家阳台的围栏上，两条腿在空中晃来晃去。叫院里的孩子抬头看他。我们经常在院里的晾衣架上做引体向上……

"我很早就恋爱了。我喜欢坐在我旁边的一个男孩子，他的名字我不想告诉你。他的眼睛特别黑，特别大，睫毛特别长，小腿纤长健美，大腿也很结实。我以前经常把腿搛在椅子的坐板上，想让小腿充血变粗，让细细的红色血管浮现出来。关于他还有一件事也很吸引我，那就是他父亲去世了。"

120．一个波斯尼亚女人穿着波斯尼亚传统灯笼裤，站在柏林地铁阿登纳广场站出口，看似完全迷失了方向。

"我在哪里……"她无助地问。

121．贝尔齐格大街的 I Due Emigranti[①] 餐厅里有一幅巨幅三折油画，画的是餐厅老板的一生。最左边一折画着一个沿海小村（小村面海），当中一折是一条小船载着两个男人与一些行李箱（两人都戴着盖帽）；最右第三折是一幅德·基里科风格的超现实城市景观。仔细看还会发现，这第三折画的是1989年。唯有通过长时间的仔细观看，一个人才能在画中发现威廉皇帝纪念教堂尖顶，U 线选帝侯路堤站，和一片正在分解的柏林墙。餐厅一侧墙壁画满涂鸦，只能看出一个词：那不勒斯。

如果食客自己也是流亡者，他就会发现三折画中的第

---

① 意大利语，意为：两个移民。

三折，虽然画得很业余，却能击中他心里的某种说不清楚的东西。这幅自传式三折画的最后一折没有去表现柏林的意大利餐馆，却表现了一种幻觉。

122．流亡者总会觉得，流亡生活的构架与梦境很相似。突然之间，他忘记的脸，他不曾见过的脸，他肯定以前从没去过却觉得似曾相识的地方，都像在梦中一样，一齐在他面前出现。梦境是一片磁场，它吸引着过去的、现在的与未来的画面。流亡者突然会在现实中，看见受梦的磁场吸引而出现的面容、事件与画面；突然间，他会觉得自己一生的传记其实早就写好了，他不是因为外部原因，也不是因为自己的选择而流亡的，他只是在遵循命运早就为他编织好了的人生轨迹。这一可怕的想法同时又十分具有诱惑力，流亡者深陷其中，开始把日常的种种迹象当作征兆来破译。突然他会发现，一切事物似乎都符合着某种神秘的内在和谐，都能用一个闭环的逻辑链串起来。

123．我坐在普伦茨劳大道天文馆的穹顶下，把脚搁在面前的空座上。穹顶上，星体雨点般向我落下。
"Wo bin ich？"我问。

124．柏林是一个畸形的城市。它有西柏林与东柏林两张面孔：有时候，西柏林的面孔会出现在东边，而东柏林的面孔会出现在西边。柏林的面孔，有时候还会与其他城市的面孔出现叠加。去克罗伊茨贝格时，我分明看到了伊斯坦布尔，坐 S 线远离市中心，则会来到莫斯科的郊外。这就是为什么每年六月走上柏林街头的数百异装爱好者，既是它畸形面孔的真实写照，又是一种隐喻。

夜幕降临前，深皮肤的塔米尔人走上街头，贩售玫瑰，他们长着稚气的圆脸和湿润的眼睛。谷仓区幽暗的小巷与咖啡馆中，年轻人倾情演绎着末世后景象。白种牙买加人顶着脏辫走过铺满消逝生命的街道。奥拉尼恩大街烟雾缭绕的酒馆里，土耳其人就着土耳其音乐玩扑克。U 线列车站台上，阴风舔舐着张贴在一起的马克思、列宁、毛泽东。选帝侯路堤上明亮的宝马车店内，德国青年露出胸口与汽车合影留念。选帝侯大街上距离爱因斯坦咖啡馆不远的地方，一个波兰妓女神情紧张地来回踱步。一位美国犹太同性恋作家为找男妓逛了好几个酒吧，终于找到一位为逃兵役来到柏林的克罗地亚萨格勒布青年。从萨格勒布杜布拉瓦区来的没有牙齿的吉卜赛人阿拉嘉，在欧罗巴中心门口笨手笨脚地演奏着一个儿童音乐合成器。柏林动物园站门口，一个面颊凹陷的年轻人，露出断腿坐在沥青路上乞讨。路人丢下的硬币打在他面前肮脏的硬纸板上发出沉闷的响声，纸板上写着：Ich bin aus Bosnien[①]。

125. 陶恩齐恩大街13号四楼有一家JOOP女子健身中心，是伟大的尤尔根·乔普博士所创办的连锁健身房中的一家。中心临街的巨型玻璃窗后摆着许多运动器械，窗户正对欧罗巴中心与威廉皇帝纪念教堂，后者被柏林人称为灵魂的筒仓。欧罗巴中心的顶端，缓缓转动着梅赛德斯的三芒星。

在这座城市中，这个健身中心就是我用来治愈身心的殿堂，我在这里以低廉的价格获得安慰，因此经常光顾。我站在踏步机上（这是我唯一使用的器械），将目光投向梅赛德斯三针星标志。一二、一二。我原地做着攀爬。

女战士们纷至沓来，这些强壮、苗条、年轻的女人，都有完美的肌肉和线条清晰的下颌，脸上带着旁人难以理解的表情，一个个与我有着很大区别。一二、一二。我们排成一行，一同攀爬。我们，这些会动的玩偶，各自决定着自己的节奏。前方的三针星标志缓缓转动着，几乎有催眠的效果。这位金属女神，仿佛一束祛除城市粗糙疤痕的激光，一点点弥合着不同时间、不同世界、过去与现在、西方与东方的分歧……

---

① 德语，意为：我来自波斯尼亚。

我听着自己的心脏在夜色中跳动。怦怦，怦怦，怦怦……突然有些被打动了，好像体内有只迷了路的老鼠，出于恐惧，正在敲打我的心墙。在我身后很远的地方，对那个国家混乱的记忆，变得越来越苍白，而在这里，在我面前，是一场并不通往任何地方的攀爬。

我只要抬头，便能看见那金属的三针星标志，只要低头，则能看见从萨格勒布杜布拉瓦区来的没有牙齿的吉卜赛人阿拉嘉，坐在欧罗巴中心门口的一把折叠椅上，笨手笨脚地演奏着一个儿童音乐合成器。

一二、一二。我向天空映照下的三芒星——那抚慰人心的天使——鞠躬，用身体力行的攀爬，向对此毫不在意的乔普大人致敬。有时我也想到，也许我应该离开，但每次都留了下来。我不知道离开这个玻璃球，我能去哪里。再说，我的脚累了，我的脚似乎黏在了踏步机上……于是我咬紧牙关，脸上带着旁人难以理解的表情，继续在原地攀爬着……

透过窗玻璃，我能看见威廉皇帝纪念教堂残破的塔顶。没有谁能看见站在这个角度的我，除了那些在塔顶上小憩的俄国大喜鹊。柏林人说它们每年冬天都来。它们迁徙至此，因为这里的气候更温暖……

1991 年—1996 年